MARIA PUBLIG

Waldviertel-rache

AUF MORD GEBAUT PR-Lady Walli Winzer will ihren Dachboden ausbauen lassen. Sie möchte dort ihre neue Gemäldesammlung ausstellen. Doch bald ist Walli genervt. Auf den Bautrupp scheint kein Verlass zu sein. Er arbeitet einmal dort, dann wieder da. Auch in der Gemeinde ist man wütend, weil für ein Großbauprojekt ein Wald gerodet werden soll. Die neuen Wohnungen gehen vorwiegend als Zweitwohnungen an die Wiener Bevölkerung, die im idyllischen Grünen residieren will. Zu viel wird im Ort gebaut, worunter auch die Wasserversorgung leidet. Swimmingpool-Besitzer bleiben auf dem Trockenen sitzen. Die Bürger protestieren, doch Bürgermeister Brunner stellt sich taub, sogar nachdem Baumaterial verschwunden ist. Als dann bei Umbauarbeiten ein Skelett gefunden wird und Bernhard Stockreiter, Architekt der Wohnanlage, tot im leeren Pool liegt, ist Dorfpolizist Sepp Grubinger an der Reihe. Dieser verlässt sich wieder auf die unkonventionelle Kombinationsgabe von PR-Agentin Walli Winzer, um den Fall zu lösen.

Maria Publig wurde in Wien geboren und verbrachte mit ihrer Familie viele Sommer im südlichen Waldviertel. Nach ihrem Studium arbeitete sie als Journalistin für Tages- und Wochenzeitungen. Später wechselte sie für 15 Jahre als Moderatorin und als Redakteurin, in zum Teil leitender Funktion, in den ORF und schrieb Kultursachbücher, die international ausgezeichnet wurden, bevor sie sich dem Krimischreiben zuwandte. Wovon sie überzeugt ist: Für gute Gedanken und Kreativität muss man sich Zeit nehmen. Die gönnt sie sich zwischendurch, genauso wie viele anregende Gespräche mit ihren wunderbaren Nichten und das gemeinsam ziemlich oft im Waldviertel.

MARIA PUBLIG

Waldviertel-rache

KRIMINALROMAN

GMEINER

Personen und Handlung sind frei erfunden.
Ähnlichkeiten mit lebenden oder toten Personen
sind rein zufällig und nicht beabsichtigt.

MIX
Papier aus verantwortungsvollen Quellen
FSC® C014496

Besuchen Sie uns im Internet:
www.gmeiner-verlag.de

Im Ehnried 5, 88605 Meßkirch
Telefon 07575/2095-0
info@gmeiner-verlag.de

1. Auflage 2022

Lektorat: Sven Lang
Herstellung: Mirjam Hecht
Umschlaggestaltung: U.O.R.G. Lutz Eberle, Stuttgart
unter Verwendung eines Fotos von: © Fotofrank / stock.adobe.com
Druck: GGP Media GmbH, Pößneck
Printed in Germany
ISBN 978-3-8392-0207-4

Für Gnötschi

Wenn auf der Welt die Liebe herrschte, wären alle Gesetze entbehrlich

(Aristoteles)

PROLOG

Wie sehr hatte sie sich vor diesem Augenblick gefürchtet.

Vor dem Tag, an dem es so weit sein würde.

Mit Müh und Not hatte sie es bis hierher geschafft. Zum aufgelassenen und abgelegenen Heustadl. Konnte kaum noch gehen. Hatte immer wieder Schmerzen, diese höllischen Schmerzen.

Schaffte es gerade noch hinter einen dieser großen, halb verrotteten Strohballen.

Legte sich hin. Erschöpft. Erleichtert.

Bald würde es vorbei sein. Hoffentlich.

Das wünschte sie sich. Dass alles danach so weitergehen würde wie früher.

So unbeschwert. Dass sie keine Verantwortung mehr tragen müsste. Dafür.

Und sie mit den anderen wieder zusammenkäme. Unbeschwert. Was sie in den letzten Monaten nicht durfte. Nicht konnte. Er es ihr verboten hatte. Damit sie nichts verriet.

Und jetzt lag sie da. Verzweifelte fast an ihrem Leid. Diesem unerträglichen, dem unabänderlichen Zustand. Der sie immer heftiger in Bedrängnis versetzte. Sie beinahe an den Rand des Wahnsinns trieb. Nahe an die Bewusstlosigkeit.

Doch irgendetwas hielt sie zurück. Ließ sie wieder klarer denken. Und hoffen. Dass er da sein würde. Wieder. Bei ihr. Wie er es versprochen hatte. Nachdem sie es ihm gesagt hatte. Ihm sagen musste.

Doch er wollte es nicht hören. Wandte sich von ihr ab. Mochte nichts mehr mit ihr zu tun haben. Stieß sie von sich, als sie sich ihm an den Hals geworfen hatte.

Vor Liebe, vor Verzweiflung!

Ihm war das egal. Er wollte sein Vergnügen. Ohne Verantwortung. Am Beginn des Lebens. Ihrer beider Leben. Es erproben. In vielen Facetten. Auch in dessen Abgründe hinabschauen.

Bei dem Gedanken schauderte ihr.

Erneutes Bangen überkam sie. Wie alles ausgehen würde. Doch sie wollte stark sein. Das hatte sie ihm versprochen. Sie würde es nicht in die Arme nehmen. Es nicht ansehen. Nicht schwach werden. Es durchstehen. Mit allen Konsequenzen. Danach würde er zu ihr zurückkehren. Aber sie müsste vorher ihren Teil dazu beitragen. Für ihn. Für sie beide.

Ihre Schmerzen kamen zurück. Diesmal stärker als zuvor. Das alles hatte sie sich so nicht vorgestellt. Nicht vorstellen können. Diese Heftigkeit. Diese Unerträglichkeit. Doch ohne Schmerzmittel war das nun mal so. Unabänderlich. Allein gelassen, in dieser verlassenen Gegend, in dieser gottverlassenen!

Sie wurde bewusstlos.

Ein unsanftes Tätscheln weckte sie. Er kniete jetzt neben ihr. Ein Kübel mit Wasser stand neben ihm. Er beugte sich über sie. Sein Atem war hastig und roch unangenehm. Übelkeit überkam sie. Magensäure kroch ihre Speiseröhre hoch, um sich nach ihrem Hustenanfall wieder zu setzen. Er strich ihr übers Haar. Doch das beruhigte sie nicht.

Wieder kam dieser Schmerz. Noch heftiger als zuvor. Sie schrie aus Leibeskräften. Er presste seine Hände gegen ihren Bauch. Der Schmerz benebelte ihre Sinne. Sie verlor jedes Gefühl für Raum und Zeit. Wusste nicht mehr, wo sie war. Doch sie war da. Denn sie hörte einen kurzen Schrei. Ein leises Wimmern. Es war Leben. Leben war da, das sie geschenkt hatte. Einem Kind. Ihrem Kind. Sie wollte es sehen. Es berühren.

Aufrichten konnte sie sich nicht. Sie streckte die Arme nach ihm aus. Wollte es nehmen. Nur einmal! Bitte!

Sie sah es aus der Ferne. Wenigstens. Er drehte ihr sofort den Rücken zu. Ignorierte ihre Bitte. Ging hinaus. Die Schreie wurden leiser. Sie hörte nichts mehr. Tränen rannen über ihre Wangen. Der Schmerz ihres Körpers war nichts gegen den ihres Herzens. All ihre Klagen blieben ungehört. Sie hatten sich zuvor darauf geeinigt, dass sie es weggeben würde. Musste. Es brach ihr das Herz.

1. KAPITEL

»Hey, schauen Sie, wo Sie hintreten! Oder sind S' lebensmüde?«, polterte ein Mann. Er stand geschockt in einem schmalen Erdschacht. Fast wäre der andere auf ihn gefallen. Sein Begleiter konnte ihn noch im letzten Moment vor dem Sturz bewahren.

Einige lose Bretter hatten sich verschoben. Der Arbeiter im Graben hielt einen schweren Hammer in der Hand und stützte sich mit dem Ellbogen von der hinteren Wand ab. Erde begann hinabzurieseln. Grobes Wurzelwerk ragte heraus. Durch eine ruckartige Bewegung hatte es ihn schmerzlich am Arm erwischt. Er blutete.

Der Bauarbeiter hatte die Holzbretter vom Schacht aus mit einem Querstück verbunden. Daher war er für den anderen nicht sichtbar gewesen. Ein schlanker Mann mittleren Alters war auf den noch losen Latten ausgerutscht und beinahe in den Schacht gefallen. Ein anderer konnte ihm rechtzeitig zu Hilfe kommen. Hatte ihn vor dem Sturz bewahrt.

»Wow, das war knapp!«

»Ja, ist noch einmal gut gegangen«, sagte der Betroffene erleichtert und atmete schwer. Er stützte sich auf die Schulter des anderen, um sich einigermaßen zu sammeln. Dabei sah er zu Boden und dann auf seine Hose, die beim plötzlichen Ausweichen schmutzig geworden war.

Sein Gegenüber folgte der Kopfbewegung: »Ja, Berni, wie du weißt, ist das auf der Baustelle nach einem Regen so.« Er wollte ihn beruhigen. Es klang aber hilflos.

Doch es wirkte.

Architekt Bernhard Stockreiter zog seine Hand zurück und klopfte auf den in Mitleidenschaft gezogenen teuren Stoff. Ein Teil des Matsches fiel ab. Viel war's zwar nicht, aber immerhin.

Nachdem er sich losgemacht hatte und wieder auf seinen Beinen stand, richtete der andere sich an den hämmernden Bauarbeiter: »Sagen Sie, warum befestigen Sie die Bretter nicht von oben mit den Verbindungshaken? Da sieht man die wenigstens, und für Sie geht's auch einfacher. Muss ich jetzt schon wirklich alles selbst kontrollieren?«

Der Mann zog es vor, lieber nichts zu entgegnen, und legte den Hammer aus der Hand. Dann sprang er behänd mit nur einem Satz aus der Grube und machte sich in Richtung Lagerraum auf.

Die beiden Männer in Designeranzügen waren zuvor ins Gespräch vertieft gewesen. Hatten nicht auf den Weg geachtet. Waren vielmehr davon ausgegangen, dass die Latten bereits befestigt gewesen waren. Wie sonst üblich. Architekt Stockreiter sah ein letztes Mal auf sein Hosenbein: »Besser wird das nimma, Edi. Geh ma weiter, komm«, war seine Direktive.

Baumeister Eduard Altmeier winkte mit vorwurfsvoller Geste den übrigen Arbeitern zu, verlor aber kein Wort mehr darüber, sondern setzte den Weg Richtung Wald am Ende der Baustelle fort.

Der an das weitläufige Areal angrenzende Waldteil

würde gleich geschlägert werden. So hatten sie es angeordnet. Schnell sollte es gehen. Ohne Umschweife.

Als hätte die Natur ein Sensorium dafür, kehrte plötzliche Stille ein.

Ruhe. Absolute. Rundum.

Kein Rauschen der Wipfel. Kein Gesang der Vögel. Nichts war zu hören.

Als stockte allem der Atem. Eine Gruppe Männer mit entsprechender Ausrüstung war ebenfalls dorthin aufgebrochen. Sie lachten. Die Waldrodung. Ein Job. Wie viele andere. Gehörte zum Baugewerbe. Routine. Jahrzehntelang hatten die mächtigen Fichten über dem kleinen Waldviertler Dorf Großlichten gethront. Es beschützt. Vor Stürmen. Schneegestöbern. In den letzten Jahren durch seine kühlende Luft vor der brütenden Sommerhitze. Die es hier oben immer öfter gab. Es bewahrt vor dem Außenlärm der Welt. Der Lichtverschmutzung, welche die verschiedenen Sternenbilder immer weniger deutlich erkennen ließ.

Der alte Wald hatte bisher den Charakter der Landschaft geprägt. Dessen Rauschen vielen Generationen den Rhythmus ihres Lebens vorgegeben.

An seiner Stelle würde jetzt eine Erweiterung der Siedlung erfolgen. Ein Prestigeprojekt für die sogenannte friedliche Nutzung aus Eigentumswohnungen, Sozial- und Behindertenwohnungen. Deshalb wählte man auch einen prominenten Bauplatz aus. Denn nur dorthin würde man die Wiener*innen locken können. Sie dauerhaft für die Schönheit der Waldviertler Landschaft begeistern. Ja, vielleicht fänden einige deutsche Tourist*innen sogar Interesse am nördlichsten Teil

Österreichs. Diesem Kanada Österreichs, in der Nähe Wiens.

Ein Immobilienentwickler und Freund des Bürgermeisters Josef Brunner hatte das Vorhaben forciert. Dass zusätzlich der gebürtige Großlichtener Architekt Bernhard Stockreiter für den Auftrag gewonnen werden konnte, war schon ein besonderes Glück gewesen. Denn inzwischen war er nicht nur eine österreichische, sondern eine internationale Berühmtheit. Der Bernhard Stockreiter war sowohl in den Fachmagazinen als auch in den Klatschblättern zu finden. Ja, er war eben ein telegener Mann, wie man so sagte. Ein grau melierter, großer und fescher dazu. Kein Event fand ohne ihn statt. Konnte man zumindest vermuten, so oft, wie er zu sehen war. Auch internationale Preise hatte er erzielt. War in Saudi-Arabien, Russland, Texas und New York tätig gewesen. Hatte dort Megabauten errichtet.

Dass er daher seine alte Heimat nicht vergessen hatte, freute viele in Großlichten. Um nicht zu sagen: Sie waren stolz auf ihn. Auf den Berni. Also, wie er sich jetzt amerikanisch aussprechen ließ: Börni. Früher hatten ihn alle Berni genannt, als sie noch gemeinsam in die Schule gegangen waren. Daher ließen sich viele auch etwas von ihm sagen, dem Börni. Denn der wusste mehr als sie. Konnte ja was. Hatte es geschafft. Und der Börni hatte trotz allem nicht auf sie vergessen. Saß mit ihnen im Wirtshaus und gab Runden aus. Das hob die Stimmung. Das mochte man. Wenn sich einer nicht zu gut war, sich mit seinen alten Kumpels zu treffen. Erinnerungen auszutauschen. Er war immer noch einer von ihnen geblieben, der Berni.

So war natürlich Bürgermeister Josef Brunner, also der Peppi, wie ihn alle nannten, sofort für das neue Wohnprojekt gewesen. Immerhin ging es ja ums Wohnen. Etwas Sinnvolles. Also kein Einkaufszentrum. Für so etwas hätte in der Gemeinde niemand gestimmt. Dazu fuhr man nach Ottenschlag. Da gab es bereits so etwas. Man ließ sich doch seine Umgebung nicht unnötig verbauen.

Aber jetzt, das Projekt mit den vielen Behindertenwohnungen: Für so etwas hatten die meisten Verständnis. Musste man doch haben! Das war doch klar.

So wie für die Spendenaktion »Licht ins Dunkel«. Diese Weihnachtsaktion war jedes Jahr etwas Gutes. Für die in Not Geratenen. Österreich war seit Jahrzehnten Spendenweltmeister. Nicht einzuholen. Eben sozial. Darauf war man stolz. Und das zu Recht.

Daher war Bernhard Stockreiter auch der Richtige für das Sozialprojekt. Ein Mann von Welt, der die Kleinen verstand. Jemand, der immer einer von ihnen geblieben war. Der die Waldviertler Gemeinde Großlichten in die Welt hinaustragen würde. Der zurückkam, um einer von ihnen zu bleiben.

Für den Wald war indes die letzte Stunde gekommen. Das Aufheulen von Kettensägen ließ keinen Zweifel daran.

Bernhard Stockreiter und Eduard Altmeier sahen in dessen Richtung und kniffen vor dem immensen Lärm die Augen zusammen. Doch dem Ort des Geschehens näherten sie sich nicht. Sie setzten den Weg eilig zum nahe gelegenen Rohbau fort. Ein Mehrfamilienhaus in mittlerer Größe würde daraus werden. Bis auf eine fertig errichtete Musterwohnung stand bloß das Betongerippe.

»Wir haben uns gedacht, wir machen schnell pro forma eine Wohnung fertig. Dann sehen die Leute, wie's später bei ihnen aussehen könnte. Großlichten lebt ja von Tagestouristen, die hier wandern oder mit dem Mountainbike unterwegs sind. Wir haben von Anfang an unser Projekt an der Hauptstraße ausgeschildert. Da kommen immer wieder Interessierte.« Baumeister Altmeier hielt eine Schlüsselkarte neben den Knauf. Fast zeitgleich sprang die Eingangstür auf.

Die Wohnung war übersichtlich eingerichtet. Die Wände weiß gestrichen und mit beeindruckendem Beleuchtungssystem ausgestattet. Das Bad war komplett eingerichtet und eine bereits fertig montierte Küche war zu sehen. Bilder hingen an den Wänden und sorgten trotz ihrer motivischen Beliebigkeit für behagliche Wärme. Ein kurzer Gang führte an einem kleinen Raum vorbei ins Wohnzimmer, hinter dem das Schlafzimmer lag.

»Hallo, Ingrid!« Eduard Altmeier ging auf eine attraktive Frau zu, die sich aus der Sitzgruppe neben dem Schreibtisch erhob, und küsste sie auf ihre Wange. »So, das feiern wir mit Champagner, dass wir den zweiten Wald auch noch geschafft haben.« Altmeier ging zu einem dekorativen Weinschrank und holte eine Flasche heraus. Der Korken knallte. »Ich habe die Forstarbeiter so rasch wie möglich herbestellt, damit nicht einige im Ort auf die blöde Idee kommen, sich querzustellen. So etwas könnten wir jetzt nicht brauchen.« Er lachte und schenkte in die bereitgestellten Gläser ein.

»Bis die das geschnallt haben, ist alles längst vorbei. Unsere Baufläche hat sich dann verdoppelt. Und: Weg ist eben weg. Und das nur mit geringen Mehrkosten.«

Er reichte ihr den Champagner. »Also, weiter auf gutes Gelingen. Prost!«

Die Gläser klirrten.

»Wir verwenden den gleichen Plan wie vorher und legen ihn einfach seitenverkehrt aufs neue Areal um. Den Hofbereich, der dadurch entsteht, gestalten wir als Grünfläche, so stelle ich mir das vor«, sinnierte der Architekt und nahm einen Schluck.

»Perfekt, Berni«, jubelte der Baumeister. »Es ist schon genial, einen Professionellen wie dich an der Seite zu haben. Die Leute sind gleich ganz anders drauf, wenn man mit ihnen über dich redet. Halten mit nichts dagegen, wenn ich ihnen sage, der berühmte Stockreiter meint, dass … Ja, falls die überhaupt was sagen«, sagte Altmeier und lachte hämisch. »Lassen eh alles mit sich machen. Sind froh, dass jemand hier investiert. Dem Peppi Brunner hab ich neue Umkleidekabinen für den Fußballplatz versprochen.«

»Na, übertreib mal nicht.« Der Architekt grinste vom Champagner bereits merkbar entspannt. Seinen Blick richtete er jetzt auf die neben ihm stehende Frau. Er lächelte sie an, was diese erwiderte.

»Ist doch klar! So viele Schulden, wie jede Gemeinde hat. Sollen sie hier froh sein, dass der Peppi immer offen für Innovation ist. Wenn die Leute schon gegen den Bau neuer Einkaufszentren am Ortsende sind, gegen Wohnungen für behinderte Mitbürger*innen können sie wirklich nichts sagen. Da plant man halt künftig überall einige für Senior*innen mit ein, und schon wird jedes Projekt bewilligt. Genial! Eine super Idee ist das.« Er lachte überzeugt. »Selbst wenn's nur vier Wohneinheiten von 40 sind. Und die werden wir noch auf zwei runterhandeln.« Eduard Altmeier hob sein Glas und prostete den Umstehenden erneut zu.

»Schau ma mal, ob das drin ist. Aber Überzeugungskraft hast du immer schon gehabt. Schon zu Schulzeiten. Ich hab dich bewundert, wie selbstsicher du unseren Klassenvorstand an der Nase herumgeführt hast. Mit unglaublichen Argumenten. Und er hat dir geglaubt. Ist dir auf nichts draufgekommen.«

»Na gut, das war ja alles harmlos. So ein bissl Schwänzen und keine Hausaufgaben machen. Heute ist anderes notwendig, um nicht von Mitbewerbern ausgehebelt zu werden. Das geschäftliche Klima ist viel rauer geworden als früher. Da braucht man andere Mittel.« Eduard sah nach seiner Ehefrau, die sich aus einer Gruppe löste und ihr Glas auf den Wohnzimmertisch stellte. »Ohne die Ingrid ging's sowieso nicht. Sie ist mein Gedächtnis beim Ausverhandeln vieler Projekte, aber auch meine Inspiration und Muse in all den Jahren. Nicht wahr, Liebling?«

Ingrid Altmeier sah sich kurz um und tat so, als hätte sie das Gesagte nicht gehört. »Ah, ich dachte, ich hätte die Schale mit den Erdnüssen schon hereingetragen. Na, dann hole ich sie mal«, tadelte sie sich und reagierte sonst weiter nicht.

Eduard Altmeier schüttelte darüber amüsiert den Kopf: »Ein ewiges Mysterium, diese Frauen! Würdigt man ihre Leistungen, tun sie teilnahmslos. Erwähnt man diese nicht, kritisieren sie einen. Soll einer sich mit ihnen auskennen.«

»Du kennst die Ingrid doch schon viele Jahre und weißt doch, dass sie nicht für große Worte zu haben ist. Ganz konträr zu dir, mein Freund.«

Altmeier lachte: »Gegensätze ziehen sich eben an. In diesem Sinne, mein Freund: auf unser aller Wohl!«

Inzwischen drang das Aufheulen mehrerer Motorsägen unangenehm in den Raum. »Lass nur, ich mach das Fenster zu.« Ingrid Altmeier war zurückgekommen und stellte die Erdnussschale auf den Tisch. Sie schloss die gekippten Fenster.

»Übrigens, schön ist die Musterwohnung geworden. Fertig möbliert sehe ich die meisten gar nicht mehr. Das machen dann später ja die Innenarchitekten.« Stockreiter sah sich bewusst um. Die Lichtinstallation faszinierte ihn. Die Einrichtung war gemütlich, dennoch mehr zweckdienlich gehalten.

»Die hat die Ingrid eingerichtet. Sie hat dafür ein gutes Händchen.«

Seine Frau wehrte sanft ab, lachte aber dabei: »Edi, es ist genug. Der Berni kennt uns. Das weiß er doch alles. Erzähl lieber, dass wir durch die Idee der Musterwohnung im Rohbau schon die Hälfte der Einheiten verkauft haben. Berni, stell dir das vor!«

»Ja, viele Wiener*innen nützen auch den Reiterhof und nehmen sich übers Wochenende Gästezimmer beim Lechner Hannes. Und weil sonst nix los ist, schauen sie halt ebenso bei uns vorbei. Sie erhalten ein Glas Champagner und fühlen sich hier bald schon zu Hause. So geht Wohlfühl-Marketing.«

»Stadtflucht hat offenbar viele in Wien infiziert. Sie wollen in der Natur sein, aber keine Verantwortung übernehmen. Eine Eigentumswohnung mit Balkon ist daher genau das Richtige für die Zukunft.«

»Ja, auch in der Wirtschaftskrise verursacht durch

Corona haben immer noch viele Geld, das sie langfristig und gut investieren wollen.« Altmeier lachte. »Und was ist nachhaltiger als eine Wohnung? Sogar hier auf dem Land. Vermieten kann man die immer, und später sogar vererben. Weniger wert wird sie nicht.« Ingrid Altmeier griff nach ihrem Glas und stellte sich neben den Architekten.

»Trotzdem müssen wir sensibel vorgehen. Nicht zu viel Druck machen. Und den Verkaufserfolg unbedingt bei der Bevölkerung kleinreden. Das kommt sonst nicht gut. Nur der Peppi soll es wissen. Damit er gut auf alles reagieren kann, was vielleicht noch so aufpoppt. Jetzt bei diesem politisch hysterischen Geschrei nach Umweltschutz. Man weiß ja nie, was denen allen noch einfällt. Dieser Zivilgesellschaft, wie man die so nennt. Also, einfach die, die das nicht wollen. Sonst ist es mit unseren Anlegerwohnungen vorbei.«

»Edi, du machst das schon. Da bin ich mir sicher«, gab Stockreiter sich zuversichtlich. Dann wandte er sich Ingrid zu, die ihn entspannt und für einige Sekunden wohl etwas zu lange ansah.

Doch ihr Ehemann bekam davon nichts mit. Er war mit anderem beschäftigt. Sein Handy hatte geläutet, er hatte sich inzwischen ans Fenster gestellt. Während er zuhörte, beeindruckte ihn der Ausblick auf die vielfältige Waldviertler Landschaft mit ihren Feldern und Wäldern. Auch der dumpfe Lärm der Baumsägen, der durch die hohe Zahl an Forstarbeitern anschwoll, änderte für ihn nichts.

Plötzlich krachte es. Das Fenster zerbarst. Und Eduard Altmeier lag reglos auf dem Boden.

2. KAPITEL

»Walli, komm! Nimm sie von der Seite. Mit deinem langen Stecken. Streiche ihr über die Beine. Zart. Dann treibst du sie durch den Zaun.«

»Das denkst du dir, Lena. So ein Miststück! Die läuft, wohin sie will. Nur nicht dorthin, wo ich es möchte.«

Zwei Frauen hetzten, zugegeben wenig damenhaft, kreuz und quer über einen Steilhang. Er war einem Wald mit hohem Strauchwerk vorgelagert, weitläufig eingezäunt und mündete in eine saftig grüne Wiese. An deren Ende auf einem Feldweg waren zwei Autos abgestellt.

Eine Ziege fand es offenbar recht amüsant, die andere Seite des Zauns erkunden zu wollen. Sie vergaß dabei nicht, immer wieder stehen zu bleiben und die köstlichen Grashalme auf der Nachbarwiese zu verkosten. Bis eine unsportliche Frau ihr mit einer dünnen Latte an die Seite fuhr. Das tat zwar nicht weh, aber lästig war's doch. Daher versuchte die Ziege einige Male die Richtung zu wechseln. Doch nach gewisser Zeit hatte sie offenbar heraußen, wie man diese Person außer Gefecht setzen und zusätzlich noch ein bisschen Spaß an der Sache haben konnte. Daher wählt sie instinktsicher plötzlich die andere Richtung.

Yeah! Endlich war jemand da, der für Abwechslung im Ziegenalltag sorgte. Sonst war's ja tagaus, tagein wirklich stinklangweilig, auf der Weide neben all den erwachsenen tatenlosen Dumpfbacken stehen zu müssen, dachte das Zicklein möglicherweise. So wie die anderen würde es, wenn es einmal groß war, auf keinen Fall sein wollen, schien es dem jungen Tier jetzt schon völlig klar zu sein. Lieber wach und unternehmungslustig bleiben und das Leben selbst in die Hand nehmen. Das war durchaus der Eindruck, den Ziegenbäuerin Lena Breitenecker hatte, als sie dem geschickten Tier und dem hilflosen Treiben ihrer Freundin Walli Winzer zusah.

»Ein bisserl energischer noch, Walli! Dann hast du es gleich geschafft«, feuerte sie die heftig keuchende Neo-Ziegenhirtin auf ihren letzten Metern vor dem Ziel an.

Ein kleiner Schlag mit ihrer Hand auf das Hinterteil erschreckte das Tier und sorgte für dessen Sprung durch das Loch im Zaun. Schwupps, und das Zicklein war wieder bei seiner Herde.

»Ohhhh!«, stöhnte die Tierbändigerin atemlos, aber sichtlich erleichtert. Sie beugte sich nach vorn und stützte sich mit beiden Händen auf ihren Oberschenkeln ab. Versuchte dabei ihre normale Atemfunktion wiederzuerlangen.

»Na, so Jungtiere können einen ganz schön auf Trab halten, nicht wahr?«, lachte Lena erleichtert und näherte sich ihrer Freundin, die sich wieder aufrichtete. Zur Entspannung kreiste sie sanft ihre Schultern.

»Na, du bist gut! Lauf du einmal zehn Minuten bergauf mit diesem Vieh. Als hätte es gewusst, was ich vorhatte, büxte es natürlich prompt in die andere Richtung aus.«

»Ziegen darf man nicht unterschätzen. Die wissen immer einen Ausweg. Wenn sie nicht wollen, hat man es nicht leicht mit ihnen. Sie sind so schnell und klettern hervorragend. Manche schaffen es sogar hinauf auf Bäume.«

»Was? Dass Ziegen schnell sein können, hab ich schon mitbekommen. Aber auf Bäume klettern?«

»Ja, in Nordafrika gibt es eine Ziegenart, die klein ist und das schafft.«

»Unglaublich! Aber trotzdem: Das nächste Mal holst du einen von den Mitarbeitern und schickst den auf Ziegenjagd, nicht deine …« Walli Winzer hielt inne, um die passenden Worte zu finden. »… gutwillige und immer noch lauftüchtige Jugendfreundin.«

Lena Breitenecker lachte und umarmte Walli dankbar. »Vielen Dank, dass du eingesprungen bist und wir vom Hof gleich losfahren konnten, um das kleine Luder nicht weiter weglaufen zu lassen. Denn wenn es von der Herde fort im Wald gewesen wäre, hätten wir das Zicklein so schnell nicht wiedergefunden. Also, Walli, du bist doch eine wahre Retterin. Danke dir!«

Die körperliche Anspannung war von Walli Winzer inzwischen gewichen. Beide Frauen schlenderten gemächlich zur Ausbruchsstelle der kleinen Ziege. Eine andere war gerade dabei, es der vorherigen nachmachen zu wollen, was im letzten Augenblick verhindert werden konnte.

»Nein, nicht auch noch du«, stemmte Lena sich gegen das erwachsene Tier, das größere Mühe hatte, sich durch das Loch im Maschenzaun zu zwängen.

»Warte, Lena, ich mach das schon!« Walli Winzer schob das Tier zurück, was aufgrund von dessen Störrigkeit letztlich mit einem leichten Schubs von dessen Hinterteil endete. Damit war nun alle Lust am Abenteuer vorbei und die Ziege suchte auf ihrem Terrain das Weite.

»Geht doch!« Walli Winzer wischte sich die Hände an der Seite ihrer schwarzen Jeans ab. Lena sah sie erstaunt an, weshalb Walli hinzufügte: »Die muss eh später gewaschen werden.«

»Das machst du? Ist doch sicher wieder eine deiner kostbaren Hosen«, amüsierte sich die Freundin.

»Ach, die gefällt mir eh nicht wirklich, deshalb hab ich sie zur Arbeit auf deinem Bauernhof angezogen. Bis dein Knöchel wieder okay ist. Das hab ich dir ja versprochen.«

»Zumindest bei manchem wär's super. Schön langsam wird's ja wieder. Aber a bissl braucht mein Knöchel noch. So blöd. Ich wollt die Kuh an eine der Melkmaschinen anschließen, da hat sie mir plötzlich einen Tritt versetzt. Ich wollte mich abstützen und kippte mit dem Fuß um.«

»Wenigstens musst auch du einmal ein bisserl leiser treten.«

»Ja, aber du weißt nicht, wie schwer mir das fällt, wenn die täglichen Handgriffe automatisiert in einem drin sind.«

»Denk dir, das ist eben für Lisa und Lukas eine Chance. Sie müssen lernen, einmal Verantwortung zu übernehmen. Deine Kinder kennen sich mit dem Bauernhof aus, auch wenn sie jetzt studieren.«

»Eben, da haben sie nicht den ganzen Tag Zeit. Für mich ist das derzeit doppelte Arbeit: Planung und Organisation der Ausführenden. Daher freue ich mich, dass du zusätzlich nächste Woche auf Abruf bereitstehst und deine PR-Agentur vom Waldviertel aus leiten kannst.«

Walli Winzer lächelte Lena matt zu. »Wobei das derzeit alles andere als leicht ist. In meinem Haus lebe ich auf einer staubigen Baustelle. Der Arbeitertrupp ist immer noch nicht mit dem Dachbodenausbau fertig. Es dauert schon Wochen. Schön langsam reicht's mir.«

»Die brauchen immer länger, als sie sagen. Denn da kommt plötzlich ein anderer Auftrag und alles verzögert sich. Wenigstens sind wir beide mehr beisammen. Denk halt so.«

Walli Winzer verzog ihr Gesicht, was Lena fragend quittierte.

Zu mehr kamen sie nicht, weil ein roter Geländewagen den Feldweg hochfuhr. »Ah, Hans ist da.« Leben kam in Lena, und sie winkte einem schlanken, grau melierten Mann mit vollem Haar zu. Dieser wendete das Auto und fuhr langsam quer über die Wiese, hielt allerdings ein wenig entfernt von ihnen.

»Hans, muss das sein?«, rief Lena Breitenecker ihrem Mann bedrückt zu. »Ich mein, auf der Wiese stehen bleiben?«

»Du, das geht net anders. Ich muss das neue Zaunstück abladen und herbringen. Auch noch das Werkzeug. Und vom Weg aus hängt sich das alles ziemlich an.« Hans Breitenecker stieg aus, lächelte den beiden Frauen zu und öffnete die Heckklappe. Er lud eine Rolle Maschendrahtzaun aus, nahm eine Werkzeugkiste heraus, weiteres Zubehör und einen Akkuschrauber. »Und? Habt ihr die kleine Ausreißerin schon gefunden?«, fragte er im Vorübergehen mit voll beladenen Armen.

»Die ist längst bei den anderen. Inzwischen wollte

unsere große Schwarz-Weiße ebenso weglaufen. Die Walli hat ihr aber eine mitgegeben.«

Er lachte. »Da kann ich mir vorstellen, dass die gleich wieder zurück ist.«

Walli Winzer drohte mit der Hand, als wäre er der Nächste.

Hans Breitenecker duckte sich schalkhaft und ging direkt auf den beschädigten Zaun zu.

Walli und Lena folgten ihm und stützten sich nebeneinanderstehend auf das Holzgatter, das die Zaunlinie durchbrach. »Solche kleine Luder. Kannst machen, was d' willst. Die finden immer eine Möglichkeit auszubüxen. Ziegen sind halt wendig und irrsinnig neugierig. Aber man kann ja nicht ständig um sie herum sein und sie unterhalten, damit ihnen nicht langweilig wird.«

»Und miteinander funktioniert das bei denen nicht?«

»Doch. Aber wie du ja merkst, leider nicht immer.«

Plötzlich waren aus der Ferne Schüsse zu hören. Mehrere Schüsse.

»Was ist das? Es ist doch erst Juni, noch keine Jagdzeit«, wusste Lena. Im selben Moment läutete ihr Handy. »Ja, Lisa, was gibt's?«

Walli Winzer beobachtete, wie Lenas Gesichtsfarbe mit einem Mal blass und die Züge schlaff wurden.

»Ich komm gleich.« Lena sah betroffen zu Walli und rief dann ihrem Mann zu: »Hans, beim Schlunzer-Wald wird geschossen. Einer liegt schon. Lisa, Lukas und Clemens sind dort. Ich fahr hin!«

Hans Breitenecker überlegte nicht lang. »Ich komm mit!« Er befestigte das von der Rolle abgezwickte Zaunstück notdürftig mit vier Metallklammern um die beschädigte Stelle, ließ alles andere liegen und rannte wie die anderen beiden zum Auto. Sie stiegen ein und brausten los.

Als sie in die Richtung fuhren, aus der die Schüsse gekommen waren, hörten sie Kettensägen unerträglich laut aufheulen. Sie sahen einige Arbeiter, die sich wehrhaft in Pose gestellt hatten und ihre Sägen vor sich hielten, als hätten sie Maschinengewehre in der Hand. Immer wieder sorgten sie dafür, dass die Sägen bedrohlich aufjaulten. Sie wirkten wie eine Truppe Halbstarker, die statt mit Motorrädern mit Kettensägen spielten, um sich eindrucksvoll in Szene zu setzen. Der Mann von der Security, der für sie abgestellt war, posierte neben ihnen und hielt eine Pistole in der Hand. Im Respektabstand hatte sich eine Traube von Gegnern des geplanten Waldkahlschlags gebildet.

»Keinen Schritt näher!«, drohte der Bewaffnete.

Tatsächlich wich einer der Gegenüberstehenden zurück und brüllte dabei: »Ihr glaubt wohl, dass ihr das alles schnell hinter unserem Rücken durchziehen könnt. Da habt ihr euch aber geschnitten! Solange wir da sind, wird kein Baum mehr gefällt. Da kannst dir sicher sein!«

»Ihr werd'st uns net davon abhalten.« Einer der Forstarbeiter machte eine bedrohliche Geste.

»Das werd' ma ja sehen!«, fühlte sich der Sprecher der Gegner weiter herausgefordert.

Der Waldarbeiter hob daraufhin seine Kettensäge hoch und ließ sie erneut einige Male aufheulen. Dabei lachte er provozierend. Der Security-Mann legte ihm zur Beruhigung die Hand auf den Oberarm. »Das bringt jetzt nix. Sonst geht's gleich richtig los«, sagte er hochgradig nervös.

Der Angesprochene schnaubte, ließ die Gruppe aber keineswegs aus den Augen, während er sich mäßigte.

Hans Breitenecker war mit Tempo den Hügel hochgefahren, an der Zufahrt zum bereits gerodeten Teilbereich stehen geblieben und stand nun zwischen den Fronten. »Was macht's denn! Martin, was is da los? Warum schneidet ihr den Wald um? Der sollte doch stehen bleiben, hat es geheißen.«

Jetzt schaltete der Waldarbeiter die Kettensäge aus und stellte sie neben sich. Er stützte sich darauf. »Wir haben heute den Auftrag bekommen: umschneiden. Das ist unser Job, und den führen wir aus.«

»Geh, hör auf! Wer ist denn dafür verantwortlich? Wieso weiß sonst niemand davon?«

»Du, das geht uns nix an. Job ist Job. Auftrag ist Auftrag.«

Inzwischen war auch Walli Winzer an den Holzfäller herangetreten, sah ihm entschlossen in die Augen und nahm ihm mit einem kurzen »Gestatten Sie!« die Kettensäge ab. Das ging so schnell, dass es ihn dabei fast zu Boden riss. Walli Winzer hielt das Gerät im Respektabstand von sich weg.

»Hallo, was mochen S' denn da?«, wehrte sich der Arbeiter, machte aber keine Anstalten, sein Arbeitsgerät zurückzufordern.

»Das Ding da bekommen Sie wieder, wenn die Sache geregelt ist.«

Währenddessen sprach Hans Breitenecker unbeirrt fort: »Martin, du bist doch da aufgewachsen. Es kann dir doch nicht egal sein, wenn die Landschaft plötzlich ganz anders ausschaut. Die Bäume weg sein würden. Kahl geschlagen. Alles. Stell dir das einmal vor: Das gibt's dann alles nimma. Unwiederbringlich.«

Der Angesprochene kam nicht dazu, auf den Vorwurf zu reagieren. Denn mehrere Polizeiautos mit Blaulicht und Sirene rasten den Hügel hoch. Alles Augenmerk galt ihnen. Die dicht gewordene Traube der Gegner begann sich langsam zu lichten.

3. KAPITEL

»Edi, sag doch was! Mach die Augen wieder auf!« Ingrid Altmeier kniete neben ihrem reglosen Mann und tätschelte erregt seine Wange. Ohne Erfolg.

»Ist er tot?« Bernhard Stockreiter stand wie angewurzelt da und fixierte den am Boden Liegenden. Er war unfähig weiterzusprechen. Starrte nur geradeaus. Wirkte wie gelähmt.

Der laute Knall hatte Eduard Altmeier in sich zusammensinken lassen. Dabei war er bloß ans Fenster getreten, um zu telefonieren. Hatte hinaus in die Landschaft geschaut, den Lärm der Kettensägen durch das Glas gehört. Und dann die fremden Menschen gesehen. Hatte gedacht, dass die Holzfäller ihre Arbeit machen sollten. Schnell. Dann wäre das Gröbste für die Erweiterung der Anlage vorbereitet gewesen. Aber jetzt das? Die vielen Leute da unten? Wohl ein Protest!

Stockreiter konnte die Situation nicht fassen. Er merkte, wie er zitterte. Überall lagen Splitter. Altmeier blutete an der Schläfe. Lag auf dem Rücken. Daher sah es aus, als würde er bloß schlafen. Sich ausruhen. Doch seine Gesichtsfarbe war fahl und bleich. Dem Architekten schauderte.

»Berni, komm her, hilf mir! Ruf die Rettung oder mach irgendetwas. Aber steh nur nicht unnütz herum«, rief dessen Ehefrau außer sich und unterstrich ihre Verzweiflung mit einer eindringlichen Geste, indem sie ihre Finger spreizte und sie beschwörend in Richtung des Architekten erhob. Danach strich sie ihrem Mann wieder sanft über den Kopf.

Die Ermahnung weckte Bernhard Stockreiter schließlich aus seiner Lethargie und ließ ihn nach dem wenige Schritte entfernten Handy greifen. »In zehn Minuten sind sie da«, wandte er sich nach dem Gespräch Ingrid Altmeier zu. Er versuchte dabei beruhigend auf sie einzuwirken.

Jetzt beugte er sich über Altmeier, tastete nach dessen Halsschlagader und fühlte dessen Puls. »Ingrid, der Edi lebt!«, wandte er sich aufgeregt an sein Gegenüber.

Frau Altmeier setzte sich erleichtert auf und legte ihren Kopf auf die angezogenen Beine. Sie vergrub ihr Gesicht und presste ihre Hände auf die Ohren, als wollte sie augenblicklich nichts mehr hören und sehen.

»Wir dürfen ihn nicht bewegen«, mahnte Stockreiter. Er wirkte souverän, als hätte er die Situation voll im Griff. Ingrid Altmeier reagierte nicht. Sie verharrte in der Position und versuchte, sich weiter zu beruhigen. Bernhard Stockreiter robbte neben sie und legte seinen Arm um sie. Ingrid reagierte nicht. »So dramatisch hatten wir uns das ursprünglich nicht vorgestellt«, säuselte er ihr sanft ins Ohr. Daraufhin löste sie ihre Körperhaltung und schlang die Arme um seinen Hals. Sie begann zu schluchzen, worauf Bernhard Stockreiter sie hochhob und auf das Sofa setzte. Er nahm die darauf ausgebreitete Decke und zog sie ihr über die Schultern. Ingrid Altmeier kuschelte sich hinein und kauerte wortlos in der Sofaecke.

Bernhard Stockreiter begab sich vorsichtig zum Fenster, um zu sehen, wer für den Anschlag verantwortlich gewesen sein könnte. Er schlich die Zimmerwand entlang, um im letzten Moment zu zögern. Nur mit einem verstohlenen Blick wollte er auf das Gelände sehen, um sich nicht unnötig in Gefahr zu bringen.

Durch das zerbrochene Fenster hörte er aufgeregte Stimmen. Verstummt war inzwischen das zuvor laute Geheul der Motorsägen. Langsam schob sich Stockreiter vor zum Fenster. Vorsichtig! Niemand würde ihn so sehen können. Nur keine hektische Bewegung. Bloß das nicht!, ermahnte er sich selbst. Niemand durfte auf ihn aufmerksam werden.

Den Platz unter dem Fenster vor dem Rohbau hatte er nun im Blick. Viele der Protestierenden waren den Hügel heruntergelaufen und hatten sich vor der Musterwohnung versammelt. Das war also wirklich gegen uns gerichtet. *Die* waren es also gewesen, war sich der Architekt nun sicher und kniff betroffen sein Gesicht.

Er lehnte mit dem Rücken zur Wand und seufzte. Das hatten sie nun eigentlich nicht erwartet. Diesen Widerstand in der Bevölkerung. Der Peppi Brunner wollte doch alles bis zum heutigen Tag geregelt haben. Jetzt das! Und der verletzte Edi dazu.

Bernhard Stockreiter dachte nach. Währenddessen blickte er stoisch zur inzwischen gefasst wirkenden Ingrid Altmeier, während ihr Mann weiterhin unverändert am Parkettboden lag.

Nach und nach kehrte Stockreiters Entschlossenheit zurück. Wie um dies zu bekräftigen, ging er zur Minibar und schenkte sich ein Glas Cognac ein. Unaufgefordert drückte er auch Ingrid ein Glas in die Hand. Ohne aufzusehen, nahm sie es entgegen. Sie schwenkte es und nahm daraus versonnen einen Schluck.

Betont gelassen stieg Dorfpolizist Sepp Grubinger aus seinem Dienstwagen. Schon zuvor am oberen Wald hatte er angeordnet, dass der Tumult nun unter polizeilicher Kontrolle stünde und er daher keine weiteren Verfehlungen dulde. Jetzt stellte er sein Auto samt Kolleg*innen, die Grubinger aus Gföhl angefordert hatte, auf dem Parkplatz des Bauareals direkt vor der Musterwohnung ab. Sie waren ohne Blaulicht vorgefahren, um die Situation auch hier nicht weiter zuzuspitzen. Eine Dorfbewohnerin hatte zuvor den Dorfpolizisten angerufen und ihn gebeten, schnell zu kommen.

Grubinger schaute in die Runde, die sich da versammelt hatte. Manche waren nur hier, um zu gaffen. »Was macht's ihr da?«, fragte er mit düsterer Amtsmiene und stellte sich neben Hans Breitenecker.

Einer der Männer, der ganz vorne stand, erklärte, dass seiner Meinung nach das Roden des Waldes illegal betrieben würde. Rasches Handeln daher ein Gebot der Stunde sei, um Schlimmeres zu verhindern. Niemand hätte bisher Genehmigungen vorweisen können, trotz mehrmaliger Aufforderung. Es sei eindeutig eine Husch-Pfusch-Aktion, damit das Gröbste der Schlägerung vorbei sei, bevor mehr Personen Wind von der Sache bekämen. Der Rest würde später leichter vonstattengehen, vermutete er.

Eine Anrainerin hätte ihn, Jakob Holzinger, als Umweltschützer rasch darüber informiert, und er habe das sofort in seine WhatsApp-Gruppe gepostet. Viele der Versammelten hatten ihre Arbeit liegen gelassen und seien zu Hilfe geeilt, um die weitere Rodung zu verhindern.

»Mit Sicherheit ist das ois net rechtskonform. Sonst wüsst jemand was davon. Und genau deshalb wollen ma jetzt den Altmeier sprechen«, beendete er seine Ausführung.

Ein paar junge Frauen und Männer waren wie aufs Stichwort die Betontreppe in den Rohbau hineingesprungen. Sepp Grubinger und Jakob Holzinger sahen ihnen entgeistert nach, überlegten aber nicht lang und liefen ihnen hinterher. Dass da doch einige Jährchen an Altersunterschied zwischen den beiden Grüppchen lagen, merkten sie spätestens, als sie im ersten Stock angekommen waren. Schnaufend standen sie vor der offenen Wohnungstür, durch die bereits ein heftiges Wortgefecht zu hören war.

Jugend am Wort: Da redete man nicht lang um den heißen Brei herum. Schnell fanden die jungen Männer und Frauen aus deren Sicht passende Worte, um Klarheit über die verworrene Situation einzufordern. Drohend standen sie um Bernhard Stockreiter. Dass da noch jemand am Boden lag, interessierte sie nicht.

»Sagt: Seid ihr komplett von Sinnen! Ihr seht doch, dass wir mit ganz anderem beschäftigt sind. Hier liegt ein fast toter Mann. Von einem Stein schwer getroffen. Vermutlich durch einen von euch!«, schrie der Architekt. »Habt doch Respekt vor dem Leben.« Er sah einen nach dem anderen an. Dann stellte er sich vor den verletzten Altmeier, als würde er ihn schützen wollen. Dieser öffnete ein wenig die Augen und drehte seinen Kopf einige

Zentimeter in Richtung des Tumults. Das wiederum rief seine Ehefrau auf den Plan. Voll Freude kniete sie sich neben ihn auf den Boden. Erleichtert streichelte sie seine Wange.

Bernhard Stockreiter ließ das Grüppchen weiterhin nicht aus den Augen. Daraufhin wollte einer der Jugendlichen die Gelegenheit nützen und sich auf ihn stürzen. Stockreiter war größer als er und schleuderte den Halbwüchsigen mit einem kräftigen Stoß auf das inzwischen freie Sofa. Ingrid Altmeier sah Stockreiter der verunglückten Situation wegen entgeistert an. Er ermunterte sie, ihm zur Seite zu stehen. Doch sie wollte sich keineswegs in die Auseinandersetzung einmischen, sondern blieb auf dem Boden neben ihrem Mann.

Bernhard Stockreiters Schlag schreckte die übrigen Gefährten ab, weshalb der Architekt wieder Oberhand über die verfahrene Situation erlangte: »Ihr Pack! Bleibt bei eurer verdammten Greta Thunberg und lasst erwachsene Menschen, die eure Ausbildung bezahlen, gefälligst in Ruhe. Verschwindet, bevor ich mich wirklich vergesse!«

»Na, na, na. Was willst du mit den jungen Leuten machen? Lass sie in Ruhe, oder ich verpass dir gleich eine!« Jakob Holzinger hatte vor Sepp Grubinger die Wohnung betreten. Bereits im Stiegenhaus hatte er das aufgeregte Geschrei gehört und war besonders schnell hochgelaufen. Er war kräftig außer Atem und wusste selbst wohl am besten, dass er sicher nicht in der Lage sein würde, den angedrohten Angriff durchzuführen.

Hinter ihm war Sepp Grubinger mit einigen seiner Kolleg*innen zur Stelle. »Schluss jetzt!«, schrie er. »Niemand bewegt sich von der Stelle!« Er sah das zerbrochene Fenster und die weit verstreuten Glassplitter. Einer der jungen Rebellen nützte in der allgemeinen Verwirrung die Gelegenheit und verabreichte dem abgelenkten Stockreiter einen festen Tritt gegen das Schienbein.

»Ah!«, stöhnte der. »So ein kleiner Scheißer!«, polterte er heftig und war dabei, sich auf ihn zu stürzen. Der Halbwüchsige tauchte hinter Jakob Holzinger ab, der nun im Zentrum des Gemenges stand. Er hatte sich mittlerweile vom Treppenlauf erholt und konterte den auf ihn niedergehenden Schlag seines Gegenübers unerwartet. Der brach zusammen und landete neben Altmeier.

Die Jugendgruppe jubelte. Bernhard Stockreiter hatte sich, um den Sturz zu mildern, abgestützt, aber mit der Hand in die Glasscherben gegriffen. Geschockt blieb er sitzen und sah zu, wie sich seine Handfläche augenblicklich mit Blut färbte. Schon bald darauf war der Boden um ihn von roten Tropfen befleckt. Ingrid wandte sich angeekelt ab und schien ratlos, um welchen der verletzten Männer sie sich nun kümmern sollte.

Walli Winzer war nun ebenfalls außer Puste in der Musterwohnung angelangt und sah das hektische Treiben. Eine junge Polizistin erzählte ihr mit wenigen Worten, was eben geschehen war. Walli war daher im Bilde. Sie schien sich nicht sicher, ob sie so eine aggressive Vorgehensweise gutheißen sollte. Auch wenn es für eine sinnvolle Sache war. Besorgt sah sie die Gruppe der Aktivisten an. Die Jugendlichen durften sich diebisch über den Ausgang freuen. Gewonnen war dadurch nichts. Ganz und gar nichts. Eher verfahren. Die gesamte Situation.

Im selben Moment liefen Rettungsleute mit einer Trage herein. Sie beugten sich über Eduard Altmeier. Eine Ärztin entschied, den Verletzten nicht zu bewegen. Den Kopf sofort mit einer Schiene zu fixieren, damit die Halswirbel gestützt wurden und kein eventuell bleibender Schaden entstünde. Während die Sanitäter ihren Anweisungen folgten, kümmerte sie sich um den blutenden Architekten. Stockreiter reichte ihr willenlos seine Hand, die sie verband. Sie ersuchte ihn, gleichfalls mit ins Krankenhaus zu kommen, damit die Verletzung geröntgt und danach genäht werden konnte. Bernhard Stockreiter nickte erschöpft.

Der junge Radaubruder hingegen wollte sich nicht mäßigen. Ein Polizist hatte ihn nach der Attacke beiseitegenommen. Da er ihn immer noch fixiert hielt, wollte er sich mit Gewalt befreien, was jener allerdings zu verhindern wusste. Der Junge kam ihm dennoch aus. Mit einem Ruck landete er auf der stattlichen Frau mittleren Alters, die zuletzt den Raum betreten hatte. Walli Winzer konnte sich gerade noch vor einem Sturz retten, nahm instinktsicher ihre große Handtasche und schlug sie dem jungen Mann auf den Kopf. Dieser blieb daraufhin stehen, sah sie verblüfft an und fiel in Ohnmacht.

Vor Schreck trat Walli einige Schritte zurück, sah aber nicht rückwärts und fiel Polizeibezirksinspektor Adi Platzer in die Hände. Der fing sie auf und erwischte sie dabei prompt an ihrer Oberweite. Daraufhin drehte sich Walli Winzer um und klatschte ihm eine gewaltige Ohrfeige ins Gesicht, was Sepp Grubinger samt Kollegenschaft erstarren ließ.

Dem nicht genug, kamen in diesem Moment noch Lena und Hans Breitenecker samt einem weiteren wild entschlossenen Tross von Umweltschützern angeschnauft. Die Räume der Wohnung waren binnen kürzester Zeit so voll, dass die Rettungsleute mit dem Verletzten auf der Trage kaum durchkommen konnten. Sepp Grubinger fasste sich als Erster wieder und bahnte ihnen den Weg durch die aufgebrachte Menge, während Adi Platzer vom heftigen Schlag weiterhin benommen war. Walli wusste, dass sie im Affekt übers Ziel geschossen hatte. Lena hingegen war fassungslos von der Gesamtsituation.

4. KAPITEL

Erschöpft kam Walli Winzer in ihrem alten Schulhaus an. Ihre vom Morast der Baustelle schmutzigen Schuhe zog sie nicht wie sonst im Vorraum aus, sondern lief über die ausgelegten Papierstreifen am Wohnzimmerboden. Sie waren mit einem Klebeband befestigt. Überall sonst befanden sich Arbeits- und Baumaterialien kreuz und quer im Raum verteilt. Die Größeren mit Schaumstoffpuffern von der Wand abgestützt, die anderen lehnten an Möbelstücken.

Walli ging in die Küche, zur Spüle, und schenkte sich ein Glas Wasser ein. Gierig trank sie es leer. Erleichtert fühlte sie sich dennoch nicht. Sie stützte sich mit ihren Armen am Becken ab und atmete erst einmal durch. Einige Minuten verharrte sie in dieser Position. Ohne sich zu bewegen. Was war denn das gewesen? Vorhin. Wieder so eine abgefahrene Situation, in die sie da hineingeraten war. Und das nicht zum ersten Mal.

Sie drehte sich um und lehnte sich an der Spüle an. Sie dachte nach und kam zum Entschluss: Am besten würde es sein, sofort wegzufahren. Großlichten zu verlassen, bevor wirklich etwas Schlimmes passierte. Wieder einmal.

Viele Dorfbewohner*innen standen ihr skeptisch gegenüber. Weil sie glaubten, Schicksalsschläge, die sich seit ihrer Anwesenheit mehrten, hingen mit ihr zusammen. Vieles sei auch anders geworden, seitdem sie hier wohnte. Denn seit die Wiener PR-Agentin in dem kleinen Dorf Großlichten im Waldviertel das alte Schulhaus erstanden hatte und es restaurieren ließ, riss die Serie an plötzlichen Todesfällen nicht ab.

Nicht, dass es Serientäter gewesen wären! Nein. Sondern schwelende Konflikte, die sich an Kleinigkeiten entzündet und – ja, das ist die Geschichte – entladen hatten, nachdem sie, Walli Winzer, später gegangen war.

Manche Ortsbewohner wichen ihr aus, wechselten die Straßenseite, wenn sie ihnen entgegenkam. Na ja, zumindest gewann Walli Winzer immer öfter diesen Eindruck.

Dabei kannten sie die meisten gar nicht! Dass da jemand in ihrer Umgebung plötzlich tot umfiel und alle wie sonst glauben wollten, er sei an einem Herzinfarkt gestorben, war ja nicht ihre Schuld, wenn es dann doch anders war.

Landärzte attestierten gerne so etwas, um die Ruhe im Dorf zu wahren. Schnell einen Todesschein auszustellen war schließlich einfacher, als eine Obduktion zu veranlassen. Und tot war sowieso tot.

Bei Verdacht auf eine unnatürliche Ursache müsste der Leichnam in die Gerichtsmedizin gebracht werden, was Aufwand bedeutete. Außerdem verursachte dies Mehrkosten im Krankensystem. In wirtschaftlich schwierigen Zeiten wie jetzt wäre das für die Lebenden eindeutig besser eingesetzt. Die gaben schließlich bei der nächsten Wahl ihre Stimme ab. Weshalb dann an etwas rütteln, was – wie eben ein Toter – sowieso nicht lebendig gemacht werden konnte?

Also machte man lieber Walli Winzer dafür verantwortlich, wenn es einige Male dann doch Mord war.

Sie jedoch wollte sich in Großlichten lediglich erholen. Ausruhen. In ihrem Wochenendhaus, das ihre beste Studienfreundin, Lena Breitenecker, ihr eingeredet hatte. Zumindest empfand Walli es so.

Lena wollte ihre Freundin ursprünglich aus dem Trubel der Großstadt herausziehen und genoss ihre Gesellschaft hier, in dieser Einöde. Lockte sie aus Wien weg. Weil Walli, angeblich laut Lena, fast an der Grenze zum Burn-out gewesen war.

So ein Blödsinn, wie Walli heute befand. Ja, ein bisschen weniger zu arbeiten wäre sinnvoll gewesen. Aber gleich hier heraufzuziehen? Manchmal kam ihr das wie eine Schnapsidee vor.

Ja, Walli hatte sich das Haus von Lena und Hans aufschwatzen lassen. Nachdem diese beschlossen hatten, nach der großen Wirtschaftskrise von 2008 den Bauernhof ihrer Eltern zu revitalisieren und zu einem der führenden innovativen Unternehmen Niederösterreichs zu machen. Ja, ihnen war es tatsächlich gelungen, altes Lebensmittelhandwerk mit biologisch-nachhaltiger Hightech-Produktion erfolgreich zu verbinden. Schön für sie! Aber Walli Winzer saß jetzt irgendwie fest.

Sie führte ihre PR-Agentur von Großlichten aus. Zugegebenermaßen brauchte sie kein Breitbandinternet für Internetkonferenzen und Homeoffice. Denn das Headquarter ihrer PR-Agentur blieb weiterhin in Wien, von wo aus ihre Mitarbeiter*innen arbeiteten. Aber nun saß sie da. Im Waldviertel. Eine knappe Autostunde von Wien entfernt.

Klar machte sie sich weiterhin Gedanken. War mit Ideen und Konzepten dabei. Akquirierte Aufträge, nahm Einladungen an. Zwar nicht mehr so viele wie früher. Aber dennoch genug. Denn wenn eine Chefin nicht mehr aktiv dabei war, konnte alles schnell den Bach hinuntergehen. Daran würde auch ihre engagierte Co-Geschäftsführerin und Ziehtochter, Silvia Manner, nichts ändern. Die Firma war ganz auf die Persönlichkeit Walli Winzers zugeschnitten. Daher stand und fiel sie mit ihr. Walli hatte die Firmenkontakte und war regelrecht fast zur Werbe-Ikone der Branche geworden. Wer unorthodoxe Ideen suchte, wandte sich an sie und ihr Team. Ein garantierter Erfolg: Walli Winzer – war *die* Marke schlechthin geworden.

Vieles gelang spielerisch. Silvia, Tobias und die anderen taten es ihr gleich. Schöpften aus Wallis kreativem, unkonventionellem Potenzial. Waren einst von ihr gefördert worden. Bildeten eine verschworene Gemeinschaft. Zusammen mit ihrer Chefin, Mentorin, Ermöglicherin und Freundin. Das war das Geheimnis des Agenturerfolgs: wenig Leute, die einander tief verbunden waren und verlässlich an einem Strang zogen.

Walli Winzer hatte jetzt mehr Zeit für anderes. Zum Beispiel ihre Umgebung zu beobachten. Impulse zu sammeln. Ihre Sinne wachzuhalten und zu schärfen. Ja, und dass bei Werbung allgemein die Sinnlichkeit eine große Rolle spielte, wusste sie. Walli hatte dafür immer schon den richtigen Impuls gehabt und Spaß daran. Einfach das Nützliche mit dem Angenehmen zu verbinden. Männer waren für sie inspirierend. Sie schmunzelte, als sie daran dachte. Genuss war Wallis Lebenselixier. Nichts wollte und sollte an ihr vorübergehen. Dass sie in vergnüglichen Stunden bei nettem

Bettgeflüster stets einiges aus dem firmeninternen Nähkästchen erfuhr, war wieder etwas anderes.

Aber was war das alles gegen diese Unordnung derzeit in ihrem Haus. Die schaffte sie derzeit restlos. Keinen Winkel gab es, in den sie sich zurückziehen konnte. Alles war mit Truhen, alten Möbeln, Bildern und großen Schachteln vollgerammelt. Ja, es würde bald sogar noch schlimmer kommen! Denn der Dachbodenausbau hatte erst begonnen, dessentwegen lag alles hier wüst herum. Der Schutt der alten Zwischenwände und Kamine musste erst abgetragen werden. Damit dann alles schnell klappte, lag ein Teil des Bau- und Dämmmaterials bereits hoch geschichtet in den Räumen. Oh, Gott! Und anderes Gerümpel befand sich immer noch oben. Das musste heute im Haus verteilt werden, damit die Handwerker morgen die Arbeit fortsetzen konnten.

Walli Winzer hielt ihre Arme verschränkt und blickte starr und unbewegt auf eine der letzten leeren Flächen am Küchenboden. Schließlich beschloss sie, schon mit kleineren Vorarbeiten zu beginnen, bevor ihre Helfer*innen für Weiteres auftauchen würden.

Motiviert stützte sie sich an der Spüle ab. Es war ein Ruck, um den Schwung gleich für den ersten Handgriff richtig mitnehmen zu können. Im selben Moment verursachte das allerdings einen gewaltigen Krach! Walli drehte sich um und schlug die Hände vors Gesicht. »Das darf doch nicht wahr sein! Nicht das auch noch«, schrie sie außer sich: Das alte, historisch wertvolle Becken hatte sich aus der Wandverankerung gelöst und lag jetzt vor ihr zerbrochen auf dem Boden. Eine Staubwolke umgab die Löcher in der Wand, in denen es kurz zuvor noch fixiert gewesen war.

Der Aufprall und das anschließende Jammern Wallis hatten Kater Filou angelockt. Flotten Schritts bahnte er sich den Weg durchs Gerümpel und machte erst vor dem Küchenchaos halt. Sein Fell sträubte sich. Katzenbuckel und buschiger Schweif folgten als Geste seiner Abwehr. Filous Blick glitt von der Spüle hin zu Walli und wieder zurück. Dass eines seiner Lieblingsspielzeuge im Haushalt zu Bruch gegangen war, brachte das Fass auch für ihn zum Überlaufen. Dieser Ärger! So gerne hatte er am Beckenrand seinen drahtig-grazilen Körper ausbalanciert und lustvoll am Wasserhahn die herabfallenden Tropfen geleckt. Einen nach dem anderen. Lustig war das immer gewesen! Denn manchmal erriet Frauchen es sogar, wenn er durstig war. Dann drehte sie ihm den Hahn auf, und er hatte Spaß daran, von dessen schmalem Strahl zu trinken. Und mit einem Mal: Aus war der Traum!

Filou ging an Walli vorbei, die nach ihrem Geschrei fassungslos auf den durch sie verursachten Schaden starrte. Der Kater streifte ihre Knöchel, was sie in diesem Augenblick nicht einmal bemerkte. Er sah sie deshalb erschrocken an und war mehr bekümmert als überrascht. Denn seit er bei ihr war, wusste er, dass Frauchen manchmal ernsthaft neben der Spur stehen konnte. Aber dass sie ihn jetzt tatsächlich übersah? Ihre Hand nicht reflexartig nach ihm ausstreckte? Das war ungewöhnlich. Was beschäftigte sie denn so sehr, dass sie ihn gar nicht wahrnahm?

Eine Antwort darauf zu finden, gelang dem Kater nicht. Im Gegenteil: Frauchen war in diesem Moment dermaßen angespannt, dass sie zornig mit einem Bein auf dem Boden aufstampfte und ihn somit noch an der Schwanzspitze erwischte. Kreischend jaulte Filou auf. Fassungslos sah er nochmals zu ihr und beschloss, sich lieber in Sicherheit zu bringen. Erschrocken zischte er durch das Wohnzimmer zur offenen Haustür und ab ins Freie.

Andere hingegen rannten nach Wallis Geschrei schnell ins Haus. Aufgeregt riefen sie nach ihr, die sich nicht meldete. Außer der Unordnung war auf den ersten Blick im Wohnzimmer nichts Außergewöhnliches zu erkennen. Es war nur ziemlich voll. Lena und Harry Kain, Journalist eines regionalen Magazins, wussten vom Umbau, dafür mussten sie sich nicht erst umsehen. Sie waren gekommen, um bei den Vorbereitungen mitzuhelfen. Wallis Geschrei hatte sie herbeieilen lassen. Vielleicht lag sie hinter einem dieser Umzugskartons? Schließlich hörten sie zornige Worte, die man besser nicht wiedergeben sollte, und waren doch froh darüber.

»Also da bist du!« Lena Breitenecker lehnte sich erleichtert an den Türstock zur Küche. Walli Winzer saß auf einer Truhe, die wie vieles andere hier zwischengelagert war. »Warum meldest du dich nicht, wenn wir nach dir rufen?«

Walli wandte langsam ihren Blick in ihre Richtung. »Siehst du nicht, wie es hier aussieht? In diesem Durcheinander? Ich will einfach nicht mehr!«, brach es resigniert aus ihr hervor.

»Ja, shit! Damit rechnet natürlich niemand, dass so ein Teil plötzlich aus der Wand kippt«, seufzte Lena und betrachtete sichtlich erstaunt die Löcher in der Wand. Sie stellte sich nahe an diese heran und konnte durch ein winziges Loch bis ins Schlafzimmer sehen.

»Ich hab gedacht, du und die Mizzi wart damals bei den Renovierungsarbeiten im Haus dabei. Wie kann dann so was mit dem Becken passieren?«

»Geh, Walli! Um solche Löcher in die Wand zu reißen, da muss schon ordentlich Gewicht mit im Spiel gewesen sein. Das kommt nicht von allein. Da muss ich keine Expertin sein, um das zu erkennen.« Sie bückte sich nochmals, um den Schaden genauer zu betrachten. »Meiner Meinung nach gab's einen Druck von oben, der das schwere Becken aus der Verankerung gerissen hat. Dann brauchte es nur noch einen kräftigen Ruck und es lag am Boden.« Sie schaute ihre Freundin vorwurfsvoll an.

Unbekümmert fuhr Harry Kain, der sich ebenso der Wand neugierig näherte, fort: »Vielleicht haben Sie sich ja vorher daraufgesetzt?«

Mit seiner Feststellung schoss er wahrheitsgemäß wie so oft den Vogel ab. Manieren und Anstand kannte der Journalist nicht, so lautete Wallis Meinung über ihn. Er vermittelte stets den Eindruck eines ungehobelten Klotzes. Trug sein Herz leichtfertig auf der Zunge. Dass so jemand jahrelang Chefredakteur einer wichtigen Zeitung gewesen sein soll, würde man nicht glauben. Aber so, wie sich die Zeitungsbranche entwickelt hatte, wunderte es sie wieder nicht. Obwohl, eigentlich verstand sie nur wenig vom Zeitungswesen, sie hatte nur hin und wieder den Eindruck, dass überwiegend Hohlköpfe dort zu sitzen schienen, die sich inhaltlich alles von Polit-Beratungsbüros oder Presseagenturen diktieren ließen und kaum noch ihren eigenen Hausverstand einsetzten. Fachexpertise war bei den meisten sowieso schon lange Zeit ein No-Go. Dass Harry allerdings Grips hatte, wusste Walli aus vielen Gesprächen. Aber manchmal war er unerträglich, wenn er mit seinen Bemerkungen den Nagel auf den Kopf traf. Dann vor allem, wenn er als Ursache ihre überschüssigen Kilos auszumachen gedachte, erzürnte sie das augenblicklich maßlos.

»Gehen Sie da sofort weg!«, brüllte Walli Winzer Harry mit gebietender Lautstärke an. Durch die satte Grabesstimme, mit der sie ihren Worten zusätzlich Ausdruck verlieh, spürte man regelrecht, wie auch den anderen das Blut in den Adern zu gefrieren schien. »Steigen Sie nicht auch noch auf diesen verdammten Schutt und treten mir die Verputz-Steinchen in den Boden ein. Das hat ja Lena schon ausreichend gemacht«, setzte sie erbost nach.

Lena Breitenecker blickte mit großen Augen und gerunzelter Stirn nach Harry, der nun betroffen reagierte. »Okay!«, stotterte er und verzog sich zurück auf den Gang, während Lena den Besen aus der Kammer holte und den Schutt neben der Spüle wegzukehren begann.

Walli Winzer löste inzwischen die Schaufel aus dem Kehrset und lud wortlos allen Schmutz auf einem gehäuften Berg in der Küchenecke ab.

»Walli, klar ärgert dich die Situation. Aber es dauert ja nicht lang. Dann hast du das Chaos überstanden und ein eigenes Atelier am Dachboden.«

Walli Winzer erhob sich mit der Schaufel in der Hand und schaute Lena genervt an. »Trotzdem ändert das nichts an der Situation derzeit. Warum habe ich den Ausbau des Dachbodens damals nicht gleich mitbedacht?«

Lena lachte. »Weil du noch nicht gemalt hast, meine Liebe!« Die Stimmung entspannte sich und Walli Winzer musste sogar selbst lachen. »Du hast ja recht! Aber du siehst, wie's hier aussieht. Sogar Filou hat das langsam satt.«

»Schau, bald ist alles vorbei, und du freust dich darüber. Denke an die schönen Feste, die du geben wirst. Mit Ausstellungen. Das wolltest du doch.«

»Ja, Vernissagen mit zeitgenössischen Künstler*innen.«

»Denk daran, du willst ja auch das Catering vom Hannes mit unseren lokalen Produkten. Alle sind begeistert von der Idee. Jetzt stell dich nicht so an.«

Walli Winzer seufzte und legte die kleine Schaufel ab. Sie lächelte Lena zu, die oft den richtigen Ton traf und sie wieder einmal überzeugte. Sie war froh, in Lenas herzlichem Umfeld zu sein. Hans und die Kinder liebte sie ebenso. Wenn Walli mal wieder übers Ziel hinausgeschossen war, waren sie es alle, die sie lachend zurückholten. Seit vielen Jahren bildeten sie gemeinsam eine Art Patchworkfamilie. Dafür war Walli Winzer dankbar. Für die Liebe und Fürsorge, die die Breiteneckers stets für ihre Umgebung übrighatten. Und dafür nicht einmal Dank erwarteten. Einfach offen ihre Meinung sagten. Zu allem. Immer.

Walli Winzer schmunzelte. Der Ärger von vorhin war verflogen.

»Lena«, sagte sie und umarmte ihre Freundin sanft, »ja, gehen wir hinauf. Die paar Tage werde ich auch noch durchhalten.«

Lena Breitenecker erwiderte Wallis Umarmung und legte ihren Kopf an deren Schulter. Wie schön war es doch, dass sie vor ein paar Jahren nach Großlichten mitgekommen war. Walli war einfach als Freundin unentbehrlich geworden. Viel zu viel verband sie. Die wenigen Gegensätze mal beiseitegelassen. Und sie hatten über die Jahre viel miteinander erlebt. Waren einfach zusammengewachsen.

Harry Kain schaute dem Schauspiel der beiden gedankenverloren zu. Was zwischen denen abging, verstand er sowieso nicht. Ja, die Winzer war schon auf ihre Weise interessant. Deshalb telefonierte er abends oft zum Gedankenaustausch mit ihr. Gerne, wenn er gedanklich mit etwas nicht weiterkam. Bei seinen Artikeln. Denn auf viele andere Personen in seiner Umgebung konnte er nicht zurückgreifen. Auch ihr schienen seine Überlegungen willkommen. Hatte er zumindest den Eindruck. Anderenfalls würde sie ihm das ziemlich sicher sagen.

Gedanklich war sie firm, immer auf 100 Prozent. Half ihm bei kniffligen Fragen weiter, dachte sogar darüber hinaus. Klar, dass er ihr, wenn sie dann mal etwas brauchte, seine Nachbarschaftsdienste anbot. Sogar dann, wenn sie wie jetzt anstrengend war und ewig nicht in die Gänge kam, obwohl er zu Hause selbst genug zu tun hatte. Deshalb unterbrach er die Freundschaftsszene »So, genug gesülzt. Was sollen wir machen?«

Walli und Lena lösten sich aus der Umarmung. Die Lage war wieder entspannt.

»Komm«, rief Lena Walli zu. »Auf geht's. Aslan und Selma Gül sind zwar noch nicht da. Aber hoffentlich kommen unsere Freunde noch. Wir fangen halt schon einmal an.« Beide folgten Harry in Richtung Dachbodenstiege.

»Wir kommen auch mit. Warten Sie! Das haben wir schließlich so ausgemacht«, reklamierte ein Paar, das gerade zur Tür hereinkam.

Lena und Walli lachten. »Ah, da sind sie ja.«

5. KAPITEL

Was war das bisher nur für ein Tag!

Sepp Grubinger saß in seinem Polizeidienstwagen und fuhr zügig die Bundesstraße von Gföhl nach Großlichten. Nach dem Tumult an der Baustelle hatte sein Chef, Polizeibezirksinspektor Adi Platzer, ihn sowie alle anderen Kolleg*innen in die Polizeiinspektion beordert. Er musste seine Wahrnehmung der eskalierenden Situation am Waldrand zu Protokoll geben. Den Krawallmacher unter den Jugendlichen hatten sie vorübergehend in Gewahrsam genommen. Sie hatten sich untereinander geeinigt, dass es für ihn und die Großlichtener*innen wohl das Beste sein würde, ihn eine Nacht lang in der Gefängniszelle zu behalten. Dann wären die Emotionen hoffentlich bei allen wieder im Lot und vernünftige Gespräche möglich.

Irgendwie war seit diesem Bauwahn im Waldviertler Dörfchen sowieso der Teufel los. In der zuvor beschaulichen Idylle hörte man nun ständiges Motorengeheul von Baumaschinen oder das laute Brummen der Kettensägen. Die Bewohner*innen des Orts beklagten sich ständig bei ihm über Dinge, die ihn nur den Kopf schütteln ließen. Wahrscheinlich waren das bei ihnen die nervlichen Folgen des Dauerlärms. Oft musste er ihnen vor Augen halten, wie absurd die Vorwürfe gegenüber den Nachbarn waren.

Da hatte sich tatsächlich eine alleinstehende Frau darüber beklagt, dass ihre nachbarliche Wochenendfamilie den Feuerkorb in Verwendung gehabt hatte und der Wind den Rauch in ihre Richtung getrieben hätte. Der Event dauerte auf Nachfrage eine halbe Stunde. Trotzdem stellte sie es so dar, als ob die Wiener Familie Einfluss auf die höheren Mächte der Windgesetze gehabt hätte. Die Großlichterin ließ wohlweislich aus, dass sie selbst immer noch mit Kohle statt mit Holz heizte und dadurch nicht nur die Umwelt, sondern detto die Nachbarschaft dauerhaft belastete.

Sepp Grubinger redete ihr daher gut zu. Auch wenn es ihm – ehrlich gesagt – langsam schwerfiel, ständig als Kummernummer angefragt zu werden. Er war doch Gesetzeshüter! Das war sein Job. Dass alle immer glaubten, er hätte als Amtsorgan mehr Gewicht bei der Konfliktlösung, war ihm langsam lästig. Ja, wenn sonst nichts los war, dann verstand er seinen Job durchaus so. Aber derzeit schienen manche regelrecht Amok zu laufen.

Solch Ausnahmezustände konnten schon mal seelische Zerrüttung auslösen, hatte er in einem der Frauenmagazine seiner Ehefrau Resi gelesen. Ab und zu kaufte sie sich so eines. Wenn dann nichts Gscheites im Fernsehen lief und eines noch auf der Lehne des Sofas lag, griff er zu und blätterte es durch. Na ja, nicht so, dass sie es sah. Das wäre ja peinlich. Aber wenn sie in der Küche zu tun hatte und er mit seiner Männerarbeit im Garten oder dem Dienst fertig war, setzte er sich schon mal gerne hin und entspannte sich.

Seit Wochen hatte Sepp Grubinger dazu aber keine Zeit. Er ging in der Früh weg und kam am Abend wieder. Müde. Ständig wollte jemand etwas von ihm. Was war denn plötzlich los mit allen? Sepp Grubinger stöhnte im Polizeiwagen vor sich hin.

Klar ging so ein ständiger Lärm auf die Nerven. Auch ihm. Aber er musste trotzdem weitermachen. Durfte sich von den Vorkommnissen nicht beirren lassen. Zumindest sollte er das nicht.

Dass ihn der Platzer nun extra losschickte, um den Franz Pöcksteiner zu beruhigen und ihm zugleich die schriftliche Anweisung von Bürgermeister Brunner zu übermitteln, dass er den Teil seines Grundstücks als Zufahrt zur neuen Siedlung verkaufen müsse, lag ihm im Magen. Es wäre im Gemeindeinteresse, und der nächste Schritt wäre nur noch die Enteignung. Darauf sollte man es besser nicht ankommen lassen.

Grubinger überlegte, wie er den Franz Pöcksteiner nehmen konnte, um ihm ohne längere Diskussion den Ernst der Lage auseinanderzusetzen. Einsichtig sollte er werden. Das Unabänderliche erkennen. Kein sturer Waldviertler bleiben! Manchmal im Leben musste man halt nachgeben. Auch wenn's schwerfiel.

Das neue Wohnprojekt mochte Sepp Grubinger ja wirklich nicht. Ihm reichten schon die Wiener*innen, die seit Jahren ins Dorf strömten. Sich immer als was Besseres fühlten. Warum denn? Viele Bauern beklagten sich bei ihm, weil den Neuankömmlingen nie etwas gut genug war. Ist das bio? Oder ist das nicht bio? Letztes Mal war das Ei größer, warum ist es jetzt kleiner? Die Kartoffeln – wie viele Wiener*innen sagen, anstatt Erdäpfel, wie man sonst in ganz Österreich sagt – sind so unregelmäßig. Haben Sie nicht schönere?

Hallo! Geht's noch, ihr Städter*innen!

Die Natur bringt wie überall unterschiedliche Größen hervor. Nur Erdäpfel aus genormtem Saatgut sehen alle gleich groß aus. Dann müsst ihr in die Supermärkte gehen. Aber in einem bäuerlichen Betrieb schaut's eben anders aus.

Ja, und bei jeder Kleinigkeit fragten sie natürlich bei ihm nach. Als wäre seine Polizeidienstaußenstelle eine Niederlassung des Fremdenverkehrsamts. Irgendetwas verstanden diese Touristen und Zugezogenen da eindeutig falsch. Vor allem: Mit welchem Hochmut sie ihre Wünsche vortrugen. Das verärgerte nicht nur ihn, den Grubinger Sepp. Da konnte er auch seine Landsleute verstehen.

Der Polizist merkte, wie ihn das Gespräch mit dem Pöcksteiner Franz bereits im Vorfeld belastete. Sonst wären ihm solche Gedanken gar nicht durch den Kopf gegangen. Denn üblicherweise war er ja selbst friedliebend und geduldig. Aber dieses herrische Wesen seines Chefs hatte ihn in seinem Wohlbefinden beeinträchtigt, ihn unruhig gemacht. Das kam alles gefühlsmäßig während der Autofahrt hoch.

Doch das durfte er auf keinen Fall beim Pöcksteiner herauslassen, nahm er sich vor. Grubinger sah nachdenklich zur Seite und beobachtete einen kleinen Feldhasen am Wegrand, wie dieser in den Wald hineinlief. Ja, weglaufen würde er jetzt auch lieber. Er grübelte, wie er das Gespräch beginnen sollte. Das würde auf jeden Fall den weiteren Verlauf bestimmen.

Sepp Grubinger parkte den Polizeiwagen vor Franz Pöcksteiners halb verfallenem Hof. Er war noch aus der guten alten Zeit und schien viel zu groß zu sein, um mit dem jetzigen Einkommen aus der Landwirtschaft den Erhalt zu sichern. Durch ein großes Sonnentor betrat er den Innenhof des Vierkanters. Ein verrosteter Pflug war in der Mitte abgestellt. Der Pflege des Innenbereichs schien bereits lange Zeit kein Augenmerk mehr geschenkt worden zu sein. Hohe Wildgräser hatten sich um das Eisengerüst gerankt, ließen dennoch den Blick auf teilweise blanke Pflugscheren zu.

Nichts war zu hören. Niemand kam. Nur ab und zu war der Laut eines Tieres aus einem der Ställe zu vernehmen. Dann wieder Stille.

»Pöcksteiner, bist du da?«, schrie der Polizist. Er wandte den Kopf langsam, hielt ihn hoch, ob er nicht doch etwas hörte.

Nachdem sich niemand gemeldet hatte, beschloss er, ins Haus zu gehen. Sepp Grubinger streifte seine Schuhsolen auf der Fußmatte ab, öffnete die Haustür und zog sie laut hinter sich zu. Dann ging er weiter. Auch in der Stube war er allein. Doch es roch verführerisch nach frisch gebrühtem Kaffee. Das bedeutete: Es war jemand zu Hause.

»Franz, bist du z' Haus?«, rief er nochmals.

Kurze Zeit später öffnete sich eine der Nebentüren und ein älterer Mann kam mit einem Gewehr in der Hand heraus.

»Ja, bist denn du bled?« Sepp Grubinger bemühte sich trotz der Erregung, ruhig im Tonfall zu bleiben. »Was mochst denn do, Franz?«

Der Angesprochene antwortete nicht, sondern schien mit der Überraschung zu kämpfen, wen er vor sich hatte. Die Waffe hielt er dabei starr auf den Polizisten gerichtet.

»Heast net! Gib des Ding do weg.« Sepp Grubinger hielt die Stimme so flach wie möglich, verlieh ihr aber trotzdem die entsprechende Bedeutung.

Der Bauer senkte sein altes Gewehr. Der Polizist nahm es ihm sofort ab.

»Des is mei Hof und mei Land. Do derf i mochn wos i wüll!«

»Na, Bauer, des derfst du net. A wenn'st an Waffenschein host. Nur auf der Jagd und beim Zielschießen im Sport is des erlaubt. Ansonsten lass des im Waffenschrank versperrt. Wos du da mochst: Bist denn du plötzlich nur deppert g'wordn?«

Franz Pöcksteiner sah ihn grimmig an. »I hob ja a net g'wusst, dass du des bist. Hob docht, des is scho wieder da Altmeier. Des Aas. I woit eam an Schrecken einjogn.«

»Des host grad bei mir gmocht. Und i muass dir ausrichten, dass du gscheit sein sollst, und gib des Stückl Land her. Kannst eh nix damit machen.«

»Bist du jetzt a auf dera Seiten? Aber es gehört mir. Schluss – aus!«

»Heast, was is mit dir? Des Stückl is am Ende von einem von deine Felder. A paar Quadratmeter zur Siedlung hin. So vül Geld kriagst du nie wieder für des. Sei doch froh!«

»Na, bin i net!«

»Jo, warum?« Sepp Grubinger hatte langsam, aber sicher ihr Gespräch satt. Um Bewegung in die verfahrene Situation zu bringen, tat er einige Schritte seitlich an die Küchenkredenz und legte den alten Prügel vorsichtig auf die Ablage.

»Brauchst net aufpassn. Is eh net gladen«, kommentierte Franz Pöcksteiner die Sorgfalt des Polizisten.

Dieser schaute ihn genervt an.

»I wollt dem Altmeier und den Stockreiter einfach nur a Angst mochen.« Pöcksteiner begab sich zum Herrgottswinkel und setzte sich an den darunter befindlichen Esstisch.

Sepp Grubinger folgte ihm. »Lass guat sein, Franz.«

Eine Weile saßen sie schweigend da. Jeder starrte ruhig vor sich hin. Pöcksteiner stand schließlich auf und ging zum Herd. Aus dem Aluminiumkocher leerte er Kaffee in zwei Humpen. Ohne zu fragen, stellte er auch Sepp Grubinger einen hin. Dann ging er ins Nebenzimmer und holte noch eine Flasche Schnaps, die er in die Mitte des Tischs stellte.

»Den Obstler hob i selbst gmacht, eh kloar«, sagte er nicht ohne ein gewisses Maß an Stolz, was es dem Polizisten schwermachte abzulehnen. Die Stimmung zwischen ihnen würde so vielleicht besser werden. Denn die Dringlichkeit der Situation musste Grubinger ihm noch in aller Deutlichkeit vor Augen halten. Um das zu tun, war er ja hergekommen. Dafür hatte man ihn geschickt. Der Bürgermeister Peppi Brunner und sein Polizeichef, der Adi Platzer. Er sollte – wenn nötig – sogar eine erste Verwarnung an den Pöcksteiner aussprechen. Das war es, was er vermeiden wollte.

6. KAPITEL

»Also, Berni. Der war echt guat«, amüsierte sich Bürgermeister Josef Brunner. Ihm gegenüber saß in seiner Amtsstube Bernhard Stockreiter. »Was du immer für G'schichten auf Lager hast. Also die kann man sich einfach nicht ausdenken. Na ja, das ist halt die Erfahrung, die du über viele Jahre in Österreich mit dem Bauen gemacht hast. Da kann dir wirklich keiner mehr ein X für ein U vormachen, wie man so sagt.« Peppi, wie ihn seine Freunde nannten, hob sein Weißweinglas und richtete es anerkennend in Richtung des Gesprächspartners.

Der lächelte und griff ebenso zum Glas.

»Weißt du, als wir seinerzeit zammen in die Schul g'gangen sind, hätte ich mir nie dacht, dass ich unser Großlichten einmal verlassen würd. Aber im Internat in Zwettl haben's dann mein Talent für räumliche Darstellung erkannt und meine mathematischen Fähigkeiten. Meine Zeichnungen und das Theaterspielen haben dann die anderen Lehrer davon überzeugt, dass ich unbedingt Architektur studieren müsste. Das habe ich auch g'macht. Den Kontakt hab i nie ganz abreißen lassen. So konnt ich viele Aufträge sogar aus'm Kirchenbereich übernehmen.«

Brunner war etwas irritiert. Nervosität flackerte um seine Mundwinkel, die er sofort in den Griff bekam. »Gott sei Dank, Berni! Sonst hätten wir dich jetzt nicht hier.«

»Aber meine eigentliche Karriere ging erst so richtig mit Myanmar, Russland und der arabischen Welt los. Schon gut, dass Österreich neutral ist, also was man halt einfach so sagt, und man daher überall mitmischen kann.« Stockreiter lachte: »Zwar nicht wirklich groß, aber für unsereins doch lukrativ!« Er schenkte sich erneut ein Glas nach und schien zufrieden.

»Berni«, rief Brunner und setzte sich aufrecht. Er fuchtelte nervös mit der Hand: »Das hätte ich doch für dich getan. Dir eingeschenkt, wenn du was g'sagt hättest!«

Bernhard Stockreiter lehnte sich genüsslich im Sofa zurück und führte sein Glas zum Mund. Ohne Brunners Zuprosten abzuwarten, nippte er entspannt.

Peppi Brunner rückte währenddessen nach wie vor nervös auf seinem Armstuhl hin und her. Zu sehr beschäftigten ihn die jüngsten Ereignisse. Als er bemerkte, dass sein Gegenüber offenbar die Lage unter Kontrolle zu haben schien, entspannte auch er sich zusehends. Erleichtert kippte er mit nur einem Zug sein volles Weinglas. Das war ganz nach niederösterreichischer Tradition: ein kräftiger Schluck bei jedem Anlass. Und einen erfolgreichen Geschäftsabschluss feierte man eben mit Wein aus der Region. Diesmal mit einem edlen Tropfen aus dem Kremstal. Dass es je nach Bedeutung des Ereignisses nur der Allerbeste war, brauchte man nicht zu erwähnen. Der Bürgermeister hatte diesmal tief in die Gemeindekasse gegriffen – und fühlte sich damit gut.

Brunner fiel plötzlich von seinem mitunter durchaus herrisch-überheblichen Gehabe in eine fast handzahme, willfährige Defensive. »Berni, du warst immer schon das Ass in unserer Clique. Damals. In der Schule.« Voll

Bewunderung betrachtete er den Kameraden aus frühen Tagen.

Stockreiter schien akribisch darauf bedacht zu sein, den inzwischen immerhin zum Bürgermeister von Großlichten Avancierten gebührenden Respekt zu zollen. Er verstand es perfekt, die soeben anerkennenden Worte wie ungehört an sich abgleiten zu lassen, wohingegen er den einstigen Schulkameraden entsprechend ins Rampenlicht zu rücken versuchte. Denn Brunner würde es sein, der das lukrative Wohnprojekt den Bürger*innen schmackhaft machen müsste. Bernhard Stockreiter war auf ihn angewiesen.

»Na, Peppi. Das freut mich, dass du das so siehst. Aber wir waren doch alle super! Nicht wahr?«, zwinkerte er dem Bürgermeister anerkennend zu.

Josef Brunner wusste, was der Schulkamerad von einst meinte. Er drückte sich wie dieser erleichtert und in Erwartung des erfolgreichen Ausgangs entspannt gegen die Rücklehne des Armsessels. Auf Augenhöhe prosteten sie einander zu.

Brunner fühlte sich wohl und setzte das Gespräch fort: »Dass wir den Altmeier dazu überreden konnten, war klasse. Ich hätte nie im Leben gedacht, dass du das hinkriegst. Vor allem nach der Geschichte von damals.« Er gluckste in sich hinein.

Stockreiter tat so, als könnte er sich nicht erinnern. Oder konnte er es tatsächlich nicht mehr?

Josef Brunner war's egal. Hauptsache seine politischen Vorgesetzten würden ein gutes Bild von seinem Engagement in der Gemeinde erhalten. Allein das war ihm wichtig. In einem Jahr würden Bürgermeisterwahlen sein. Dafür musste er etwas Nachhaltiges vorweisen können. Etwas Schickes und Modernes sollte es sein. Stichwort: künftige Seidenstraße und dergleichen und was da noch kommen würde. Für die Globalisierung eben. Die Zukunft mitgestalten. Also ehrlich, dafür stand er zwar sonst nicht so. Aber gegen ein bisschen Bares auf der Kante hatte er noch nie etwas einzuwenden. Da war dann so ein bisschen Zukunft auch für ihn möglich, lächelte Josef Brunner verschmitzt.

»Sag, Berni, und die Cayman-Inseln. Da hast du die Briefkasten-Firma? Und da kann man wirklich nichts nachverfolgen?«

Bernhard Stockreiter wurde plötzlich ernst. So hatte er sich den weiteren Gesprächsverlauf nicht vorgestellt. Er nahm noch einen tiefen Schluck aus dem Glas und stellte es am Couchtisch ab. »Wenn ich es dir doch sage: Wir machen das immer so!«

Josef Brunner war ob des plötzlichen Argwohns seines Freundes zwar etwas verunsichert, beruhigte sich aber schnell wieder, nachdem er dessen weiterhin entspannte Körpersprache wahrgenommen hatte. So ein erfahrener Weltbürger war doch etwas ganz anderes als er, der nie aus Großlichten herausgekommen war. Obwohl: So ein Bürgermeisterseminar hatte er über das Wochenende auch einmal in Krems verbracht. Soll da noch jemand sagen, er wäre nicht rausgekommen! Alles immer nur böse Unterstellungen von denen aus Wien. Weil bei uns eben die Welt noch in Ordnung war. Sollen die doch einmal schauen, wo sie bleiben!

Brunner merkte, wie ihm der teure Wein immer süffiger die Kehle hinunterrann. Seinem Visavis schien es ebenso zu schmecken. Jetzt traute er sich endlich, die Frage zu stellen, die ihm so lange Zeit auf den Lippen brannte: »Sag, Berni, wie hast du es damals geschafft, alle Weiber für dich zu gewinnen? Das war ja für uns unglaublich!« Peppi zögerte ein wenig, bevor er weitersprach. »Du hast es dir mit vielen von uns fast verscherzt«, lachte er ein wenig verlegen und blickte voller Erwartung auf sein Gegenüber.

Bernhard Stockreiter blieb locker und plauderte nun aus seinem Nähkästchen: »Ganz einfach: Du redest ihr nach dem Mund. Alles, was sie sagt, dafür hast du größtes Verständnis. Schaust ihr dabei tief in die Augen und denkst immer nur an das Eine: Sex. Sie soll reden und reden und reden – und du hast sie.«

Beide lachten.

»Und weiter?«

»Na, warte: Du schaust ihr weiter tief in die Augen. Nickst zwischendurch immer wieder bewundernd. Sie ist noch mit dem beschäftigt, was sie dir erzählt, spürt aber dein Begehren. Dadurch wird sie verunsichert. Ab jetzt bist du an der Reihe.«

Brunner schenkte ihnen beiden noch einen Absacker vom edlen Tropfen nach.

Stockreiter fühlte, wie der hochprozentigere Riesling Réserve langsam auch seine Sinne trübte. Er konzentrierte sich weiter, denn er hatte in gewisser Weise Spaß daran, aus seiner Werkzeugkiste für Eroberungen zu plaudern. So setzte er fort: »Du erzählst von deiner Verletzbarkeit, deinen Ängsten. Dass dich keine bisher richtig verstanden hat. Du ein einsamer Wolf bist, der insgeheim Wärme und Geborgenheit sucht. Das sagst du mit einem gewissen Lächeln und einem tiefen Blick in ihre Augen. Ich sage dir: Sie wird hin und weg von dir sein.«

»Na, du bist mir einer! Echt gerissen.«

»Dabei ist es so ein einfaches Rezept, das offensichtlich wenige anwenden. Alle blöken gleich von ewiger Treue. Wen interessiert das in diesem Moment, frag ich dich. Entweder sie mag dich oder nicht. Dann bleib oder geh!«

»Du hast ja völlig recht!«

»Auf jeden Fall hast du sie dann. Entziehe dich ihr ein wenig, lass sie ein bisserl zappeln. Sie wird dir nachlaufen. Dann gibst du den Ton an. That's it.«

»Ein Wahnsinn, wie du das erkannt hast! Wir haben das damals auch versucht. Geklappt hat's aber nicht. Warum?«, fragte Josef Brunner belustigt.

Durch den hochprozentigen Wein lockerte sich zunehmend Bernhard Stockreiters Zunge. Vielleicht mehr, als ihm letztlich lieb war: »Denk daran: Wenn du an eine Frau ranwillst, musst du natürlich sauber sein. Dich einmal unter die Dusche stellen. Wenn einer nach Kuhstall oder nach anderem stinkt, törnt sie das echt ab.«

»Geh, was d' nicht sagst«, gab sich Brunner knapp.

»Also, Peppi, sei net a so. Net jetzt einschnappt sein. Hau di unter die Dusche und alle gehören dir«, setzte Stockreiter amüsiert einen drauf.

Der Bürgermeister versuchte, wieder Haltung anzunehmen, was ihm sichtlich weniger gut gelang, da ein gewisser Rechtsdrall ihn bereits in eine Richtung kippen ließ. Dennoch richtete er sich auf und bemühte sich, erneut staatstragend zu wirken: »Danke, Berni, für deine guten Tipps, aber heute brauch ich die eh nimma.«

Stockreiter lachte und bejahte. Er stützte seinen

Freund und klopfte ihm amikal auf die Schulter. »Ja eh. Sag, und der Edi? Is der dabei?«

»Ja, der macht bei allem mit. Der ist okay.«

Plötzlich öffnete sich die Tür und ein großer, schlanker Mann stürmte ins Büro. Die Bürokraft vom Vorraum hinter ihm her.

»Herr Bürgermeister, der Herr Fletzberger ließ sich nicht aufhalten. Er raste einfach an mir vorbei«, beklagte sich die Amtssekretärin. Sie war verärgert, weil Fletzberger sie in ihrer Funktion ignoriert hatte.

Josef Brunner stand aus seinem Stuhl auf und ging dem Mann entgegen. »Was willst du denn da? Hast doch keinen Termin.«

Der Mann im mittleren Alter ließ sich durch Brunners energischen Tonfall nicht aus dem Konzept bringen. Voll Zorn und unverblümt trug er seine Beschwerde vor: »Wie viel hat dir der Altmeier und ...«, er hielt kurz inne, nachdem er Stockreiter gesehen hatte, »und der da bezahlt?«

Josef Brunner kniff seine Augen zusammen und schien über die Anschuldigung ernstlich verärgert zu sein. »Bist du noch bei Trost? Was soll das? Stürmst da herein und beleidigst uns?«

»Weil's doch wahr ist! Ich hab schon wieder kein Wasser in meinem Haus. Und nur deshalb, weil du mir vor einigen Jahren erklärt hast, dass ich mein Haus gleich an die neue Wasserleitung anschließen soll und daher keinen Hausbrunnen stechen lassen muss. Und was jetzt? Meine Familie und ich sitzen auf dem Trockenen! Müssen beim Nachbarn um Wasser betteln gehen. Nicht nur, dass er ein rechter Trottel ist, will er noch Geld dafür haben.«

»Ja, dann mach's halt. Gib's ihm!«, setzte Brunner kleinlaut nach.

»Sag amoi: bist du?! Ich will Wasser für mein Haus. Sofort! Die Zuleitung habe ich damals bezahlt, und jetzt will ich meinen Swimmingpool anfüllen. Das verweigert mir mein ehrenwerter Nachbar nämlich. Weil das nix mit Lebensnotwendigkeit zu tun hätte. Für mich hat es das bei dieser Hitze aber schon.«

»Ja, und was soll ich machen?«

»Denen da verbieten, dass sie sich für ihr Bauprojekt weiter mein Wasser stehlen. Das fehlt ja anderen sicher auch. Das ist unerhört«, redete sich Manfred Fletzberger immer mehr in Rage.

Daraufhin platzte Bernhard Stockreiter der Kragen. »Der Zustand dauert ja net ewig. Ist ja nur vorübergehend.«

Dass der Architekt nun die Chuzpe hatte, das alles zuzugeben, hätte sich Manfred Fletzberger allerdings nicht gedacht. Er schien sich zu ärgern, dass er die Aufnahmefunktion am Handy nicht eingeschaltet hatte, und klopfte zornig auf seine Brusttasche. Dann hätte er sogar ein Beweismittel vor Gericht gegen diese Bande gehabt, wie er sie sah.

Stockreiter schien zu erraten, was der Geschädigte dachte: »Vor Gericht zählt das alles nix. Arbeitsplätze sind jetzt gefragt. Auch politisch. Da kannst di aufspielen, wie du willst. Den Prozess tätest du verlieren. Wir sitzen am Drücker! Da kannst di brausen gehen.« Stockreiter hielt inne: »Aber net amoi des kannst!«, kicherte er angetrunken und schenkte sich ein weiteres Glas nach.

Das war für Josef Brunner jedoch etwas zu viel. »Du, Manfred, wir lassen uns etwas von der Gemeinde aus einfallen. Sei dir gwiss. Vielleicht einen Wassertankwagen oder so. Mach dir keine Sorgen. Das wird schon«, bat er in besonnenem Tonfall.

Manfred Fletzberger schien nun vom Architekten in seiner Ehre gekränkt worden zu sein. Mit einer präzisen Armbewegung schob er den Bürgermeister zur Seite und ging schnurstracks auf Stockreiter zu. Der stellte sein Glas sofort auf den Tisch zurück und erkannte den Ernst der Lage. Er lehnte sich zurück und signalisierte dem Aufgebrachten seinen Rückzug.

Manfred Fletzberger kam ihm dennoch bedrohlich nahe. Er beugte sich über ihn und genoss es, dem berühmten Architekten Angst einzujagen. Mit heißem Atem und finsterem Blick stand er neben dem Bedrängten und unterstrich die Bedeutung der nachfolgenden Worte, die er auffällig langsam sprach: »Du gehst mit deinem Spezi und eurer Bauruine sofort aus meiner Wasserzufuhr, sonst kracht's. Verstanden. Was anderes versteht's ihr ja nicht. Und mit euren gekauften Juristen könnt's bei mir den Bach runterschwimmen.« Manfred Fletzberger lachte süffisant über die für ihn offenbar gelungene Anspielung auf die ungelöste Situation.

Stockreiter schluckte und brachte kein Wort heraus. Man merkte deutlich, dass er solch persönlichen Widerstand nicht gewöhnt war. Sein Blick verdüsterte sich, seine Augen blitzten. Er verhielt sich trotzdem ruhig, um den ihm an Körperkraft überlegenen Mann nicht weiter zu provozieren.

Der hatte sich für zuletzt noch eine besondere Bemerkung aufgehoben und kam dafür noch näher an den Architekten heran: »Stockreiter, du warst a Sau, und du bist immer no ane! Des hot bei uns niemand vergessen. Merk da des.« Er sprach die Drohung im Dialekt und so leise in sein Ohr, dass Josef Brunner und die Amtssekretärin sie hoffentlich nicht gehört hatten.

Bernhard Stockreiter neigte sich zur Seite und stand mit einem Ruck auf. Dadurch entwand er sich auch seinem Gegner. Er stand nun entfernt von Manfred Fletzberger und würdigte ihn keines Blickes mehr.

»Also, i geh jetzt. Macht's ihr euch aus, was ihr wollt's. I hab auf jeden Fall anderes zu tun.« Die launige Stimmung von zuvor war mit einem Male dahin. Galant nickte er der bekümmert wirkenden Amtsfrau zu. An Brunner richtete er abschließend ein ermunterndes »Peppi!«, hielt dabei seinen Blick einige Sekunden länger als üblich, wobei seine Augen verstohlen funkelten, als wäre ihm soeben ein zündender Gedanke gekommen. Danach schaute er noch einmal gelassen zu Fletzberger.

7. KAPITEL

»Ah, tut das gut!«

Walli Winzer saß in ihrem Wohnzimmer im Ohrensessel am Kamin und führte die Kaffeetasse zum Mund. Sie schloss die Augen und genoss den Duft des frisch gebrühten Kaffees. Nach einem weiteren Schluck atmete sie schließlich entspannt durch. Danach stellte sie die Schale von Villeroy & Boch auf der nahen Kommode ab. Die Möbel standen weiterhin wüst durcheinander. Irgendwann würde der Umbauwahnsinn zu Ende sein, versuchte sie sich an die Gegebenheiten zu gewöhnen und zugleich ihrer Hoffnung Ausdruck zu verleihen. Sie neigte sich seitlich, um Butter aufs Brot zu streichen und zur Krönung etwas von der köstlichen Waldviertler Himbeermarmelade draufzusetzen.

Ja, sie war stolz auf sich. Diese neue Bescheidenheit beim Essen hatte sie sich auferlegt, weil ihr das Chaos innerhalb der eigenen vier Wände derzeit auf den Magen schlug. Genussvolles Essen war bei Staub, Lärm und Gerümpel, das sie hier überall umgab, leider nicht möglich.

Walli Winzer liebte das Zeremoniell der feinen Küche, die nicht nur ihre Gaumen-, sondern Lebensfreude allgemein bediente. Ihre Rundungen verdeutlichten das schließlich eindrucksvoll. Doch solange diese bei Männern Anklang fanden – was sie zu Wallis Zufriedenheit taten – und sich ihrer Ansicht nach an den richtigen Stellen befanden, sah sie keinerlei Veranlassung, auf Unkenrufe diverser eifersüchtiger Frauen zu achten. Sollten diese Zahnstocher lieber auf ihr eigenes Wohlbefinden achten. Dann hätten sie vielleicht auch Männer. Denn wer wollte schon eine griesgrämige Asketin im Bett haben?

Im Augenblick reduzierte sich allerdings Wallis Genussfreude in diesem unerfreulichen und kargen Ambiente so wie bei ihren schlanken Geschäftspartnerinnen bloß auf Ernährung. Bei ihnen hieß das vor allem: *von dem nicht zu viel, davon gar nichts, und das ist ganz schlecht für den Stoffwechsel.* Hallo? Wo blieb denn dabei die Lebensfreude? Auch die Vielfalt an Vitaminen? Okay. Zumindest hatte Walli Winzer auch einige Diäten in ihrem Leben ausprobiert. Wusste aber, dass solche nichts brachten. Aber zumindest konnte ihr niemand mehr etwas vormachen.

Am Morgen brauchte Walli stets den Kick der Süße. Diese ließ sie sich sogar jetzt nicht nehmen. Zumindest ein gewisses Maß an Normalität sollte sein. Danach plante sie eine schnelle Flucht aus dieser Ungemütlichkeit.

Von irgendwoher hörte Walli etwas auf ein Möbelstück tappen. Sie drehte den Kopf, doch nichts war zu sehen. Danach griff sie nach ihrer Tasse und nippte. Einen letzten Schluck beließ sie darin und stellte sie wieder ab. Da sich nichts weiter tat, griff sie zur Morgenzeitung, die sie zuvor aus der Postbox vor der Haustür geholt hatte. Ein lieb gewordenes Ritual, das sie mittlerweile ein kleines Vermögen kostete. Aber was soll's! Man gönnte sich ja sonst nichts hier in dieser Pampa des südlichen Waldviertels. Außerdem waren die Printausgaben der Tageszeitungen detaillierter als deren Onlineversionen. Vor allem die Kurzmeldungen waren reicher. Und auf die kam es der Wiener PR-Lady an, wenn sie sich aus der Ferne ihren Reim über Firmendetails machen wollte.

Aus solchen Infosplittern erahnte sie, welcher Betrieb gerade Übernahmen vorbereitete. Meist, wenn eine Vielzahl von Kündigungen gemeldet wurde und die Politik darauf reagieren müsste. Da gab's dann einen Brocken Geld für den künftigen neuen Betreiber, der nach nur wenigen Jahren wie sein Vorgänger das Weite suchte und die Menschen beruflich im Regen stehen ließ. Die Taschen machten sich andere voll mit nationalen sowie mit EU-Fördermitteln. Manche verstanden Globalisierung eindeutig falsch. Früher hieß so etwas Korruption und Diebstahl. Innerhalb komplizierter Verflechtungen waren solche, noch bevor man es merkte, auf und davon.

Doch Walli Winzer wollte sich an diesem schönen, warmen Sonntag nicht die Stimmung vermiesen lassen. Sie überflog daher Politik und Wirtschaft und landete auf der Klatsch-und-Tratsch-Seite, deren Gerüchte sie gemeinsam mit ihrem Himbeermarmeladenbrot genüsslich verschlang.

Plötzlich begannen sich die Buchstaben der Zeitung zu bewegen. Walli hielt inne und kniff die Augen. Da es sich nicht wiederholte, las sie unbeirrt weiter. Sie hielt das Brot in der einen Hand, die Zeitung in der anderen. Kurze Zeit später bewegte sich das Zeitungsblatt erneut. Sie lächelte und tat, als würde sie nichts bemerken. Eine Ahnung überkam sie, was der Grund für die ungewöhnliche Morgenbegleitung sein könnte. Dabei verhielt sie sich still und bewegte die Zeitung nicht. Inzwischen legte sie das Brot zurück auf den Teller. Mit der frei gewordenen Hand griff sie nach der zweiten Zeitungshälfte, straffte sie. Erwartungsvoll zog sie Walli mit einem Ruck hoch.

Da saß die Ursache, dicht vor ihr: Kater Filou erschrak so sehr, dass er sofort Reißaus nahm. Flugs sprang er von der seitlichen Sitzfläche des Ohrensessels auf den Boden. Und so schnell konnte Walli Winzer gar nicht schauen, sprang der Kater über die Möbel auf den Schrank hinauf, wieder auf den Boden zurück und blitzartig geradeaus durch die Katzentür hinaus ins Freie.

Walli musste herzhaft lachen. Was hatte sie nicht schon alles mit diesem Energiebündel erlebt. Immer wieder überraschte er sie mit neuen Streichen. Stets war er dabei überaus erfinderisch. Wie eben. Der Ulk war ihm einfach vorgegeben. Von Anfang an verstand er es, Walli zu unterhalten, zu erziehen und zu necken. Mal sanft, mal energisch. Ganz Katzenart eben: lustvoll zielstrebig.

Aber jetzt war Walli einmal die Siegerin, freute sie sich, griff nach ihrer Kaffeetasse und leerte sie. Gut gelaunt fiel ihr ein, dass sie vor dem Weggehen nicht vergessen durfte, Filous Morgenration an Futter in die Küche zu stellen. Anderenfalls wäre er ziemlich sauer. Ja, nachtragend würde er sogar sein.

So etwas hatte sie bei ihm schon erlebt. Wie heute war sie damals in Eile gewesen und hatte deshalb darauf vergessen. Als sie sich dann abends ins Bett legte, wunderte sie sich plötzlich über einen beißenden Geruch. Sie konnte ihn nicht zuordnen. Schließlich hob sie die Decke und sah dessen Ursache in einem dunklen, nassen Fleck dicht neben ihrem Kissen. Da sie zuvor keine Katze besessen hatte, erklärte ihr Lenas Nachbarin, Mizzi Troger, am nächsten Tag lachend, dass dies Katzen-Protest war. Und sie musste es ja wissen. Denn sie war es gewesen, die ihr seinerzeit Filou richtiggehend aufgedrängt hatte, als diese ins Waldviertel gezogen war. Weg aus Wien.

Für Tiere hatte die PR-Lady nie Zeit gehabt. Ehrlich gesagt: auch keine Lust gehabt, sich mit so etwas Unbedeutendem abzugeben. Wo doch die PR-Welt auf sie wartete! Und jetzt? Jetzt konnte sie sich Filou nicht mehr aus ihrem Leben wegdenken. Diesen Strolch, der er zeitweise war. Und zugleich ein Knäuel an vollkommener Liebe, mit der er sie schon bald überhäuft hatte.

Walli Winzer lächelte verhalten. Durchaus mochte sie schnelle Flirts, doch eine übereinstimmende Verbundenheit wie mit diesem Kater hatte sie bisher noch mit keinem Partner erlebt.

Deshalb gab es eben erfreulicherweise Katzen wie Filou, der zu erraten schien, was gerade angesagt war, interessiert verfolgte, was der Tagesplan vorsah, oder Anteil an der Gemütsstimmung von Frauchen nahm.

Seit Neuestem legte Walli Winzer nämlich auch Mußestunden ein. Da hörte sie Musik, las in einem Buch oder versuchte sich künstlerisch durch Malen auszudrücken. Das entspannte sie eindeutig. Ihre Mitgesellschafterin der PR-Agentur Firebird, Silvia Manner, hatte sie in letzter Zeit in viele Galerien mitgenommen. Walli verstand zwar nichts von all diesem modernen Zeug, aber sie musste zugeben, einiges gefiel ihr. Ja, und die Galerist*innen meinten, das sollte es in erster Linie. Expertise würde sich von selbst ergeben.

Silvias einstige Lebensgefährtin war Malerin. Nach der Trennung verstanden sie sich mittlerweile wieder gut. Für Agentur-Präsentationen und Empfänge bot sich eine Galerie hervorragend an.

Gott sei Dank!, blickte Walli gegen Himmel. Hoffentlich würde das so bleiben. Denn sie konnte sich kein idealeres Paar als Silvia und Anna vorstellen. Wie lange hatte ihre einstige Mentee gesucht und nach Meinung der gesamten Umgebung endlich die Richtige gefunden. Dass Anna dabei die Nichte ihrer zeitweise lästigen Nachbarin war, nahm Walli gelassen.

Sie hob die Zeitung, die sie über ihre Beine gelegt hatte, hoch. Ein neuerlicher Ruck ließ sie seitwärts blicken.

Natürlich: Filou war zurück. Leise durch die Katzenklappe geschlichen. Jetzt saß er am oberen rechten Teil des Ohrensessels und sah Frauchen keck über die Schulter an. Weil sie das wusste, sprach Walli ein paar wohlgemeinte Worte, blieb aber über ihrer Zeitung.

Filou behagte das gar nicht, dass Frauchen ihn nicht weiter beachtete. Er saß eine Weile da, um ihr dann mit seiner Pfote immer wieder an der gleichen Stelle auf den Kopf zu klopfen. Tapp, tapp, tapp.

»Filou, es ist genug«, murmelte sie schließlich und fuhr sich, ohne sich umzudrehen, mit der Hand mehrfach durchs Haar. Dem Kater gefiel das. Endlich reagierte sie. So beschloss er, sich mit seinem Körper sanft an ihrem Unterarm zu schmiegen. Sie streichelte ihn aus der für sie unbequemen Armstellung heraus. Filou wurde das irgendwann zu viel, und plötzlich biss er sie ohne Vorankündigung in die Hand.

Yeah, gleich würde wieder etwas mehr los sein, war er sich sicher. Und? Der Kater hatte recht! Walli Winzer schrie auf und wollte sofort hinter dem kleinen Quälgeist hereilen, um ihn zu stellen. Der war keinesfalls von gestern. Um es auf den Punkt zu bringen: wieder einmal schlauer als sie. Schnell hüpfte er behänd auf ihre Schulter, um mit nur einem Satz auf dem Sofa zu landen. Von dort aus kannte er mittlerweile jeden Tapser über die kunterbunte Möbelstellung. Eins, zwei, drei – und draußen war er.

Walli Winzer saß betroppezt da: Wie war das zuvor gleich mit ihrer These von einfühlsamen Katzen und bloß abenteuerlustigen Männern gewesen?

8. KAPITEL

Den Weg zum Schloss Waldstetten kannte Walli Winzer gut. Sie fuhr mit ihrem Tesla gemächlich auf der Bundesstraße durch einen Wald, in dem noch alte Fichten standen. Im dünn nachgepflanzten Wald unterschieden sie sich von den übrigen deutlich. Nach dem massiven Eisregen im Jahr 2014 waren große Schäden speziell im südlichen Waldviertel entstanden. Die Folgen der Katastrophe erstreckten sich von Krems nördlich in die Bezirke Horn und Zwettl. Tagelang hatten sich Sprühregen und Raureif abwechselnd an Ästen festgesetzt, bis viele brachen. Dabei entwurzelten sie zahlreiche Bäume und rissen andere wie im Dominoeffekt mit. Wochenlanger Regen hatte die Erde zuvor aufgeweicht und war der schweren Last nicht mehr gewachsen gewesen.

Nichts war nach der Naturkatastrophe mehr so wie vorher. Die Landschaft hatte sich verändert. Und zwar grundlegend.

Walli besaß damals noch nicht ihr altes Haus in Großlichten. Doch sie erinnerte sich gut an diese Ausnahmezeit, da sie Lena und Hans damals nicht nur seelisch, sondern auch mit dem Organisieren von Hilfsfonds unterstützt hatte. Das Chaos von damals war ihr wieder eingefallen, als sie jetzt langsam durch die aufgeräumten und aufgeforsteten Wälder fuhr.

Plötzlich riss Walli das Lenkrad rechtsum und erwischte noch rechtzeitig die Zufahrt zum Schloss. Diese hätte sie beinahe übersehen. Beim Autofahren sollte man sich nicht von anderen Dingen ablenken lassen, ermahnte sie sich. Immer war sie mit ihren Gedanken anderswo, wenn sie auf der Straße dahinglitt. Sie war froh, dass ihr niemand gefolgt war. Denn sie wusste nicht, ob der Fahrer so rasch hätte reagieren können. Mehr wollte sie sich gar nicht vorstellen, sondern ließ sich vom Anblick des romantischen Waldwegs, der zum Parkplatz des Schlosses führte, einnehmen.

Von wegen! Spätestens dort folgte die Ernüchterung.

Eine riesige Baustelle mit Baggern und Betonmischern verstellte den Blick auf das Schloss. Mehrere Stapel von Wegkanteneinfassungen und anderen Baumaterialien lagen auf dem Areal verteilt. Auf der anderen Seite zog ein kleiner Bagger eine tiefe Furche in Autobreite in Richtung des Schlosshofs und lud den Aushub seitlich ab.

Laute Anweisungen begleitete indes anderes: Ein Lastwagen fuhr piepsend rückwärts. Langsam. Der ihn einweisende Arbeiter gestikulierte wild und rief dem Lenker genaue Details zu. Da dieser ihn offenbar zuvor nicht genau verstanden hatte, streckte er den Kopf aus dem Seitenfenster und überzeugte sich selbst von der Lage. Nun war er im Bilde und setzte seine Fahrt zügig an den Rand der Baustelle fort.

Dort setzte er die Hebelfunktion der Ladefläche ein und kippte schwarzen Humus neben bereits vorhandenem ab. Der Arbeiter schrie Unverständliches, was weder den Lenker noch irgendjemanden in seiner Umgebung kümmerte. Eine junge Frau mit Schreibbrett in der

Hand drehte sich schließlich um. Sie stellte fest, dass der Anlieferungsprozess ordnungsgemäß verlief, und widmete sich wieder dem Gesprächspartner. Sie standen eng beisammen. Anders hätten sie einander nicht hören können. Während des Gesprächs blickte sie erneut in die Unterlagen.

Auf der neu asphaltierten Zufahrt zum Parkplatz fuhr Walli Winzer an beiden vorbei. Die junge Frau erkannte Wallis Auto und winkte erfreut. Tatsächlich hatte sich das Parkareal verändert. Große Umbauten waren zwar nicht geschehen, doch die Sträucher vor der Zufahrt, ein neuer Schlagbaum und eine neue Planierung mit Waldviertler Granitsplitt gaben dem Ganzen ein gepflegteres Äußeres.

Nachdem Walli Winzer ausgestiegen war, steuerte sie das Gesprächsgrüppchen an. Die Frau sah hoch und lächelte. Sie schien die PR-Lady erwartet zu haben, wandte sich ihr daher zu und umarmte sie herzlich.

»Wir sind gleich fertig mit unserer Besprechung, dann können wir ein bisschen plaudern. Darf ich dir vorstellen …?«

»Danke, wir kennen einander bereits«, schnitt Walli Winzer ihr mitten im Satz das Wort ab.

Romy Steiner kannte manche Eigenheit der mittlerweile guten Freundin und nahm deren Spontanität daher mit Humor.

Weniger Entspannung hingegen verriet der Blick von Architekt Bernhard Stockreiter. Walli Winzer und er waren einander bereits am Wohnpark-Areal begegnet, wo die resche Wienerin bei ihm einen schlichtweg unauslöschlichen Eindruck hinterlassen hatte. Er war deshalb von ihrer Direktheit keineswegs überrascht. Genervt widmete er sich wieder Romy und dem Lageplan, den sie gedankenverloren aufgefaltet weiterhin in den Händen hielt.

Sie blickte irritiert zu Walli, dann wieder auf ihren Plan und wusste offensichtlich nicht, wofür sie sich augenblicklich entscheiden sollte. Denn Bernhard Stockreiter versuchte ihre Aufmerksamkeit weiterhin auf sich und das eben besprochene Projekt zu lenken. Es war ihm egal, weshalb Walli Winzer gekommen war. Gebieterisch zeigte er auf den zuvor besprochenen Teilbereich.

Es war nicht die Situation an sich, sondern die Unhöflichkeit und Selbstgefälligkeit dieses Typs, die Walli, sinnbildlich gesprochen, auf die Palme trieb. Eben, als sie erklären wollte, weshalb sie gekommen war, legte Romy Steiner den Plan beiseite und wandte sich der Freundin zu. Walli lächelte zufrieden. Romy Steiner schaute sie erwartungsvoll an.

»Walli, was gibt's denn so dringend? Wir sind noch nicht fertig, weil …«

In diesem Moment bog ein Minibagger mit Höllenlärm und einem offensichtlich defekten Auspuff um eine Hecke. Sämtliche Umstehenden zogen ihre Köpfe ein. Manche hielten sich die Ohren zu, bis er hinter einer alten Mauer des Schlosses verschwunden war.

»Na bumm! Froh ist man, wenn dieser Lärm endlich nachlässt. Eigentlich wollte ich auch zu Ihnen, Herr Stockreiter.« Walli Winzer wandte sich dem Architekten zu und kam ihm fast bedrohlich nahe. »Baumeister Altmeier hat mir zugesichert, seine Arbeiter für meinen Dachausbau vorbeizuschicken. Das war allerdings schon gestern. Ich warte immer noch auf sie und sitze in meinem Haus fest. Ich weiß gar nicht, wo ich sitzen, geschweige denn schlafen soll!« Obwohl Walli richtig zornig war, versuchte sie, sich ruhig zu geben.

»Wie soll ich das wissen? Mit der Baudurchführung habe ich nichts zu tun. Das ist Aufgabe vom Herrn Baumeister. Wenden Sie sich nochmals an ihn. Ich weiß da überhaupt nix.« Trotzig kehrte er Walli Winzer den Rücken und war froh, Assistentin Cornelia Figlmüller zu entdecken. Er ging ihr entgegen und war sichtlich erleichtert, der lästigen Situation zu entfliehen.

Walli und Romy standen nebeneinander. »Ja, so sind recht viele Männer: Kaum wird ihnen von uns Frauen nicht uneingeschränkt Aufmerksamkeit gezollt, verlieren sie das Interesse und treten die Flucht nach vorne an«, amüsierte sich Romy über Stockreiter. Walli Winzer lachte, hob den Kopf und sah, wie Lokaljournalist Harry Kain vom Parkplatz herüberkam. In der Hand hielt er, wie eine Trophäe, seinen Laptop.

»Hallo, Harry, schon lange nicht gesehen«, freute Walli Winzer sich tatsächlich, ihn zu sehen. Diverse Tätigkeiten in Wien hatten sie die letzten Wochen von Großlichten ferngehalten, weshalb sie den Lokaljournalisten eine Zeit lang nicht gesprochen hatte. Romy freute sich ebenso, obwohl sie wusste, dass Harry mitunter eine ganz schöne Herausforderung, um nicht zu sagen Nervensäge sein konnte. Seine mitunter mühsame Art ließ die Umgebung nur erahnen, weshalb er vor einigen Jahren aus der Großstadt ins Waldviertel übersiedelt war. In diesen kleinen Ort. Okay, immerhin mit Schloss.

Das war natürlich von der allgemeinen Wahrnehmung her eine Kategorie besser angesetzt. Doch vom Chefredakteur einer großen österreichischen Tageszeitung zum Redakteur eines Null-acht-fünfzehn-Blatts wie »Griaß di« zu wechseln gab letztlich Rätsel auf. Doch die zu lösen war jetzt sicher keine Zeit.

»Hallo«, begrüßte ihn auch Romy Steiner und bekräftigte durch eine kleine Kopfbewegung ihr Interesse an ihm. Harry Kain war ebenso erfreut, die beiden Frauen zu sehen. Seine Schritte wurden flotter, bis er neben ihnen stand. Bernhard Stockreiter hatte ihn aus den Augenwinkeln wahrgenommen, machte aber keine Anstalten, zur Gesprächsrunde zurückzukehren. Vielmehr stellte er sich demonstrativ mit dem Rücken zu Harry, der seinerseits fasziniert von der weiter weg stehenden Cornelia Figlmüller schien. Sie brachte eben ihr Haar eindrucksvoll zurecht, das durch den Wind aus der Fasson gebracht worden war, und schaute ihrem Chef dabei kokett über die Schulter, statt ihm aufmerksam zuzuhören.

Harry gefiel das. Man spürte förmlich, wie er in dieser Situation aufblühte. Er warf ihr ein kurzes Lächeln zu und widmete sich daraufhin den beiden ihm vertrauten Personen.

»Na, wie geht's?« Sogar während der entspannteren Zeit von Corona reichte er zum Gruß amikal die Faust. Walli und Romy schauten einander amüsiert an und erwiderten seine Geste. Verriet das doch auch eine gewisse Unbeweglichkeit seiner Person, was man mit dem Berufsbild eines Journalisten nicht wirklich verbunden hätte. Oder hatte er einfach Spaß an dieser jugendlichen Begrüßungsart und fühlte sich dadurch selbst ein paar Jährchen jünger? Sein erneut verstohlener Blick in Richtung der jungen Frau ließ eher Letzteres vermuten.

Walli Winzer entschied, das zu unterbinden, indem sie auf die zuvor gestellte Frage antwortete: »Ich wohne derzeit in einem Möbeldepot, falls Sie das wissen wollten. Aber sonst ist alles in Ordnung.«

Harry war wieder bei der Sache. Er kannte die PR-Lady mit ihren Meriten mittlerweile ziemlich gut. Daher war er weder überrascht noch bestürzt, als er nachfragte: »Wie das?«

Ehe Walli die Möglichkeit bekam, ihr Leid über die Gesamtsituation ihrer bisher vereitelten Galerie zu beklagen, fuhr ein Traktor mit Anhänger den Hügel zum Schlossgarten hoch und störte die Anwesenden erneut durch Lärm. Es handelte sich um ein verrostetes altes Vehikel, das jederzeit auseinanderzufallen drohte. Allein das Hinschauen verursachte Walli Winzer große Mühe, von dem Typ, der vom Fahrersitz sprang, ganz zu schweigen.

Für sein fortgeschrittenes Alter war er einigermaßen beweglich. Sein Gesicht von der Sonne gegerbt. Und dass er seine Freizeit gerne im Wirtshaus verbrachte, war seinen rot umrandeten Augen anzusehen, mit denen er Bernhard Stockreiter anfunkelte, als er seiner habhaft wurde.

Noch bevor ein Wort zwischen den beiden gewechselt werden konnte, wies Romy Steiner dem Neuankömmling auf jenen Bereich, wo er den angekarrten Humus würde abladen können. Er kümmerte sich nicht darum und kam auf den Architekten zu.

»Wenn du glaubst, du kannst mir mein Grundstück für eure Zufahrt einfach so abgaunern, hast du dich aber g'schnitten! Ich lass mich net scho wieder von dir übers

Ohr hauen – um keinen Betrag der Welt! Nur damit du das jetzt vor Zeugen weißt!«

»Geh, Franz! Sei doch nicht so engstirnig. Das bringt doch alles nix. Das Ganze wird sonst von uns oder von der Gemeinde vor Gericht eingeklagt. Du hast keine Chance. Wir gewinnen sowieso, und du bleibst auf den Gerichtskosten sitzen. So aber zahlen wir dir eh, was du willst. Ist das nicht ein faires Angebot?« Bernhard Stockreiter blickte um Beistand ringend in die Runde, die sich allen Anscheins nach nicht ins Gespräch einmischen wollte. Demonstrativ ging man der Arbeit nach. Nur das Gesprächsgrüppchen um Romy Steiner hielt inne, um abzuwarten, wie sich die Situation entwickeln würde.

»Berni, du kriagst die Zufahrt zu eurer Bettenburg nie von mia. Und wenn ma jahrelang prozessieren müssten.«

»Franz, i schau um 18.00 Uhr beim Manfred Fletzberger vorbei. Der hat auch Probleme mit der Zuleitung vom Wasser. Danach fahr i zu dir. Dass du's weißt. Da red ma dann in Ruhe. Heast mi?«, brüllte Stockreiter dem sich abkehrenden Franz Pöcksteiner nach.

Walli Winzer seufzte. »Keine leichte G'schichte. Was der Pöcksteiner da hat, verstehe ich nicht. So wie der ausschaut, kann der das Geld doch brauchen. Was tut er dann so herum und damit in erster Linie sich selbst was an?«

»Vielleicht hat er seiner Frau dort einen Heiratsantrag gemacht und will's deshalb nicht hergeben«, vermutete Harry Kain und wusste augenblicklich, dass er da eine ziemlich dämliche Vermutung angestellt hatte. Da niemand darauf reagierte, nannte er schließlich den Grund seines Kommens: Für die nächste Ausgabe des Magazins »Griaß di« wollte er einen großen Artikel über den neuen Zubau am Schloss schreiben. Dafür hatte er sich mit dessen jahrhundertealter Baugeschichte beschäftigt. Immer wieder waren Veränderungen je nach finanziellen Möglichkeiten und Vorhaben der einzelnen Besitzer vorgenommen worden. Auch in jüngerer Zeit. Ein wenig gelungener Zubau sollte jetzt weggerissen und durch einen neuen ersetzt werden. Näheres darüber wollte er vom Architekten Bernhard Stockreiter erfahren.

Die Abbrucharbeiten waren immerhin bereits voll im Gange und steigerten die nervtötende Lärmkulisse. Deshalb wollte Harry ebenfalls so rasch wie möglich das Areal verlassen.

Um die Erde abzuladen, tarierte inzwischen der Bauer den quietschenden Anhänger am Traktor aus. Der Dieselgestank verbesserte die Gesamtlage nicht. Harry verstand zudem kein Wort mehr. Deshalb deutete er Romy und Walli mit dem Zeigefinger, dass er sich jetzt wohl lieber Stockreiter zuwenden würde. Zu seinem Leidwesen hatte die hübsche Cornelia Figlmüller bereits das Weite gesucht. Er würde allein sein mit dem Architekten.

9. KAPITEL

Der Lärm des Abladens ließ nun auch Romy Steiner mit ihrem Gast den Weg in den ruhigeren Schlosshof suchen. Die dicken, alten Mauern hielten tatsächlich viel von der grellen und dröhnenden Außenwelt ab. Es war eine Oase. Eine stille, kleine Welt für sich. Beschützt von einem jahrhundertealten Bauwerk, das von der Dorfbevölkerung schon lange nicht mehr als Zufluchtsort gebraucht wurde.

Quietschend vor Aufregung lief ein kleiner Bub aus dem Haus in den Hof hinaus. Ein etwas älteres Mädchen folgte ihm.

»Na warte! Gleich hab ich dich!«, rief sie ausgelassen. Nach wenigen Schritten hatte er den Rasenteil des Brunnenplatzes erreicht, warf sich auf den Rücken und schrie laut: »Komm nur, komm nur!« Das ließ sie sich nicht zweimal sagen. Das Mädchen kniete auf ihm und kitzelte mit ihren Fingern seinen gesamten Körper entlang, was ihn jauchzend amüsierte.

»Jetzt hab ich dich aber wirklich, du kleines Monster!«, kicherte sie und beugte sich über ihn.

»Theresa«, rief Romy, »Lass doch den Philipp! Es ist genug.«

Das Mädchen wollte ihm offenbar eine Lektion erteilen, erhob sich und wartete ab, was weiter geschehen würde. Der Kleine kicherte vor sich hin, stand auf und putzte seine Hose ab.

»Theresa, musste das denn sein?«, lächelte Romy Steiner ebenso amüsiert und streckte dem Mädchen ihren Arm entgegen. Diese lief sofort auf sie zu und umschlang Romy. Philipp folgte ihr.

»Ich auch!«, rief er und versuchte, seine ältere Schwester wegzurempeln.

»Hallohallo, Philipp, ich hab noch die zweite Seite frei.«

Fest kuschelte sich der etwa Sechsjährige an seine Stiefmutter. »Ich will auch bei dir sein.«

»Ja, das bist du doch!«, beruhigte sie ihn und drückte ihn noch enger an sich. »Was hast du denn angestellt?«

Der Kleine grinste und hatte keine Scheu zu erzählen, was die Ursache der kleinen Verfolgungsjagd gewesen war. »Ich habe einfach die Schokolade von Theresa aufgegessen.«

»Du weißt doch, dass sie die so gerne hat. Warum machst du so etwas?« Romy blickte ihn mahnend an und sah dann zu Theresa, die sich inzwischen trotzig, aber keineswegs verärgert vor die beiden gestellt hatte. Sie wartete selbst interessiert darauf, was ihr Bruder antworten würde.

Der Kleine hatte sich jetzt aus der Umklammerung gelöst und stand selbstbewusst vor der Fragestellerin. »Na, weil ich im Moment Lust darauf gehabt habe, und da lag sie einfach vor mir.«

»Du brauchst doch nur in die Küche zur Naschlade zu gehen. Da ist ganz viel Schoko drin«, erinnerte ihn Romy daran.

Philipp schmunzelte kokett, weshalb allen sofort klar war, dass er die Reaktion seiner Schwester bewusst herausgefordert hatte und es ihm eindeutig auf die lustvolle

Verfolgungsjagd angekommen war. »Yeah!«, rief er seiner Schwester neckisch zu und zog an ihrem weiten Sweatshirt.

»Na warte!«, folgte es prompt und beide liefen kreischend zurück ins Haus.

»Puh!«, seufzte Walli, »na, bei euch ist ja was los.«

»Gott sei Dank!«, lachte Romy Steiner und schaute ihnen amüsiert nach. »Das wäre ja schlimm, wenn die zwei nicht zwischendurch kleine Machtspielchen miteinander austragen würden. Das gehört bei Geschwistern dazu. Später im Leben brauchen sie die Erfahrung von Angriff, Verteidigung, Konsens und Freundschaft. Das kennst du doch, Walli.«

Die Freundin hob ihre Augenbrauen, wollte sich aber sicher nicht näher über ihre beruflichen Gepflogenheiten ausbreiten. Was ihr hingegen gefiel, war die Vertrautheit der kleinen Familie. »Scheint ja gut zwischen euch zu laufen.« Von außen war wieder viel Lärm zu hören, der auf das Abladen von Schotter oder Kies zurückzuführen war. Romy Steiner wies Walli daher mit einer wortlosen Geste den Weg vom Tor weg zur entfernteren Sitzgruppe im Innenhof. Dort war es eindeutig ruhiger.

Romy öffnete die Tür zu einem neu gestalteten Restaurant und holte aus einem Kühlschrank einen Krug kaltes Wasser mit zwei Gläsern. »Willst du vielleicht einen Kaffee?«, fragte sie und wartete erst gar nicht ab, wie die Antwort lauten würde. Sie wusste es.

»Klar, das Übliche«, rief ihr Walli wenig überraschend nach.

Daraufhin brummte eine Kaffeemaschine und kurze Zeit später erschien Romy mit zwei Café Latte vor der Freundin.

»Ah, schaut das schön aus!«, jubelte Walli und schnappte sich das Glas mit dem Milchhäubchen. Romy Steiner setzte sich ihr gegenüber und schob das Tablett neben sich. Auch sie griff nach dem Kaffee.

»Um nochmals auf deine Frage von vorhin zurückzukommen: Ja, ich liebe die Kinder sehr und freue mich, dass sie mir vertrauen und sich daher für uns entschieden haben.«

»Also, für mich war klar, dass das so sein würde. Hattet ihr daran gezweifelt?«

»Nicht wirklich. Aber Julia wusste nicht, wie Alexander die Kinder vor der Scheidung ausrichten würde. Du weißt ja, wie er drauf war. Wir hatten uns hingegen von vornherein ausgemacht, keinen Druck auf sie auszuüben, bei welchem Elternteil sie bleiben wollten. Natürlich haben wir vor ihnen nicht verheimlicht, dass es manchmal Situationen geben könnte, die nicht für alle ganz leicht sind. Hier auf dem Land. Mit Kindern in der Schulklasse, die von ihren Eltern her Vorurteile mitbringen würden. Weil Philipp und Theresa mit zwei Müttern im Haushalt leben, die noch dazu miteinander verheiratet sind. Sie vielleicht deshalb ausgrenzen würden. Das müssten sie uns gleich sagen, damit wir das mit den Lehrer*innen besprechen könnten. Doch nichts war. Alle wissen Bescheid und agieren völlig normal.«

»Und wie sind die Lehrer*innen? Also, mein Ex, der Thomas, hätte als Lehrer diesen Sonderfall sicher lang und breit zu Hause ausgewalzt. Damals, als wir noch verheiratet waren.«

»Der Lehrkörper reagierte entspannt. Ehrlich gesagt auch zu meiner Verwunderung. Vielleicht war's wie bei

Thomas und dir, alle eventuellen Vorbehalte wurden professionell im beruflichen und privaten Umfeld behandelt. Auf jeden Fall sind wir sehr glücklich mit der Gesamtsituation.«

»Und Alexander?«

»Der war zunächst fix und fertig. Enttäuscht von Julia. Reagierte zornig. Das hat sich aber irgendwann gelegt, nachdem er kapiert hatte, dass das Ende der Beziehung nicht an ihm lag. Die Scheidung verlief dann besonnen. Die Kinder hat er nicht instrumentalisiert. Sie fühlten sich von Anfang an wohl bei uns.« Romy wirkte trotzdem matt, als sie an die Situation zurückdachte. Danach Stille. »Ich will nicht mehr darüber reden. Wir sind glücklich, und nur das zählt.«

Walli respektierte den Wunsch und schloss mit etwas Positivem. »Wäre ja noch schöner, wenn es anders wäre. Wie viel Gutes ihr schon für die Gemeinde und die Dorfbevölkerung geleistet habt. Mit euren Betrieben seid ihr die größten Arbeitgeberinnen der Umgebung. Dankbar müssten euch alle sein! Und keine üble Nachrede verbreiten«, brachte Walli Winzer es treffend auf den Punkt.

Romy Steiner blieb ernst und sah zur Seite. Walli schloss daraus, dass es nicht immer so war. Dann erklärte Romy: »Die, die uns nicht mögen, die wollen auch nicht mit uns arbeiten. Trotzdem: Irgendwie akzeptieren sie uns auf ihre Weise. Wer für uns arbeitet, der oder die machen das ganz bewusst. Wir haben ein kollegiales Arbeitsklima, und wenn es Spannungen gibt, werden die schnell untereinander gelöst. Unsere Betriebsräte müssen sich nie einschalten. Konstruktive Eigenverantwortung ist uns bei allen wichtig. Und die klappt.« Romy lachte.

»Und ich? Ich werde – wenn überhaupt – sowieso nur am Rande informiert.«

»Ist ja recht groß, euer Imperium: mit der Karpfenzucht, der Verarbeitung, dem Schloss, dem Forstbetrieb …«

»Und jetzt bald auch noch mit dem neuen Café-Restaurant, wo ich neben Topfachleuten sogar selbst hinter der Theke stehen möchte.«

Julia Winkelbauer kam flotten Schritts aus einem der Tore in den Schlosshof gelaufen, küsste Romy im Vorübergehen auf den Mund und Walli Winzer auf die Wange. »Walli, wir müssen ein anderes Mal plaudern. Jetzt habe ich leider keine Zeit.« Und schon war sie wieder weg.

Romy sah ihr glücklich nach. »Ja, so ist sie«, lächelte sie, »mein Sonnenschein.«

Walli meinte: »Ich bin erleichtert, dass nach diesen unglaublichen Vorgeschichten seinerzeit für euch alles doch so gut ausgegangen ist und alle Güter jetzt euch gehören.«

»Walli, und noch vieles mehr. Ich kann's selbst kaum glauben. Wir setzen nun alle unsere Träume und Wünsche um. Julia will hier im Hof regelmäßig erstklassiges Kindertheater veranstalten. Ich wiederum möchte abends auf der Bühne Live-Musik hören. Dazu servieren wir dann frisch gekochte Gerichte. Nichts wird bei uns aus dem Tiefkühler kommen oder vorgekocht von einem der vielen Zulieferbetriebe der Gastronomie. Alles wird bei uns vitaminreich und Natur pur.« Sie lachte. »Wie wir selbst sind.«

Während des Gesprächs hatten sie ihren Kaffee fast schon ausgetrunken. Nach dem letzten Schluck forderte

Romy Walli auf, mit ihr noch einen Blick auf die Baustelle des Wintergartens zu werfen. »Natürlich dauert es mit der Fertigstellung dieses Bereichs noch. Aber ein bisserl was erkennen kann man schon.«

Über den historischen alten Specksteinboden gingen sie auf Brettern und Abdeckpappe, die ihn schützten. Sie gingen durch zwei große, bereits fertig gestaltete Räume und kamen in den nach außen hin frei gestemmten Bereich. Dieser sollte künftig als Terrasse dienen. In der kühleren Jahreszeit würde er zum Wintergarten umfunktioniert. Das Stemmen der Arbeiter wurde immer lauter, je näher sie kamen. Der Fluss Krems floss nahe am Schloss vorbei.

Walli Winzer stieg auf einigen provisorisch angelegten Arbeitsstufen hinunter auf den davor liegenden Granithügel und beugte sich über das ungeschützte Geländer. Sie wollte auf die Krems schauen. Dass es einige Meter tief hinunterging, hatte sie zuvor nicht bedacht, weshalb Walli erschrocken zurückwich. Sie wankte an der Rampe und konnte dabei ihren Blick nicht von der gefährlichen Stelle lassen.

»Walli, ist alles in Ordnung?«, eilte Romy Steiner herbei, um die Freundin fest am Arm zu packen und mit einem Ruck zurückzuziehen. »Wieso bist du so nah an die Felswand gegangen?«

Walli Winzer schaute immer noch gebannt zur Stelle, an der sie zuvor gestanden war. Sie fühlte, wie die Angst sie überkam. Ein mulmiges Gefühl in der Magengegend drückte bis zur Speiseröhre hoch. Was sie letztlich dazu bewogen hatte, so nah an den Rand des Abgrunds zu gehen, wusste sie nicht. Sie hatte vorher ebenso nicht auf den unsicheren Boden geachtet. An dieser Stelle bestand er nur aus porösem Gestein, das von Moos und ein paar Grasgrüppchen zusammengehalten wurde. Wie hypnotisiert fühlte sie sich. »Ich weiß nicht. Plötzlich zog es mich, ohne dass ich es erklären könnte, nach vorne.«

Romy Steiner stöhnte. »Na, es ist ja nichts passiert. Alles ist gut.«

»Sagt amoi: Was tut's ihr da?«, mahnte eine kräftige Stimme aus der Ferne. »Geht's ihr von dort weg?« Beide Frauen waren verwirrt ob der groben Worte.

Nicht abwartend, ob die Botschaft Wirkung zeigte, stürmte ein Arbeiter herbei. »Frau Steiner, sind Sie und die Frau da lebensmüde? Wenn Sie was sehen wollen, dann rufen S' mi do am Handy an!«, klang er immer noch aufgewühlt. Stellen Sie sich vor, da wäre jetzt was passiert.« Er sah sich um und suchte offenbar einen Kollegen. »Karl«, rief er dann laut in die arbeitende Gruppe. »Heast, warum is da koa Absperrung. Schnell! Schlagt da wenigstens a paar Pflöcke ein und spannts a rot-weißes Schnürl zur Absicherung! Später mochts no a Plankn. Net dass da amoi wirklich was passiert!« Gleich darauf kamen zwei Männer und begannen mit der Arbeit, wie ihnen gesagt worden war.

»Wie g'sogt, wann immer Sie kommen wolln, samma eh für Sie da«, wandte er sich erneut an Romy Steiner. Diese nickte bestätigend und fühlte sich wie ertappt. Deshalb versuchte sie, die Situation wieder unter Kontrolle zu bringen, und lenkte vom Thema ab: »Im Vergleich zu gestern seid ihr ganz schön weit gekommen. Mit dem Abriss dieses 1980er-Jahre Zubaus wirkt alles gleich viel heller«, fasste sie ihren Eindruck zusammen, nachdem sie in den Schlossraum zurückgegangen waren.

»Wir haben nicht alles abgerissen. Einen Teil der Außenmauern vom Zubau haben wir stehen gelassen und integrieren ihn in den neuen«, erklärte der Vorarbeiter die Arbeitsschritte.

»Und wie soll's ausschauen, wenn alles fertig ist?«, fragte Walli, die inzwischen wieder bei der Sache war.

Romy Steiner übernahm: »Zwei Räume werden ineinander übergehen. Den Wintergarten schließt dann eine falt- und fahrbare Glasfassade, die im Sommer komplett zu den Seiten hin verschoben werden kann. Dadurch entsteht der Übergang vom geschlossenen Raum hin zur freien Natur ...«

»Ein Naturwohnzimmer sozusagen ...«, brachte Walli es auf den Punkt.

»Ja, umrahmt von den alten Bäumen des Parks, vom Glucksen der Krems und von ganz viel Himmel, wo man beim Hinaufschauen Sonne und Wolken vorüberziehen sieht. Träumen und Erholung wird unsere Devise sein.«

»Das klingt wirklich schön«, war Walli begeistert. Als erfahrene PR-Lady dachte sie sofort an weiterführende Angebote für Ausflügler*innen aus Wien, die auch ein bisschen österreichische Geschichte mit neuem Geist und Animo in gelungenem Design erleben möchten. Denn Gott sei Dank würde das hier kein modernistisches Ambiente werden, wie sie es an so vielen Orten zu ihrem Bedauern vorfand. Dass man für so etwas jeweils viel Geld ausgab, ärgerte sie stets. Mitten in ihre Gedanken hinein platzte plötzlich eine dumpfe und verhaltene Stimme: »Karl, kumm amoi her! Wir habn da wos!«

Der Angesprochene nickte den beiden Frauen zu und machte sich auf den Weg. Der Bereich schloss direkt an die Burgmauer an.

Die Frauen blieben stehen und sprachen weiter: »Also, das klingt wirklich toll, was ihr da vorhabt. Sehr geschmackvoll. Wie man es sich nur wünschen kann. Von einem innovativen jungen Frauenpaar initiiert, für Kinder und Menschen, die Freude an einer neuen Welt haben. Kein Versteckspiel mehr für jene, die man lange genug an den Rand der Gesellschaft gedrängt hatte. Eine Welt, in der genauso Bewährtes aus der Vergangenheit seinen Platz haben würde.« Walli merkte, wie sie dabei war, gedanklich bereits eine Imagekampagne vorzubereiten.

Romy lachte glücklich: »Richtig, Walli. Eine Welt, in der Unangepassten ohne die Wertung der Gesellschaft Platz angeboten wird. Und Schmerz durchaus zum Motor für Befreiung werden kann.«

»Also Romy, so wie du da redest, könntest du sogar noch Politikerin werden«, grinste Walli.

»Na, das wäre das Letzte, was ich wollte. Ich habe hier genug zu tun und bin zufrieden. Noch dazu, wo Julia und ich jetzt ein gemeinsames Baby haben wollen.«

Walli Winzer machte große Augen. Heute schien wohl der Tag der Überraschung zu sein, wie sie feststellte. »Aha«, kam es kurz und bündig. »Und wie soll das gehen?«, fragte sie offen und direkt.

Romy Steiner blieb entspannt. Als hätte sie solch Staunen schon öfter erlebt. »Walli, denk mal nach, durch In-vitro-Fertilisation, also künstliche Befruchtung, das ist doch ganz klar.«

Na, so klar war das für Walli Winzer nicht. Sie hatte ihr Leben lang genau Gegenteiliges im Sinn gehabt: nämlich kein Kind ungewollt zur Welt zu bringen. Und dann gab es Menschen, die so viel Aufwand betreiben mussten, damit so etwas klappte. Schon verrückt. Walli wollte allerdings die Begeisterung keinesfalls dämpfen, denn sie selbst hatte nie einen Kinderwunsch verspürt. Aber sie war in vielem anders. Daher freute sie sich für Romy und Julia, brachte allerdings nur ein knappes »Na, dann wünsche ich euch alles Gute dafür« hervor.

Romy blieb gelassen. Möglicherweise musste manchen, denen sie ihr Vorhaben verriet, erst einmal klar werden, *was* sie soeben gehört hatten. Brauchten daher etwas Zeit, um das glauben zu können.

Nachdem Walli allerdings keinen weiteren Erklärungsbedarf erwartete, schlug Romy Steiner vor, zur Gruppe der Arbeiter zu gehen. Dort war es nämlich inzwischen merkbar still geworden. Das Hämmern zur Gänze verstummt. Keiner sprach ein Wort. Sie starrten vielmehr alle auf die gleiche Stelle.

»Und, was gibt's?«, wollte Romy Steiner wenige Meter vorher wissen, bevor sie die Arbeiter erreichte. Walli folgte ihr in einigem Abstand.

Niemand antwortete.

Auch die beiden Männer, die den Abgrund gesichert hatten, standen nun regungslos nebeneinander. Alle mit ernsten Gesichtern. Einer von ihnen bückte sich und stemmte ein Eisen mit mächtigen Schlägen gegen das Gemäuer. Geröll aus Steinchen, Mörtel und Ziegelschutt kullerte heraus und legte eine etwa 30 Zentimeter breite Spur frei. Der Mann hämmerte weiter. Das über einem kleinen Hohlraum gelockerte Mauerwerk brach nun zur Gänze heraus. Mit den Händen strich der Arbeiter das zuvor Entdeckte frei.

»Lass mich durch. Was gibt's da?« Walli Winzer schob Romy zur Seite, um gleichfalls zu sehen, was alle augenblicklich so betroffen machte.

Jetzt erstarrte auch sie, traute ihren Augen nicht. Vor ihnen lag ein seitlich gekrümmtes Skelett. Die kleinen Gebeine und der Schädel ließen keinen Zweifel: Es war das eingemauerte Skelett eines Babys.

10. KAPITEL

Die Straßenlage seines eleganten Sportcabrios Mercedes-Maybach 6 war recht gut, wie er zufrieden feststellte. Lautlos und keineswegs schnell glitt er auf der kurvenreichen Bundesstraße dahin. Bei so einer gemächlichen Fahrt ließen sich seine Gedanken stets am besten ordnen. Mit wachem Sinn konnte er auch die Landschaft besser auf sich wirken lassen. Intensiver wahrnehmen. Sie erfüllte ihn mit Sehnsucht. Diesen Kick liebte er, ehe er später diese Ruhe in sich verspürte. Zwischendurch suchte er etwas anderes. Aufregendes. Sehnte es herbei. Und – fand es.

Immer.

Dieses Gefühl der Überlegenheit. Diese unbändige Lust, bereits im Vorfeld zu wissen, dass jeder Widerstand zwecklos sein würde, wenn er nur in die Nähe kam, ließ ihn während der Fahrt tief entspannen.

Der Nachmittag war ganz nach seiner Vorstellung verlaufen. Ingrid Altmeier hatte bereits auf ihn gewartet. In einer kleinen Holzhütte. Sie lag versteckt im Schlunzer Wald. Man musste sich schon gut auskennen, um dorthin zu gelangen. Für ihn war das kein Problem. Denn er stammte aus der Gegend. Es war zwar schon lange her, dass er einen Teil seines Lebens hier verbracht hatte, hier, wo er seine Talente entdeckt hatte. An manches konnte er sich noch gut erinnern. Verändert hatte sich nach all den Jahren, die er fortgeblieben war, nicht viel. Das war gut so, dachte er insgeheim. Er brauchte einen Ort in der Welt, wo alles beim Alten blieb. Einen Ort, an den er sich zurückziehen konnte. Der ihn erdete. Immer wieder. Der ihm all das Überdimensionierte fernhielt, das andernorts gepriesen wurde.

Er hatte die Nase voll von diesen künstlichen Welten. Diesen entfremdeten. Die an vielem vorbeiführten. Ganz bewusst. Hochstilisiert wurden. Die er mitzugestalten half. Das musste er zugeben. Sie auch lebte. Gelebt hatte.

Aber auf Dauer war das anstrengend. Erfüllte ihn nicht.

Jetzt hatte ihn das Schicksal wieder zurückgeholt. Ins Waldviertel. Zu seinen Wurzeln. Besser gesagt, der Pepi Brunner hatte ihm ein Honorar angeboten, das er nicht ausschlagen konnte. Um diese Wohnsiedlung zu konzipieren. Sie sollte künftig sogar seinen Namen tragen, hatte er ihm zugesichert. Schon schön. Dass auch noch die Ingrid Altmeier im Paket dabei sein würde, hätte er nicht erwartet.

Aber für Überraschungen war Bernhard Stockreiter immer zu haben. Was tat man nicht alles, um sich all seine Sinne lebendig zu erhalten?

Der Ruf einer ihn inspirierenden Muse war Ingrid vorausgeeilt. Aber er kannte sie ja. Sie gefiel ihm. Schon immer. Und er mochte das: eine sinnliche Erinnerung an alle Orte, an denen er eines seiner architektonischen Meisterwerke hinterlassen würde.

Eigentlich hätten seine unzähligen Affären Co-Autorenschaft beantragen können, wüssten sie von ihrer Bedeutung für sein Werk. Taten sie aber nicht. Sie kannten einander nicht. Jede blieb eine Episode in seinem

Leben, bis die Planung des Objekts und dessen Umsetzung vorbei waren. Sie hatten keine Ahnung, welchen Einfluss sie genau zu diesem Zeitpunkt auf ihn hatten. Die Beziehungen intensivierte er gegen Schluss. Er ließ sich zu 100 Prozent auf sie ein, um zugleich seine volle Kreativität aus sich herauszuholen.

Von einem Tag auf den anderen verließ er sie dann. Kommentarlos. Löste sich. Möglichst rasch. Das war notwendig. Um emotional nicht zu verbrennen. Seine Energie zu erhalten.

Er machte das mitunter recht grob. Um mit Sicherheit wieder frei zu werden. Und es auch zu bleiben. Für den nächsten Auftrag. Die nächste Stadt. Die nächste Frau.

Stockreiter öffnete einen Spaltbreit das Fenster seines Autos und ließ den Geruch der Nadelwälder herein. Er überlegte, ob er sich in Großlichten nicht ein eigenes Haus bauen wollte. Der Pepi hatte ihm ein Areal mit eigenem Wald samt Sonnenhang für einen Hausbau in Aussicht gestellt. Als Kind hätte er davon geträumt. Es war die eindrucksvollste Erhebung mit malerischem Blick über die Hügellandschaft des südlichen Waldviertels.

Er dachte daran, dass er auch nicht mehr der Jüngste war. Was bei einem Mann natürlich nicht wirklich etwas aussagte, wie er gleich zufrieden feststellte. Kinder wären allerdings mit 55 Jahren langsam ganz gut. Die würden später sein künstlerisches Erbe, seinen Ruhm und sein Vermögen für die Nachwelt bewahren und verwalten. Da musste man schon beizeiten darauf achten.

Großlichten wäre ein ruhiger Ort, um Kinder großzuziehen. Die Großstadt Wien wäre auf der Horner Schnellstraße nur 100 Kilometer, also eine Autostunde, entfernt. Und Großlichten verband alle Vorteile des ruhigen Landlebens mit der Würdigung und Aufmerksamkeit, die ihm der Ort und seine einstigen Jugendgefährten entgegenbrachten.

Bei dem Gedanken an seine Zukunft fuhr sich der Architekt mit der Hand nervös an die Nase und kniff zugleich die Augen. Denn das Sonnenlicht blendete ihn, als er aus der Dunkelheit des Waldes gemächlich an den blühenden, rosafarbenen Mohnfeldern vorbeifuhr.

Der vorherige Gedanke ließ ihn jedoch nicht los. Aus seiner Beziehung mit Cornelia Figlmüller könnte durchaus etwas Ernstes werden. Sie war für ihn nicht nur ein kleiner Flirt, wie er merkte. Erfreulicherweise war sie auch seine Studentin. Ein Teil seiner selbst, wie er zufrieden feststellte. Dass er Ingrid Altmeier parallel zu ihr laufen ließ, schien Cornelia nicht besonders zu stören. Ungewöhnlich war die Situation schon. Für ihn. Für sie nicht. Ohne Zwietracht. Ohne Eifersucht. Das faszinierte und beunruhigte ihn zugleich. Diese Freiheit und Offenheit, mit der sie seine Abenteuer hinnahm.

Ingrid hatte heute bereits auf ihn gewartet. In der Jagdhütte. Wie sie dort malerisch vor ihm gelegen hatte. Nur mit einem Tuch bekleidet, das sie langsam abzustreifen begann, als sie ihn zur Tür hereinkommen sah. Immer noch war sie begehrenswert, obwohl sie keine zwanzig mehr war. Er konnte seine Augen nicht von ihr lassen und von dem, was sie vor ihm tat. Sie sprachen kein Wort.

Ingrid wusste, wie sie ihn nehmen musste. Was er wollte. Er wartete geduldig, bis sie in einer ganz bestimmten Position verharrte, die ihm endgültig seine Ruhe nahm. Er streifte die Kleidung ab, was ihm nicht so schnell gelang. Dann nahm er ihr Tuch an sich und zog es langsam von ihrem Körper. Sie sah ihn begehrend an, und er genoss ihre Erwartung. Die Spannung versuchte er, so lange wie möglich zu halten. Legte sich vorerst neben sie und berührte sie nicht. Betrachtete sie nur, bis er die dünne Decke, die er über sich gelegt hatte, über sie beide zog und zur Gänze darunter verschwand.

Im Rückblick schien es ihm selbst fast mehr ausgemacht zu haben, sich heute Nachmittag von Ingrid Altmeier zu trennen, als ihr. Zumindest war das sein Eindruck. Während er sich anzog, teilte er ihr unumwunden seinen Entschluss mit. Sie lag noch im Bett der Jagdhütte und blieb völlig ruhig, nachdem sie es gehört hatte. Keine Vorwürfe. Das verwunderte ihn. Vielleicht war es sogar in ihrem Sinne? Hatte ihr Mann eventuell etwas mitbekommen?

Frauen erstaunten Berni Stockreiter doch immer wieder, wie er feststellte.

Schließlich hätte er geglaubt, deren Reaktionen nach Jahrzehnten einigermaßen gut zu kennen. Einschätzen zu können. Doch in sie hineinschauen konnte man eben nicht. Selbst er nicht. Der Frauenversteher, wie ihn seine Freunde oft nannten und ihn darum beneideten.

Aber auch er war ruhig geblieben. Machte keine Anstalten von Hektik oder war nicht aalglatt gewesen. Alles ging freundschaftlich und ruhig vonstatten. Als wäre es immer schon so zwischen ihnen ausgemacht gewesen. War es ja irgendwie. Schließlich hatte Ingrid vor Kurzem von Cornelia erfahren. Eben. Und nicht nur für sie, sondern ebenso für ihn gab es letztlich den Freund und den Ehemann: Edi.

Und der war es, der Bernhard Stockreiter bat, noch heute bei Manfred Fletzberger und seinem Swimmingpool vorbeizuschauen, was er sowieso vorhatte.

Der Architekt war später losgekommen, als er wollte. Dennoch war es wichtig, hinzufahren. Denn Konflikte sollte man am besten schon im Keim ersticken, bevor sie so richtig hochkochten. Zumindest nicht noch mehr, als es am Vormittag im Gemeindeamt bei Bürgermeister Brunner der Fall gewesen war.

Peppi hatte Edi Altmeier über die Kontroverse informiert, der wiederum hatte Berni angerufen und ihn gebeten, sich den Wasserzulauf von der Hauptleitung zum privaten Anschluss genauer anzuschauen. Nach dem Steinwurf ginge es ihm selbst erfreulicherweise wieder besser. Er läge zu Hause am Sofa, erzählte er am Telefon. Handeln müsste man bei Manfred Fletzberger jedenfalls sofort, bevor noch mehr Unruhe entstünde.

Dass der Manfred nicht gut auf ihn zu sprechen war, hätte Bernhard Stockreiter nicht erwartet. Gut, das mit dem fehlenden Wasser im Pool war ärgerlich, aber dafür konnte er doch nichts. Oder hatte er gar selbst den Wasserzulauf manipuliert, um ihm eins auszuwischen? Aber die gemeinsamen Schulfeste von einst waren doch längst vorbei! Der unterbrochene Wasserzulauf in den Swimmingpool eine Finte, um ihm eins auszuwischen? Späte Revanche, wegen damals? Wann war das gewesen? Am Abschlussball? Ja, richtig. Unter den vielen, die es damals an der Schule in Zwettl gegeben hatte, hatten sie sich prompt die Gleiche ausgesucht. Die Veronika. Eigentlich war sie mit dem Manfred Fletzberger zusammen gewesen, doch beim Fest und nach etwas Alkohol war sie dann mit ihm mitgegangen. Freiwillig. Sie hatten sich damals weggestohlen. Von den anderen. Waren in den Wald hineingelaufen. Wo hätten sie denn sonst hingehen sollen? Zu den Eltern? Na, da hätten sie sich was anhören können. Aber zwischen den hohen Fichten, umgeben von Bodensträuchern, gab es manch lauschiges, weiches Moosbett, wo niemand sie störte. Er hatte einige lauschige Plätzchen dieser Art gekannt. Dann gingen sie sowieso bald wieder zurück zum Fest. Doch da war der Manfred bereits weg. Blöd g'schaut haben die anderen schon, als sie dann wieder da waren. Gemeinsam. Daraus hatte er gleich für später gelernt. Weil alle sie so anstarrten. Um mehr hatte sich Berni aber nicht gekümmert, und die Veronika danach nur noch einmal gesehen. Was sie jetzt machte, wusste er gar nicht. Interessierte ihn auch nicht, wie er für sich feststellte.

Aber war der Manfred ihm immer noch gram deswegen? Anders konnte er sich nicht vorstellen, dass dieser sich im Bürgermeisteramt vor allen so aufgeführt hatte.

Das Navi wies ihm nach der Ortseinfahrt gleich den ersten Weg rechts in die Zufahrt zu einem schicken weißen Anwesen mit schmiedeeiserner Begrenzung. Das Tor stand offen. Bernhard Stockreiter beschloss, lieber draußen zu parken. Sicher war sicher. Sonst würde ihm der Fletzberger das eventuell auch noch übel nehmen. Sich durch sein Auto in seiner Intimsphäre verletzt fühlen. Das konnte er leicht vermeiden.

Stockreiter stieg aus und suchte an der Straße nach einem Hydranten. So konnte er den Verlauf der Wasserleitung unter dem Straßenbelag nachvollziehen. In entsprechender Entfernung würde dann die Zuleitung ins Haus, den Garten und zum Swimmingpool erfolgen. Zugegeben: Der Rasen und die Pflanzen im Garten sahen wirklich welk aus. Aus der Ferne hörte Bernhard Stockreiter einen Traktor dicht am Grundstück vorbeirattern. Als er hochsah, wendete dieser und fuhr wieder auf den Acker zurück. Er zog eine dichte Staubwolke hinter sich her.

Da sonst kein Mensch auf der Straße zu sehen war und der Architekt den direkten Kontakt zu einem der Nachbarn tunlichst zu vermeiden suchte, beschloss er, den Seitenweg zum Acker hinaufzugehen. Er wollte mit dem Bauern reden. Solche Burschen wussten immer als Erste über alles Bescheid. Nicht nur, weil sie auf ihre Felder achten mussten und geschickte Handwerker waren. Viele Kleinigkeiten konnten sie daher selbst erledigen. Andernfalls würden Reparaturen Unmengen kosten. Sie kamen auch mit vielen Leuten zusammen und erfuhren einiges. Und sei's nur beim Reden im Wirtshaus. Denn so etwas musste sein: schnell mal den Staub von der Lunge spülen.

Bernhard Stockreiter stellte sich sichtbar an den Rand des Ackers und wartete, bis der Traktor wiederkam. Neugierig stieg der Bauer ab und stellte sich von Stockreiter entfernt hin. Jetzt erkannte er ihn: Der Franz Pöcksteiner war das. Nicht das auch noch!, bemitleidete er sich langsam selbst.

»Wos willst'n?«, fragte dieser wenig charmant und das Motorengeräusch laut übertönend.

Stockreiter schien die unwirsche Haltung des Bauern nicht zu irritieren. Er blieb ebenso auf Distanz und kam seinem Gegenüber keinen Schritt näher. Ganz so, als wäre ihm der Abstand recht, der zwischen ihnen bestand.

Er steckte seine Hände in die Hosentasche, mehr um bei sich zu bleiben. Zugleich zeigte er Abwehr und antwortete ruhig: »I bin wegen der Wasserleitung da. Weißt du da mehr?«

Franz schien kurz zu überlegen, während er Berni dabei keine Sekunde unbeobachtet ließ.

Nachdem keine Reaktion erfolgte, wurde der Architekt nervös. »Franz, hat's dir die Red verschlagen oder wos is jetzt los?«

Sein Blick blieb weiterhin starr auf Stockreiter gerichtet.

Dieser begann, sich aus seiner Position heraus zu bewegen. Sein Körper blieb dennoch angespannt. Er wollte weg vom Pöcksteiner Franz. Den er nie hatte leiden können. Diesen Nichtsnutz. Diesen – ja, eben Bauern. Vom alten, bornierten Schlag. Der noch dazu nicht einmal schlau war wie andere. Stockreiter bebte innerlich.

Ein Klotz war der Franz. Wie viele hier im Waldviertel. Aber nicht nur in dieser Region. In Österreich. An vielen Orten. Solche unnötigen Klötze an den Beinen der Gesellschaft. An seinen.

Um die loszuwerden, war er damals nach Wien gegangen. Das kam wieder in ihm hoch, ohne dass er es wollte. Dieses Gefühl von damals.

Aber die Wiener mochte er auch nicht. Dort hatte er nur geschaut, dass er sein Architekturstudium so schnell wie möglich abschloss, um sofort in die weite Welt zu ziehen. Alles hinter sich zu lassen. Diese Enge, die ihn umgab. Aus der er sich befreien wollte. Um Neues zu ergründen. Seine Fähigkeiten unter Beweis zu stellen. Was rasch gelang.

Er war in die richtigen Kreise gekommen. Dort hatte er sich ein bisschen angedient und sich unentbehrlich gemacht. Dann war man gleich drin in der globalen Welt von heute. Dort angekommen, standen ihm Türen und Tore offen. Wohin er wollte. Denn überall brauchte man fähige Leute. Wie ihn. Damals schon.

Zu wenige von diesen Top-Leuten waren derzeit in Österreich. Und so war er, Bernhard Stockreiter, wieder zurückgekommen. Hatte hier viele renommierte Aufträge übernommen. Nicht nur in Wien. Auch in Niederösterreich, Kärnten, Tirol und Salzburg. Dass er dem Pepi Brunner und dem Eduard Altmeier einen Dienst mit der Planung der Wohnsiedlung erweisen würde, wussten die beiden. Denn seine internationale Gage konnten sich Großlichten und die kleine Baufirma vom Edi nicht leisten. Deshalb kamen sie ihm in der Gemeinde so entgegen. Mit einem schönen Plätzchen für sein künftiges Anwesen.

Der Gedanke an seine Bedeutung, die er auch hier für den Ort hatte, ließ Stockreiter nach einer Minute des Schweigens als Erster wieder die Worte finden. Dabei blieb er eisern stehen. Sah den Franz forscher an als zuvor. Als würde er ihm die Antwort abringen wollen.

»Bist du taub auf deinen Ohren! Ich hob di gfrogt, wos mit dera Wasserleitung is. Host du auch a Probleme damit? Oder jemand anderer? Oder is des nur der Fletzberger?«

»Lass mi. Verschwind, bevor i mi vergiss!«, kam es schwer atmend vom Gegenüber. »I wü net mit dir redn. Du host ma scho so vü angetan, dass i di net sehn möcht! Red des mit dem Fletzberger oder verschwind!«

Bernhard Stockreiter glaubte, nicht recht zu hören. Dieser Blindgänger wollte ihn wieder loswerden? Er sollte eher froh sein, dass er sich höchstpersönlich um die Probleme in der Nachbarschaft und diesen dämlichen Wasserzulauf kümmerte. Nicht die Cornelia oder den Edi hergeschickt hatte. Dass er, Stockreiter, alles schnell erledigt haben wollte, bevor das Gemeindeamt aktiv werden müsste. Sich an Ort und Stelle selbst informierte, bevor sich alles noch mehr in die Länge zog und die Bevölkerung endgültig gegen das Wohnprojekt opponieren würde. Ja, informieren wollte er sich. Wenn sich nur dieser beknackte Bauer kooperativer gegeben hätte und da unten im Garten der Fletzberger zu Hause gewesen wäre. Seine Zeit hatte der Architekt wirklich nicht gestohlen, weshalb er sich nicht länger mehr hier aufhalten wollte. Aus dem Franz war nichts herauszuholen. Dieser Depp! Hatte sich nicht verändert. Führte sich auf wie früher. Der viele Alkohol im Wirtshaus hatte ihm sein Gehirn über die Jahre sicher nicht besser gemacht. »Geh, schleich di!«, machte sich nun auch Stockreiter gegenüber Franz Pöcksteiner Luft. »I geh jetzt selber zum Pool und schau ma den Zulauf an. Ihr seid's ja alle angrennt«, grollte er, ohne Pöcksteiner weiter Aufmerksamkeit zu schenken.

Es war inzwischen dämmrig geworden. Das Zwielicht ließ ihn die Böschung vom Acker Richtung Grundstück nur ungenau erkennen. Er stolperte einige Male und fluchte vor sich hin. Schließlich stand er am Swimmingpool und suchte den Wasserzulauf. Er beugte sich vom Beckenrand hinunter. Es war bereits so dunkel, dass er sich konzentrieren musste, um etwas erkennen zu können. Vielleicht war der Zulauf einfach nur verstopft. Niemandem wäre das bisher aufgefallen. Als er eben die Ursache des Problems erkannt zu haben glaubte, spürte er einen dumpfen Schlag gegen seinen Hinterkopf. Stockreiter wusste nicht, wie ihm geschah. Er fiel ins Becken. Ohne Wasser. Der Aufschlag war hart und unerwartet.

Qualvolle Schmerzen!

Er schloss die Augen.

Als er sie wieder öffnete, konnte er auf dem linken Auge nichts mehr sehen. Blackout.

Er bemühte sich, mit dem anderen noch angestrengt zu erkennen, was geschehen war. Verzweiflung überkam ihn. Schweres Atmen. Sein rechter Arm lag schlaff neben ihm, regungslos verdeckte der Körper seinen linken. Er versuchte, sich auf den Rücken zu legen und mit der rechten Hand abzustützen. Sehen wollte er, was geschehen war. Wer ihn gestoßen hatte. Und warum?

Aussichtslos. Nichts ging mehr. Er sah nur die Wand des Beckens vor sich, die mächtiger emporragte als eines seiner vielen Bauwerke je zuvor.

Da war auch dieser Schmerz. Dieser unerträgliche! Kam denn niemand zu Hilfe? Jetzt! Er wollte rufen. Es war bloß ein Unfall gewesen. Nicht wahr? Da musste doch jemand kommen. Schnell!

Während er noch hoffte, zog sich indes ein Schleier über sein sehendes Auge. Der Schmerz löste sich. Langsam. Bis er am Ende des Tunnels zur Gänze verschwand.

11. KAPITEL

Es war sehr früh am Morgen, und sein Schädel brummte noch.

Nicht weil er so zeitig aufgestanden war und keinen Kaffee getrunken hatte oder weil man ihn plötzlich aus dem Bett geklingelt hätte. Nein.

Sepp Grubinger hatte heute überhaupt noch kein Bett gesehen. Mit Freunden hatte er die Nacht mit dem beliebten Kartenspiel Schnapsen durchzecht. Zuletzt waren sie alle über dem Bauerntisch vom Schlager Loisl zusammengesunken und eingeschlafen. Wie lange er und die anderen da auf ihren Armen gelegen hatten, wusste er nicht. Sein Einsatzmelder hatte irgendwann in der Hosentasche zu surren begonnen. Davon war er geweckt worden.

Zuerst hatte er überhaupt nicht gewusst, wo er war. Um ihn herum lagen einige Männer dahingestreckt. Aber er erkannte sie. Wenigstens. Jeden Einzelnen. Wenn auch nicht genau. Denn viele von ihnen lagen ziemlich verrenkt. Na ja, weggekippt. Später. Einfach so. Vom vielen Alkohol, den sie über Stunden getrunken hatten. Einige lagen sogar auf dem Boden. Alkoholleichen eben, schmunzelte der Dorfpolizist.

Gut, dass er dabei gewesen war, dachte er, während er durch die Morgendämmerung und die leichten Nebelschwanden fuhr, die von den Feldern hochstiegen. Sonst wären einige der Burschen in der Nacht noch mit ihren Autos nach Hause gefahren. Wer weiß, was dann passiert wäre. Das wollte er sich gar nicht ausmalen. Genauso nicht, was die Resi, seine Frau, ihm erst erzählen würde, weil er nicht nach Hause gekommen war. Sepp Grubinger fuhr sich mit der Hand über sein Gesicht und räusperte sich nervös.

Ach, du meine Güte! Alles, was Männern Spaß machte, dagegen hatten Frauen etwas. Vor allem die Ehefrauen. Denn den anderen war man ja keine Rechenschaft schuldig. Aber wenn man verheiratet war, musste man schon Rücksicht aufeinander nehmen.

Was er ja machte. Bei seiner Resi. Meistens.

Doch diesmal hatte er das nach Langem wieder einmal gründlich versemmelt. Ihr Vertrauen in ihn auf eine harte Probe gestellt. Wahrscheinlich hatte sie sich Sorgen gemacht. Wo er geblieben war. Hatte ihn angerufen. Und er hatte es nicht gehört, weil er sein Mobiltelefon ausgeschaltet hatte. Nicht immer zu jeder Tageszeit wollte er für alle erreichbar sein. Einmal nur mit sich sein. Allein. Und dem Alkohol. Unter den Zechgenossen.

Aber dass es so ausarten würde, hätte er sich nicht gedacht. Im Tumult des Kartenspiels. Nur um ein paar Cent. Dann wurde der Nachmittag eben doch noch zur Nacht.

Und letztlich zum Morgen. Shit!

Und jetzt auch noch dieser Mord, von dem ihm die Kollegen aus der Gföhler Polizeiinspektion gerade berichtet hatten. Ihn das Surren des Einsatzmelders geweckt und er daraufhin zurückgerufen hatte. In aller Herrgottsfrüh. Aufgescheucht fühlte er sich von ihnen.

So müsste man das nennen. Zwangsläufig immer in beruflicher Bereitschaft zu sein.

Bei seinem privaten Mobiltelefon hätte er wenigstens den Brummmodus eingeschaltet lassen können. Doch so laut, wie's am Abend gewesen war, hätte er ihn wahrscheinlich nicht bemerkt. Nur in der Früh. Wie eben. Wo's still war. Da hätte er den Kopf gehoben. Das Display leuchten gesehen. Es ganz abzuschalten war nicht gut gewesen. Abgeschnitten von seiner Familie zu sein. Von allem. Sie hätten ihn schon erreichen können sollen.

Ach, und das mit der Resi! Er hatte seine Mailbox abgehört. So oft hatte sie ihm darauf gesprochen. Ihn gesucht. Er ärgerte sich über sein Verhalten.

Vielleicht hätte ja einer seiner Söhne etwas von ihm brauchen können. Die waren zwar schon erwachsen. Aber im Herzen blieben sie doch immer seine Buben, um die er sich aus der Ferne kümmerte. Auch wenn sie in Nachbarorten mit ihren Lebenspartnerinnen zusammenwohnten. Manchmal fragten sie ihn um Rat. Waren froh, dass er da war.

Wie sonst die Resi. Seine Resi. Nur heute würde er sich etwas von ihr anhören müssen. Die ganze Nacht war er nicht nach Hause gekommen. Und abgehoben hatte er auch nicht.

Jetzt war er sofort im Polizeieinsatz. Musste gleich dorthin.

Dabei hätte er das Wochenende dienstfrei gehabt. Aber für seinen Chef, den Adi Platzer, gab's eben nur den Dienst. Und danach kam erst die Familie. Der saß nämlich tagein und tagaus in der Polizeiinspektion in Gföhl.

Als wäre hier so viel zu tun und das Waldviertel *die* Mörderregion Österreichs.

So ein Blödsinn! Genau das Gegenteil war der Fall.

Aber er verlangte es von sich und ebenso von den anderen. Auch von ihm, dem Sepp Grubinger. Dass er diesen verdammten Piepser bei sich trug. Verdonnerte ihn bisweilen sogar zu einem Zwölfstundentag. Fertig die Laube. Er konnte rein gar nichts dagegen tun. Weil es seit Kurzem sogar gesetzlich erlaubt war. Er musste gehorchen. Schließlich war er Polizist. Ein Beamter. Da gehörte das Gehorchen dazu. Ob man wollte oder nicht.

Sepp Grubinger seufzte. Er sah einige Minuten gleichmütig geradeaus. Der Nebel breitete sich weiter durch die kühlere Luft aus den Wäldern vor ihm über die Felder aus.

Von wegen Überstunden. Dass er nicht lachte. *Vorstunden* waren das jetzt in aller Herrgottsfrüh! Und dazu an seinem freien Tag.

Sepp Grubinger ermahnte sich, wach zu bleiben. Er machte zeitweise seinen Blick am Mittelstreifen der Fahrbahn fest. Schließlich sollte niemand merken, dass er noch einen ganz schönen Alkoholpegel intus hatte. Restalkohol nannte man das. Hochprozentiges war gestern schließlich auch geflossen. Reichlich sogar. Er war froh, dass ihn niemand von den Kolleg*innen am Morgen darauf testen würde. Also, beim Wort *testen* setzte es bei ihm seit Corona stimmungsmäßig sowieso aus. Doch jetzt würden alle mit anderem beschäftigt sein. Nämlich mit dem Toten. Dem Stockreiter Bernhard, diesem Architekten, wie sie ihm am Telefon gesagt hatten. Der lag da irgendwo beim Fletzberger. Unerfreulich das Ganze. Schrecklich.

12. KAPITEL

Sepp Grubinger war der erste am Tatort. Vom Polizeigeschwader, das er erwartete, war noch nichts zu sehen. Er stieg aus dem Dienstwagen, in den er vor seiner Polizeidienstaußenstelle in Großlichten gewechselt war. Das Blaulicht ließ er eingeschaltet. Das wirkte dienstlicher, wie er fand. Auch wenn er dadurch die gesamte Umgebung erhellte und vielleicht verunsicherte. Doch ein Mord war etwas Irritierendes. Regelrecht Verstörendes. Er fühlte sich unwohl. Mit seiner Alkoholfahne. Daher versuchte Sepp Grubinger besonders korrekt zu wirken, worauf er sonst keinen großen Wert legte. Da war er mehr einer von ihnen. Von den Großlichtenern. Wie eben heute Nacht. Aber jetzt schien Distanz angesagt. Es gab einen der wenigen Morde hier im Waldviertel.

Als er den kurzen Weg vom offenen Einfahrtsbereich hin zum Swimmingpool gegangen war, kam ihm gleich dessen Besitzer, Manfred Fletzberger, entgegen. Er hatte das Blaulicht gesehen und sich aus einer kleinen Gruppe gelöst, die um die Leiche herum gestanden war.

»Sepp, i weiß net, wieso der Stockreiter bei mir liegt. Net, dass du glaubst, i war des. I bin, i bin …«, stotterte Manfred Fletzberger und presste die Lippen aufeinander. Dabei verzog er sein Gesicht zu einer verzweifelten Fratze. Sepp Grubinger sah ihn kurz an, ohne stehen zu bleiben, und ging dann bedächtig weiter. Sein Blick heftete sich bereits auf die kleine Gruppe, um sich jeden Einzelnen einzuprägen.

»Da bist du schon!«, rief ihm einer zu. »Schnell is des gegangen. Sag, schlafst du nix, dass du glei in einer Viertelstunde da sein kannst?«

Sepp Grubinger war um diese Uhrzeit nicht nach Small Talk zumute. Auch brummte ihm der Schädel. »Geh bitte, geh ma ausm Weg. Wo liegt er?«

Auf eine Erklärung musste Grubinger nicht warten, da er in dem Moment über den Poolrand hinunter auf den Toten sah. Der Anblick war auch für ihn erschreckend. Viele Tote hatte der Dorfpolizist in seinem Leben bisher – Gott sei Dank! – noch nicht erlebt. Ja, und der heute zählte mit Sicherheit zu den Grausigsten. Der Stockreiter lag im leeren Pool inmitten einer großen Blutlache, die seinen Kopf umgab. Zumindest dessen Reste, die da waren.

Grubinger musste wegsehen. Ihm wurde übel.

»Sagt, seid ihr euch sicher, dass das der Stockreiter is?«, fragte er später gefasst in die Runde.

»Na ja, der Fletzberger hat ihn erkannt«, antwortete einer von ihnen.

»Wie soll das gehen? Man sieht ja nix mehr von ihm. Das G'sicht kann doch keiner mehr erkennen.«

»Na, red mit dem Manfred selbst«, meinte einer aus der Gruppe. »Geh, Fredi, kumm amoi her und dazö«, brüllte er nach ihm. Dieser lehnte gemütlich in einer Gartensitzgarnitur abseits des Pools und schien ziemlich mitgenommen. Doch er erhob er sich und kam zur Gruppe. Einer der Männer klopfte ihm ermutigend auf die Schulter.

»Also, der da«, er zeigte auf einen schlanken Mann in Joggingkluft, »hat bei uns angeläutet und mir g'sagt, dass da einer liegt. I bin dann glei im Pyjama raus und hob den Stockreiter drin liegen g'sehen. Na, des gibt's jo net, hob i ma dacht!«

»Wieso host denn du gwusst, dass des der Stockreiter is?«

Manfred Fletzberger wirkte auf einmal verunsichert. »Na, weil i ihn kenn. Am Gwand hab i ihn erkannt. Des Schwoaze, wos der immer anhat, mit sein grauen Sakko. Was die Architekten halt so tragen. Oder is er's leicht net?«

Keiner antwortete.

»Seid ihr net hin und habt's g'schaut, ob er noch lebt?«, fragte Grubinger weiter.

»Doch, i bin gleich hin, aber er hat sich net mehr bewegt«, antwortete der Jogger.

»Kumman S' später auf die Polizeistation? Dann sagen S' ma des no genau fürs Protokoll. So, des reicht ma fürs Erste.«

Der Dorfpolizist wandte sich ab und ging die Stufen im Pool hinunter zum Toten. Er beugte sich über ihn, so nah er konnte. Von dessen linkem Auge war nicht mehr viel übrig geblieben. Ein Rest lag in Wachteleigröße blutverschmiert in der ausgetretenen Hirnmasse, die der eingeschlagene hintere Schädel freigegeben hatte. Unschwer konnte Sepp Grubinger erkennen, dass ein dumpfer Gegenstand den Schädelknochen aufgebrochen hatte und das Gesicht zertrümmert haben dürfte. Denn die Blutlache hatte sich vor allem um den Gesichtsbereich gesammelt. Wäre der tödliche Schlag erst nach dem

Aufprall erfolgt, hätten sich Teile des Gehirns wohl vor allem am Beckenrand befinden müssen.

Während Grubinger sich aus seiner Position erhob, vergewisserte er sich mit einem Blick und suchte nach weiteren Auffälligkeiten, fand aber keine. Eigentlich kümmerte es ihn nicht. Genaueres würde später die Spurensicherung finden und die Obduktion ergeben.

Einmal noch blickte er auf die Leiche. Plötzlich spürte er, wie ihm der Restalkohol vom Magen her die Speiseröhre hochdrückte. Sepp Grubinger wandte sich zur Seite und stellte sich nahe zu einem der Sträucher. Er hustete einige Male hintereinander und war zugleich darauf bedacht, tief und langsam zu atmen. Nur mit Müh und Not konnte er verhindern, dass er sich übergab. Während er sich sammelte, hörte er hinter sich eine schrille, ihm bekannte Stimme. Diese hatte ihm zu seinem Martyrium gerade noch gefehlt!

»Kein wirklich schöner Anblick mit diesem Blut überall und dem, was noch vom Schädel übrig geblieben ist.«

Sepp Grubinger drehte sich um, kam aber nicht zu mehr, da ihn erneut ein heftiges Würgen quälte. Er griff sich an die Brust und konzentrierte sich tunlichst darauf, Schlimmeres für sich zu verhindern.

»Na ja, so etwas auf nüchternem Magen zu sehen bekommt nicht jedem«, fuhr Walli Winzer fort. »Auch wenn man Polizist ist. So etwas sieht man nicht alle Tage.«

Grubinger war immer noch nicht voll einsatzbereit. Da ihm die PR-Lady recht nahe gekommen war, merkte sie an seiner stressbedingten Ausdünstung, dass er wohl noch ganz schön einen sitzen hatte. Um sicherzugehen, schnüffelte sie ein bisschen nach, was ihre Vermutung bestätigte. »Oder man war um diese Zeit noch gar nicht im Bett«, ergänzte sie bewusst leise, um den Dorfpolizisten nicht in größere Verlegenheit zu bringen als jene, in der er sich sowieso schon befand.

Sie trat indes einige Schritte zurück. Sein Odeur bescherte selbst ihr Unbehagen. Walli Winzer ging daher lieber an den Beckenrand und sah sich die Leiche genauer an. Dass es Bernhard Stockreiter sein sollte, hätte sie auf den ersten Blick nicht vermutet. Doch die Umstehenden waren sich darin einig.

»Was machen Sie denn schon in aller Früh da?«, fragte der Dorfpolizist, der sich inzwischen zur Sicherheit ein Taschentuch vor den Mund hielt.

»Ich sah das Blaulicht und fuhr ran. Aber das hätte ich nicht erwartet.«

»Tja, gestern war er noch umtriebig unterwegs gewesen, und jetzt – Ende. Schluss. Aus.«

»Heutzutage ist es eben keine *g'mahte Wiesn*, wie der Ausdruck andeutet, den ich hier gelernt habe, den Leuten ein Bauprojekt einfach so vor die Nase zu setzen. Sie vorher nicht einzubinden. Das kann schon recht böse enden.«

»Also Frau Winzer, werden S' net zynisch. Alles hat seine Grenze. Das kann ja nicht bis zum Mord ...« Sepp Grubinger musste aufhören zu sprechen, da ihn erneuter Brechreiz herausforderte. Der überkam ihn in unmittelbarem Zusammenhang mit seinem Chef, Adi Platzer.

Mit eisiger Miene und forschen Schritts schlängelte sich der Polizeibezirksinspektor zwischen dem zeitgleich eingelangten blinkenden Fahrzeuggeschwader durch. Hinter ihm folgten die Spurensicherung und einige Polizeibeamte. Sicherheitshalber war ein Krankenwagen mitgekommen, der aber unverrichteter Dinge wieder abfuhr.

Adi Platzer ließ seinen Blick über die Anwesenden schweifen. Er sah Polizeiinspektor Grubinger mit dem vorgehaltenen Taschentuch. Für ihn war sofort klar, dass dieser im Augenblick wenig diensttauglich schien. Wortlos begab er sich daher mit einem Polizeischüler im Schlepptau an den Rand des Swimmingpools. Platzer verzog keine Miene. Als wäre es Routine für ihn, jeden Tag solchen Situationen ausgesetzt zu sein. Sein stoischer Blick verriet jedoch, dass auch er sich selbst fest im Zaum halten musste, um diesen Anblick zu ertragen.

So vergaß er, nach dem Polizeischüler zu schauen, der ihm weiterhin dicht auf den Fersen blieb. Wie dieser reagierte und wie er sich fühlte, konnte der Bezirksinspektor allerdings nicht erkennen, da er sich außerhalb seines Blickwinkels befand. Auch starrte er unaufhörlich auf das Opfer, das am blau ausgekachelten Boden des Pools lag. Keiner stand bei dem Torso. Platzer speicherte in Gedanken dessen Lage ab und beugte sich über den Kopf. Die Fleischfliegen fühlten sich dadurch bedroht und streiften beim Hochfliegen sein Gesicht.

Adi Platzer war das nun zu viel. Ihm graute. Angewidert fuhr er sich mit der Hand ins Gesicht. Er versuchte, die ekelerregende Verbindung zwischen ihm und dem blutigen Opfer, das die Fliege hervorgerufen hatte, zu verwischen. Angespannt spürte er die Widerwärtigkeit der sanften Berührung auf seiner Haut noch länger. Eine Phantomverbindung zwischen ihm und Stockreiter war entstanden. Zumindest mit dem, was von ihm übrig war. Wovor ihm jetzt noch mehr graute als zuvor.

Adi Platzer hatte genug gesehen und wandte sich um. »Bua, des muasst net anschaun. Da is später a no gnua Zeit, wennst a fertiga Polizist bist!« Er packte den jungen Mann und drehte ihn gegen dessen Willen in die Richtung, aus der sie gekommen waren. Mit einem kleinen Schubs wollte er sichergehen, dass der Schüler verstanden hatte, und presste sich dicht hinter ihn.

Sepp Grubinger hatte die Szene von oben beobachtet und war diesbezüglich gleicher Meinung wie sein Chef. Einem jungen Menschen gleich in den ersten Praxistagen solch einen Anblick zuzumuten war verantwortungslos. An so etwas zu denken, hätte er dem Platzer gar nicht zugetraut. So mitunter grob, wie der drauf war. Anders als er. Der lieber auf Menschen zuging und zuerst erfuhr, wie sie tickten. Was sie dachten. Was sie bewegte. Sie nicht gleich verschreckte, wie das sonst der Platzer gerne machte. Selbst ihn manchmal, musste er sich eingestehen. Na ja, Adi, wie Adolf eben. Da wird einem halt von den Eltern her schon noch etwas mitgegeben. Eine Bürde auf den Lebensweg.

Inzwischen war der Leichenwagen eingetroffen. Zwei Männer zogen routiniert einen Aluminiumsarg heraus und machten sich damit auf den Weg zum Pool. Die Spurensicherung hatte inzwischen begonnen, um den Tatort rot-weiße Bänder zu spannen. Als dies die Männer mit dem Sarg sahen, stellten sie ihn ab. Sie zündeten sich Zigaretten an und plauderten miteinander.

Sepp Grubinger steckte sein Taschentuch in die Hosentasche und schniefte.

»Alles wieder gut?« Walli Winzer hatte sich abseits gestellt und inzwischen die Lage sondiert.

Haus- und Poolbesitzer Fletzberger stand jetzt beim Polizeibezirksinspektor und erklärte ihm beunruhigt, dass er mit seiner Familie erst in der Nacht von einem Grillfest nach Hause gekommen sei. Das Gatter zum Haus stünde immer offen. Das wüssten alle, daher könnte jeder und jede stets hinein und hinaus.

Einer der beiden Männer, die den Abtransport vornehmen würden, stand neugierig daneben und hörte zu. Nachdem die Stimmen der Polizisten leiser geworden waren, suchte er wieder nach seinem Kollegen.

Sepp Grubinger nickte Walli Winzer zu und kam ihr einige Schritte entgegen. »Danke, geht scho wieder«, sagte er. »Oba, sogn S' ma wirklich, wos mochn Sie um die Zeit scho unterwegs?«

»Ach, Grubinger. Was macht man nicht alles aus Freundschaft. Sogar um 5.00 Uhr in der Früh! Die Elfi is bei der Lena heute im Bioladen am Hof ausgefallen. So schnell findet sich niemanden. Jetzt muss ich herhalten.«

Sepp Grubinger lachte, was grob von Polizeibezirksinspektor Platzer unterbrochen wurde.

»Grubinger, was gibt's da zu lachen! Sie sollen endlich was tun. Machen Sie sich an die Arbeit. Schauen S', dass die Leute nicht weggehen. Die Passanten befragen S' gleich an Ort und Stelle, und die anderen, die die Leiche entdeckt haben, bestellen S' zum Protokoll in die Wachstube. Aber dalli!«

Walli Winzer war ob des Tonfalls mehr als irritiert. Sie merkte die Verlegenheit des Dorfpolizisten, die zugleich auch Ratlosigkeit bedeutete. Da er keine Anstalten machte, dem Ranghöheren entgegenzutreten, ergriff sie das Wort. Mit markantem Tonfall entgegnete sie: »Sagen Sie, habe Sie nicht gesehen, dass es dem Herrn Inspektor im Moment nicht gut geht?«

»Das braucht Sie nicht zu interessieren! Sie haben hier überhaupt nix verloren. Sind weder Zeugin noch bei der Polizei. Sondern immer, wie ich jetzt schon weiß, nur neugierig unterwegs.« Im Vorübergehen fügte er verallgemeinernd hinzu: »Wie ihr alle halt so seid aus der PR-Branche.«

Walli Winzer wurde es zu bunt. So ließ sie nicht mit sich umspringen. »Ich habe eben mit dem Leiter des Landeskriminalamts Krems, Dr. Ludwig Weichselbaumer, telefoniert. Sie wissen ja, ich kenne ihn sehr gut. Er möchte, dass Polizeiinspektor Grubinger in einer Sondermission die Ermittlungen in diesem sensiblen Fall übernimmt. Sie stehen mit ihrer Truppe für alles Übrige zur Verfügung. Die schriftliche Bestätigung lässt er Ihnen zukommen«, flunkerte sie.

Adi Platzer zog schon bei der Erwähnung des Namens seines Vorgesetzten deutlich den Kopf ein. Er fixierte die PR-Expertin mit kaltem Blick, um sich kommentarlos vor der von ihr erfundenen Direktive zu beugen. Walli freute sich über die plötzliche Aufmerksamkeit und äußerte weitschweifig Vorschläge zur weiteren Vorgehensweise. Dabei sah sie immer wieder auf ihre rot lackierten Fingernägel. Einer davon war etwas eingerissen, wie sie bemerkte. Platzer ergänzte durch einige zusätzliche Ideen, ohne Grubinger auch nur ansatzweise einzubeziehen. Er stellte sich näher zu Walli Winzer, so als würde er dadurch seinem LKA-Chef gleich näher sein. So ein Arschloch!, dachte sie und wich genervt einen

Schritt von ihm zurück. Adi Platzer rückte ihr sofort nach.

Sepp Grubinger kam sich fehl am Platz vor. Er wusste nichts vom LKA-Leiter. Die Winzer hatte er zuvor auch nicht telefonieren gesehen. Was da Sache war, wusste er nicht. Würde er wohl später erfahren.

Was er allerdings wusste, war, dass der Fall sich nicht von allein lösen würde. Ohne ein Wort zu verlieren, machte er sich daher auf den Weg zur Männergruppe, die immer noch eifrig am Swimmingpool diskutierte. Auch der Jogger war noch da.

Da läutete plötzlich sein Handy. Das Display zeigte seine Resi an.

Das fehlte ihm noch!

Er musste rangehen, wenn er sich nicht zu Hause noch mehr Ärger, als er ihn sowieso schon haben würde, einhandeln wollte. Und das nur wegen einer durchzechten Nacht. Ein Gezeter würde es geben.

Als er sich zur Seite stellte, sah er wieder die Winzer, wie sie eindringlich auf den Platzer einredete. Dieser schien unter ihren Worten fast zu stöhnen. Sepp Grubinger würde das wohl auch gleich tun. Frauen behielten nämlich immer das letzte Wort, dachte er für sich. Wie er sah: sogar beim Platzer.

Einmal noch atmete er tief durch. Dann hob er sein Mobiltelefon ab und war gespannt darauf, wie gleich seine Anweisungen für ihn von zu Hause aussehen würden.

13. KAPITEL

Der Morgen begann bereits so, wie sie es sich wirklich nicht gewünscht hatte.

Zwar blinzelte die Sonne mittlerweile durch die Bäume an der Landstraße, doch Walli Winzers Stimmung konnte das nicht aufmuntern. Das Faltdach ihres Tesla Cabrios hielt sie geschlossen. Sonst fuhr sie es, wenn sie im Auto saß, immer gleich hoch. Aber um 5.00 Uhr morgens war zuerst der Fahrtwind zu kühl gewesen, und jetzt schauderte ihr vor dem, was sie soeben erlebt hatte. Ihre Nerven lagen blank. Nicht nur wegen des schrecklich zugerichteten Stockreiters, sondern auch wegen Lena, die ihr gleich die Leviten lesen würde.

Und das sogar mit Recht!

Ihr Mobiltelefon war noch lautlos gestellt, wie sie das nachts über immer machte. Zu sehen waren bereits drei Nachrichten der Freundin. Abhören wollte sie lieber keine. Denn Nettes war darauf bestimmt nicht zu hören. Sie hatte sich mittlerweile eine halbe Stunde verspätet. Und sie war sich sicher, dass Frau Schulprofessor, die Lena bis vor Kurzem noch in Wien gewesen war, ihr wohl einen entsprechenden Verweis ins fiktive Klassenbuch eintragen würde.

Dabei hatte sich Walli Winzer extra den Wecker gestellt, weil sie wusste, dass Lena sie heute für den Verkauf in ihrem neuen Abhof-Geschäft dringend brauchen würde. Und sie half ihrer Freundin ja prinzipiell gerne. Na ja, nicht wirklich um diese Uhrzeit, zu der sie sich im Bett sonst nochmals zur nächsten Tiefschlafphase umdrehte.

Lenas Bauernhof lag nur wenige Autominuten vom Tatort entfernt. Deshalb hatte sich Walli zuvor, nachdem sie das Blaulicht des Einsatzwagens gesehen hatte, auch den kurzen Stopp erlaubt. Der war dann doch länger als erwartet ausgefallen, weshalb sie jetzt im Verzug war.

Sie bog die kleine Zufahrt zum Dreikanthof ein. Der alte Bauernhof war ursprünglich das Elternhaus von Lena gewesen, nach typisch Waldviertler Bauart aus Steinen der Umgebung gebaut und weiß verkalkt. Vor wenigen Jahren wurde der Hof stilvoll zu einer der modernsten Anlagen aus- und umgebaut.

Walli Winzer blieb mit ihrem Cabrio in der Zufahrtsstraße stehen. Es war still und keines der Tiere war zu hören. Sie mussten erst kurz zuvor gefüttert worden sein. Nur eine kleine schwarze Katze, die Minki, trippelte entspannt an Walli vorbei, beachtete sie nicht, sondern war damit beschäftigt, ihr Mäulchen zu lecken. Das bedeutete, dass erst kürzlich jemand die Kühe gemolken und dem Kätzchen eine Schale mit gewässerter, warmer Milch hingestellt hatte, aus der es stets gerne nippte. Hatte diese späte Fütterung auch etwas mit ihrer eigenen Verspätung zu tun?

»Walli, da bist du ja endlich! Wir haben dich schon überall gesucht«, rief Lena Breitenecker der Freundin zu, als sie zur Tür hereinkam.

Walli Winzer erwartete weitere Vorwürfe und zog den Kopf sicherheitshalber ein.

»Ich habe dich doch gestern extra gebeten, pünktlich zu sein, weil die Elfi heute nicht kommen kann …«

Bingo! Eben. Walli hatte es gewusst: Es würde Vorwürfe hageln. Und sie ließ diese über sich ergehen und schaute ihrer Freundin dabei lammfromm ins Gesicht.

»Walli, was ist los mit dir? Du sagst ja nix«, unterbrach Lena ihre Vorhaltungen, als sie ihr entspanntes Gegenüber näher betrachtete.

Walli Winzer begann, ihr dünnes, sandfarbenes Blouson auszuziehen, das sie farblich extra auf ihre beige Armani-Hose abgestimmt hatte. Darunter hatte sie sich für ein flottes T-Shirt von Balenciaga entschieden. Damit es in der Früh schneller ging, hatte sie sich alles bereits am Vorabend zurechtgelegt. Denn um 4.00 Uhr morgens, nachdem sie aufgestanden war, wollte sie nicht erst zu suchen beginnen. Da war mit ihr nämlich noch gar nichts anzufangen.

»Walli, bist du gedanklich überhaupt schon bei uns?«, grinste Lena kopfschüttelnd, als sie ihrer besten Freundin zusah, wie diese mehr als langsam ihr Blouson über den Haken an der Tür hängte.

»Die Mizzi und ich haben mühsam alles zu zweit hereingetragen. Der Karel hat uns wenigstens mit dem Schwersten geholfen. Dafür hat der Hans wieder auf ihn warten müssen und sich darüber aufgeregt. Und alles nur wegen dir!«

Walli Winzer strich ihr Shirt glatt, um lose ihre Hüften zu verdecken. »Lena, glaubst du, ich lasse dich hängen, wenn es nicht etwas Wichtiges gegeben hätte?«

»Walli, anrufen hättest du wenigstens können. Bei dir gibt es doch immer etwas. Es hätte mich gewundert, wenn es diesmal anders gewesen wäre. Aber gehofft hatte ich doch, dass …«

»Lena, bitte. Jetzt ist Schluss! Wenn ich weiß, dass dir etwas wichtig ist, bin ich pünktlich.«

Lena Breitenecker drosselte ihren Tonfall und hörte auf, rote Äpfel dekorativ aus einer großen in eine kleinere Steige neben dem Verkaufspult zu schlichten. Sie stellte sich neben die Freundin und umarmte sie. »Ja«, antwortete sie sanft.

Nachdem sie sich von ihr gelöst hatte, fragte sie: »Ist was passiert? Hast einen Unfall g'habt?« Hektisch musterte sie die Freundin von oben bis unten.

»Nein, ich nicht. Aber jemand anderer«, gab sie sich kryptisch.

Inzwischen kam Mizzi Troger zur Hintertür herein. Sie zog einen Sack Erdäpfel hinter sich her. »Do bist jo endlich!«, konnte auch sie sich ihre Erleichterung samt leichtem Vorwurf in der Stimme nicht verkneifen. »Heast, jetzt haben ma ois fast scho alla einizaht«, sagte sie und stellte den Sack neben die Apfelsteige.

Gelegenheitsaushilfe Walli sah nun ihre Chance auf ein besseres Betriebsklima gekommen, zog an der Schlaufe, um den Sack zu öffnen, und griff dafür mit ihren rot lackierten Nägeln tief in das erdige Gemüse. Sie legte einige Handvoll in die dafür vorgesehene Halterung, kam wieder hoch, rieb ihre schmutzigen Hände aneinander und setzte zur Erklärung an: »Es gibt wieder einen Toten.«

»Na geh, jetzt hör aber auf!«, entrüstete sich Lena Breitenecker. »Net scho wieda. Das gibt's do net.«

»Doch. Der Stockreiter liegt tot beim Manfred Fletzberger im Swimmingpool.«

»Na wos, aber der kann do schwimmen«, versuchte Mizzi das Unerklärliche abwenden zu wollen.

»Witzig«, entgegnete Walli schroff. »Wie soll das gehen, wenn der Pool ohne Wasser ist? Der Stockreiter liegt mit zertrümmertem Kopf auf dem Beckenboden.«

»Geh, net! Des so schiach erzählen!«, wehrte Mizzi Troger die entstandenen Gedankenbilder ab. »Des is ja grauslich. Der arme Stockreiter!«

»Weiß ma schon, wer's war?«, fragte Lena weiter.

»Geh, ich bin doch erst vorbeigefahren, als der Grubinger mit Blaulicht am Tatort eingetroffen ist. Er war der Erste. Da bin ich gleich rangefahren und wollte wissen, was passiert ist.«

»Alles klar. Wer hat ihn denn g'funden?«

Walli Winzer erzählte alles, was sie wusste. Auch, dass sie den Toten aus der Nähe gesehen hatte. Dass dem Sepp Grubinger nach dem Anblick des Toten übel geworden war, was alle nur zu gut verstehen konnten. Weniger Verständnis brachten sie allerdings dafür auf, dass der Polizist immer noch vom Vorabend einen sitzen gehabt haben soll, wie sie von Walli erfuhren.

»Die Resi wird damit aber ka Freude haben. Sie hat mir erzählt, dass sie auf seine g'sunde Ernährung achtet. Und dann haut er so über die Hutschnur?«, zeigte sich Mizzi befangen. Immerhin war sie mit der Gattin des Dorfpolizisten eng befreundet.

»Ja, des ist es halt amoi so«, beruhigte Lena, die aus einer Mücke keinen Elefanten machen wollte. »Das gehört bei uns in Niederösterreich bei einer g'selligen Runde eben dazu. Manchmal geht's halt a bissl her.«

»Hast ja recht: So a bissl über die Stränge schlagen

muass ma manchmal. Dann geht's im Alltag wieder besser«, zeigte sich Mizzi Troger einsichtig. Sie drehte sich um und hob aus einer Steige einige Stück Waldviertler Räucherspeck und schlichtete diese sorgsam in die Kühlvitrine ein.

Auch Lena versuchte, einige schwere Apfelsteigen nach vorne zu schieben. Walli Winzer sah sich währenddessen im Verkaufsraum um und bewunderte die drapierten Knoblauchzöpfe, die dekorativ an der Wand im hinteren Verkaufsbereich angebracht waren. Sie freute sich insgeheim, dass Lena die meisten der von ihr vorgeschlagenen Tipps tatsächlich umgesetzt hatte.

Warum auch nicht?

Immerhin war Walli einmal zur Schaufensterdekorateurin ausgebildet worden. Das war zwar schon sehr lange her – erst im zweiten Bildungsweg erlernte sie den Beruf der PR-Fachfrau –, doch ihren Sinn dafür hatte sie bereits damals zu aktivieren erlernt. Denn in den einfachen Verhältnissen ihrer Umgebung, die es in Floridsdorf gab und aus denen sie stammte, hatte man auf Schönheit nie Wert gelegt. Wie sollte man auch? In schweren Handwerksberufen oder als Hilfskräfte bei der Feldarbeit der Wiener Gärtner hatte man andere Sorgen.

Saubere Privatkleidung war das Höchste der Gefühle gewesen und ein sicheres Dach über dem Kopf. Das war üblicherweise im Gemeindebau. Auch heute arbeiteten viele Wiener*innen bei der Gemeinde oder in deren administrativen Auslagerungen. Da war auf jeden Fall in der Verwaltung der Großstadt seit damals schon viel weitergegangen. Aber Schönheitssinn und Ästhetik waren heute wie damals wenig gefragt. Sonst würden die vielen neuen Bauten, die allerorts errichtet wurden und teilweise großflächig den Boden versiegelten, anders aussehen. Menschlicher! Nicht so postmodern. Nach veralteten, kaum adaptierten Architekturplänen erbaut, die scheinbar billig aus internationalen Architekturbüros eingekauft werden konnten. Einfach auf Wien umgesetzt wurden. Manchmal viel zu groß. Unpersönlich. Legebatterien für Menschen. Eine neben der anderen.

Walli Winzer wünschte sich, dass in Wien endlich jemand mit Ästhetik und architektonischem Know-how das Zepter in die Hand nehmen würde. Jemand, der Menschen und nicht nur Geld mochte. Auf ihre Bedürfnisse Rücksicht nahm. Mehr Grünflächen zwischen den Bauten beließ. Einen Masterplan für Wien erstellte. Neues und Altes stilvoll und gemeinschaftlich miteinander verband. Kein unansehnliches Mosaikwerk der Nachwelt hinterließ.

In Wohnobjekten wollte man ja nicht nur schlafen, sondern vor allem darin leben. Und das konnten viele Menschen in den Monolithenanlagen der Außenbezirke bisher nicht. Sie flüchteten in die Innenstadt oder verließen ihre Wohnungen erst gar nicht. Saßen lieber vor dem Computer. In einer virtuellen Welt, die für sie lebendiger als die Wirklichkeit war. Saßen in der Jogginghose. Was Walli Winzer unter solchen Umständen sogar verstehen konnte.

»Hallo, Walli! Geht's noch? Erst kommst du zu spät und dann starrst du noch untätig in die Luft? Hilf uns lieber! Du siehst doch, wie ich mich plage. Komm her«, mahnte Lena wenig charmant.

Walli wurde jäh aus ihrer Gedankenwelt gerissen und merkte, dass sie fast ein wenig in einen Tagtraum gekippt war. Es war die Müdigkeit, die sie so früh am Morgen gepackt hatte. Ja, und die Aufregung um den toten Stockreiter. Schnell fasste sie sich und ging zu Lena, die vor sich hin stöhnte. Gemeinsam zogen sie eine weitere Kiste mit Äpfeln seitlich zur Kühlbox.

Jetzt keuchte auch Walli. Nachdem beide wieder aufrecht standen, bedankte Lena sich mit einem kurzen Nicken und stützte ihre Hände in die Hüfte. Die Freundin machte es ihr gleich. Kurz darauf zogen sie gemeinsam eine Palette mit Krauthappeln gemeinsam aus dem Lager in den Verkaufsraum herein. Anschließend konnte Walli die nächste Neuigkeit nicht länger zurückhalten und platzte damit heraus: »Sag, Lena, weißt du schon, dass man beim Abriss des Zubaus am Schloss ein Babyskelett gefunden hat?«

Lena Breiteneckers Gesicht wirkte bestürzt: »Was? Nein! Wie kann das sein?«

»Keine Ahnung. Ich war dabei, wie man es gefunden hat. Alle waren fix und fertig. Sogar die Arbeiter.«

»Bist du da a leicht no länger blieben?« Mizzi Troger ließ den Weißkohl stehen und stellte sich ebenso neben die beiden.

»Du, ich war dort wegen der Bauarbeiter. Zu Hause habe ich ja, wie du weißt, die Staubwüste, und glaubst du, einer von denen würde vorbeikommen? Stellt euch das einmal vor, ich sitze zu Hause ohne Dach. Alles ist voller Staub, Abbruchziegel, Holzlatten und Zementsäcke. Da bin ich dann zum Schloss gefahren und hab mit dem Stockreiter und seiner Assistentin gesprochen. Übrigens: eine Bildhübsche, sag ich euch …«

»Walli, i möchte mehr über das Babyskelett erfahren und nix von dieser …. Von wem ist es denn?«

»Lena, wie soll ich das wissen. Der Tod von diesem Baby muss Jahrzehnte zurückliegen. Zumindest meinte das die Romy Steiner. Die war auch dort.«

»Woher weiß die denn das?«, fragte Mizzi Troger barsch.

»Na, die wohnt doch dort«, antwortete Walli in der mittlerweile erlernten Waldviertler Knappheit der Worte. »Die Romy meinte«, fuhr Walli fort, »dass der Zubau vor etwa 35 Jahren entstanden sein musste. Da hat offenbar jemand die Gelegenheit genutzt, die Babyleiche im frischen Beton am Stützpfeiler zu versenken.«

»Das klingt ja furchtbar!« Mizzi Troger rieb betroffen ihr Kinn.

»Weißt du, von wem das Baby damals plötzlich verschwand?«, richtete Lena ihre Frage an die Obfrau des Dorfverschönerungsvereins.

Diese dachte kurz nach. »Fällt mir so gach niemand ein.«

»Und wer entsorgt sein Baby im Flüssigbeton?«, leierte Lena entsetzt vor sich hin.

»Ja, a Frau in Not, tät i sagn. Und eine, die vor allem net recht bei Trost is«, kam es von Mizzi unumwunden.

»Die Romy war echt fix und fertig. I bin noch ein bisserl bei ihr geblieben, bis die Julia sie dann in die Wohnung ins Schloss mitgenommen hat.«

Lena schaute sie erstaunt an.

»Na, das weißt du wahrscheinlich noch nicht. Aber bitte behaltet das für euch. Auch du, Mizzi!« Walli richtete ihren Blick mahnend an die Großlichtenerinnen.

»Ja, wos glaubst denn du von mir? Dass i a Ratschen bin?«

Walli Winzer wollte sich keineswegs auf eine Diskussion einlassen. Mizzi sprach als Obfrau des Dorfverschönerungsvereins ja mit vielen Leuten. Wirkte aber keineswegs vertratscht, was Walli – ehrlich gesagt – manchmal weniger von sich behaupten konnte. Sie benannte es kurz und prägnant: »Also, die Romy und die Julia wollen ein gemeinsames Kind.«

Eisiges Schweigen.

Nach einer Weile fand Mizzi als Erste die Worte wieder: »Na, wie soll denn des gehen? Des seien ja zwa Frauen!«

»Geh, Mizzi, das is doch heute kein Problem mehr. Viele Paare können keine Kinder bekommen. Da hilft die Medizin.«

»Jo, da hab i was im Fernsehen gesehen. Aber vielleicht sollte des eben net von unserem Herrgott aus so sein! Da passt halt etwas net zammen.«

»Schau, das is heute kein Argument mehr. Die Menschen sollen doch glücklich sein. Im Labor wird die Eizelle der Frau mit dem speziell aufbereiteten Samen eines Mannes befruchtet und wieder eingesetzt.«

»Es gibt doch so viele Kinder, die man adoptieren kann. Da haben dann alle was davon«, war Mizzis Vorschlag. »I halt von dem sonst nix.«

»Viele adoptieren ja oder nehmen sich Pflegekinder. Doch so viele Kinder gibt's nicht, die Nachfrage ist größer. Und bei einem Pflegekind musst du immer die Wünsche der leiblichen Mutter berücksichtigen. Also, keine leichte Situation, und dazu noch Pflegekindverein und Jugendamt.«

»Puh, klingt ja nach echtem administrativem Aufwand«, sagte Walli und hob die Augenbrauen.

»Na ja, ist eine große Verantwortung aller dem Kind gegenüber. Denn Vorrang hat immer das Wohl des Kindes«, erklärte die ehemalige Lehrerin.

Mizzi Troger stellte sich neben sie. »Is ja logisch!«

»Adoptivkinder gibt es heute eben oft selten nach jahrelanger Wartezeit. Ich selbst hatte einmal ein Schulkind, das aus Korea stammte. Dort hatten arme Eltern mit vielen Kindern ihre Neugeborenen auf die Straße gelegt, weil sie sich kein neues Familienmitglied mehr leisten konnten. Ein Wagen fuhr morgens durch das Dorf und sammelte die Babys auf. Ich weiß nicht, ob die das heute noch so machen.«

»Schrecklich! Stellt's euch das einmal bei uns vor«, stammelte Walli Winzer.

»Na, bei uns gibt's das auch, dass sich eine Mutter ihr Kind nicht mehr leisten kann oder möchte. Oder zuvor keine Abtreibung wollte. Aber für solche Fälle gibt es bei uns Babyklappen, oft außen an Krankenhäusern.«

»Krass. Manche bekommen erst nach der Geburt Panik vor der Verantwortung. Junge Schwangere fühlen sich dann ohne Hilfe überfordert mit ihrem Säugling, weil sie selbst noch so jung sind.«

»Ja, oder haben vorher verdrängt, dass sie schwanger sind. Glauben, das geht wie die Grippe vorbei.«

»Geh, Walli, jetzt schießt aber wieder einmal den Vogel mit deinen drastischen Äußerungen ab«, rollte Lena genervt mit den Augen.

»Ja, ich weiß eh. Aber ich wollte nur weiter von Romy und Julia erzählen, die, wie ihr wisst, ja verheiratet sind und so gerne ein Kind miteinander hätten.«

»Ja, aber die Julia hat doch eh zwei aus der vorherigen

Ehe mit dem Alexander. Wenn's biologisch eben nicht geht, dann geht's halt nicht«, gab sich Mizzi pragmatisch.

Lena rieb ihre Stirn. »Na ja, heutzutage ist das kein Grund mehr für ein gleichgeschlechtliches Paar, kein eigenes Kind zu haben. Bei uns in Österreich gibt's das zwar noch nicht lange. Erst seit 2015.«

»Vorher is das also nur für Mann und Frau möglich gwesen ... also das ... das ... mit der künstlichen Befruchtung«, versuchte Mizzi Troger nach passenden Worten zu suchen.

»Ja, spät war ma damit dran. Wir sind halt ein sehr katholisch geprägtes Land mit vielen traditionellen gesellschaftlichen Mustern. Wenn es um so etwas wie die Freude an Musik und Theater geht oder an Festen und Kirtagen, finde ich das ja durchaus gut. Auch in der Stille einer Kirche Ruhe zu finden oder in der Gemeinschaft Kraft zu schöpfen«, fiel Lena ein.

»Ja, bei uns im Dorf sind auch viele in der Pfarrgemeinde, die sozial engagiert sind«, erinnerte sich Mizzi.

»Eben«, fuhr Walli fort. »Drum verstehe ich nicht, warum bei uns immer alles so lange braucht. Wir waren auch mit diesem Gesetz wieder einmal eines der Schlusslichter in der Europäischen Union. Die politisch Verantwortlichen halten uns Österreicher*innen wohl für besonders blöd und asozial.«

Mizzi Troger schüttelte nachdenklich den Kopf. »So hab ich das noch nie g'sehen.« Dann fuhr sie fort: »Wie machen's denn das jetzt?«

Walli war durch das befreundete Paar bereits informiert worden. »Die beiden wollen das in Holland machen lassen, da hat man damit mehr Erfahrung. Romy hat dort eine Exfreundin als Ärztin, die das vornehmen wird. Julia möchte das Kind austragen und Romy soll das Sperma des Vaters auswählen.«

»Hm, alles nicht leicht. Und wer soll das sein?«, fragte Mizzi interessiert nach.

»Das weiß ich nicht. So weit kamen wir im Gespräch gestern nicht mehr, weil plötzlich das Babyskelett im Schloss entdeckt wurde.«

Alle reagierten erneut betroffen.

Um Wallis drastischer Ausführung zu entkommen, eilte Mizzi schnell in den Verkaufsraum, um fehlende Ware nachzuschlichten. Als sie ging, sagte sie: »So, wenn die Walli eh da is, geh ich hinaus zu die Hendln und hol noch a paar frische Eier. Damit ma a genug für die Weaner haben. Ich kumm glei wieder.« Mizzi wartete keine Reaktion ab, sondern stürmte, Frau der Tat, die sie war, über den Hinterausgang in die Lagerhalle.

Lena sortierte Wechselgeld in die Kassa und schaltete die digitale Waage ein. Walli sperrte die Tür des Geschäfts auf und stellte sich hinein, als wäre sie die erste Kundin. Sie prüfte mit PR-erprobtem Blick, ob alles verkaufswirksam auf seinem Platz stand. Ein helles Lachen ließ sie beiseite gehen. Lisa, Lenas Tochter, und deren beste Freundin Sandra platzten ins Geschäft.

»Hallo! Also, wir fahren jetzt mit dem Bus nach Krems und schauen, ob wir etwas Schickes für uns finden.«

Lena rollte mit den Augen: »Als ob ihr nix zum Anziehen hättet, ihr zwei.« Sie zögerte ein wenig. »Aber mir soll's recht sein.«

»Also, darum geht es ja nicht«, unterstützte Walli die Girls und zwinkerte ihnen zu.

»Mama, Kleidung ist doch nicht nur zum Wärmen da, wie Papa manchmal sagt.«

»Ja, da habt ihr recht«, schlug sich die Mutter auf die Seite der Studentinnen. Breites Grinsen auf deren Gesichtern.

»Ab mit euch! Bevor ich euch noch zum Abkassieren einteile. Das nächste Mal seid ihr aber dabei, versprochen?«

Lena musste das nicht wiederholen. Kaum hatte sie zu Ende gesprochen, war die Jugend schon draußen bei der Tür.

Walli Winzer sah ihnen belustigt nach und wandte sich dann an Lena: »Was würdest du ohne deine Kinder machen?«

»Ich glaube, ein ruhigeres Leben führen. Nein, im Ernst, das möchte ich mir gar nicht vorstellen. Wie kommst du darauf? Tut es dir leid, dass du keine hast?«

»Oh Gott, nein! Ich hätte keine Zeit für sie. Außerdem habe ich ja sowieso deine Lisa und deinen Lukas aus der Ferne.«

»Verstehe.« Lena beobachtete Walli. Schließlich fragte sie: »Heißt das, du denkst noch an Romy und Julia?«

»Ja, und an das eingemauerte Skelett. Verwundert dich das?«

Lena verneinte.

»Schon merkwürdig. Das alles unter einem Schlossdach.«

Die erste Kundin betrat das Geschäft. Walli stand neben den Äpfeln, was das Augenmerk auf diese richtete und sie gleich um zwei Kilo gebeten wurde. Dass dabei ein weiterer Fingernagel an der Holzkiste abbrach, irritierte sie nicht weiter. Vielmehr war sie damit beschäftigt, nach den morgendlichen Ereignissen ihre Gedanken zu ordnen, und übergab der Frau das Papiersäckchen. Danach holte sie die Nagelfeile aus ihrer Jost-Tolja-Tasche und zog sich zurück.

Dabei fiel ihr Grubinger ein. Der Sepp Grubinger. Sie sah hoch. Ihm musste sie auf jeden Fall noch einen Besuch abstatten. Danach.

14. KAPITEL

Es war spät am Vormittag und dafür immer noch recht viel los im Supermarkt in Ottenschlag. Die meisten Dorfbewohner*innen standen sonst schon in der Küche und kochten. Heute hatte Harry Kain allerdings den Eindruck, dass es anders war. Vielleicht kam ihm das aber nur so vor. Denn seine Einkäufe erledigte er meist bei Nachbarn und anderen Bauern. Viele hatten beispielsweise die alte Tradition des Selchens wiederaufgenommen. So ein herrlich duftendes und durchzogenes Stück Speck liebte er ab und zu. Oder auch eine Stelze. Na gut. Die aß er lieber mit Freund*innen im Wirtshaus beim Hannes. Die musste bei Harry nämlich immer durchzogen und mit einer knackigen Kruste sein. Selbst konnte er sie auf diese Weise in seinem Backrohr nicht herstellen. Ja, und in Gesellschaft mit anderen war's sowieso immer lustiger.

Tapfer ging er daher an der Kühlvitrine vorbei, in der er einige verlockende Stücke liegen sah. Schließlich griff er nach der Packung eines Fertiggerichts. Er hatte sich für Selchfleischknödel entschieden. Eingebranntes Sauerkraut, das er gerne dazu aß, hatte er noch im Gefrierschrank eingelagert. Das würde er herausnehmen und brauchte es nur erwärmen.

Hunger hatte er bereits. Denn Harry Kain war sehr früh aufgestanden, um zu einem Interviewtermin zu fahren. Er hatte sich zwar Ham & Eggs zum Morgenkaffee gemacht, doch seit einiger Zeit versuchte er, um Kalorien zu sparen, ein Ei weniger zum Frühstück zu nehmen. Klar wirkte sich das entsprechend aus. So wie jetzt. Sein Magen knurrte bereits vor der Mittagszeit.

Auch das Interview mit Umweltschützer Jakob Holzinger war nicht ganz einfach gewesen. Dieser war zwar stets in allem, was er anpackte, engagiert, doch für seine Umgebung meist eine Herausforderung. Er redete nicht nur viel, was einem Journalisten ja prinzipiell gefiel, sondern seine Ausführungen uferten beträchtlich aus. Holte man ihn dann zum Thema zurück, gab er sich vorübergehend verschnupft. Dann musste man dem Verstockten wiederum alles aus der Nase ziehen. Also, auf der einen Seite war Jakob Holzinger ein couragierter Rebell, auf der anderen ein sensibles Häferl, das leicht überging.

Dass er es mit seiner Überzeugung immer wieder schaffte, seine Umgebung in Bann zu versetzen, verwunderte den Journalisten nicht. Er besaß etwas Selbstloses. Aufopferndes. Geradezu Missionarisches. Durch seinen einfachen Lebensstil schienen ihm die Großlichtener*innen zu vertrauen und zu folgen. Fast allem, was er sagte. Denn er war ein »G'studierter«, wie man den Biologen hier manchmal nannte.

Die eisige Kälte der Tiefkühlpackung mit den Selchfleischknödeln legte sich mittlerweile unangenehm auf Harry Kains Finger. Er wechselte die Packung zwischen den Händen und dachte währenddessen angestrengt nach, was er noch brauchen könnte. Er legte die Stirn in Falten und den Kopf leicht zurück, als käme er so schneller zu einem Ergebnis. Sein Weg führte ihn dann zum Nudelregal, vor dem er, wie angewurzelt, stehen blieb.

Die Tiefkühlspeise legte er auf eine der Packungen. Er wollte die kalten Hände frei haben, damit er sie wieder aneinander wärmend reiben konnte. Dabei sondierte er jede einzelne Nudelsorte genau.

Bei solch großer Auswahl überkam ihn ein Gefühl der Unentschlossenheit. Das hatte er nicht nur heute. Harry beobachtete das schon länger an sich. Dass er seit Corona nichts mehr für selbstverständlich nahm. Ihn strengte dieser allgemeine Überfluss um ihn herum richtiggehend an.

Auch hier.

Dabei wollte er doch bloß Nudeln kaufen, die er für Fleischsoßen und für Gemüsevariationen verwenden konnte. Jetzt stand er vor einem riesigen Regal, das sich über eine ganze Supermarktgasse zog und die ihn vor die Wahl stellte: mit Ei oder mit Weizengries? Vorgegart oder original italienisch? Spiralen oder Flecken? Ja, und es gab noch mehr zur Auswahl.

Während Harry Kain überlegte und danach mit einer anstrengenden Bewegung, die ihn aufstöhnen ließ, eine Nudelpackung aus dem obersten Fach zog, kniff ihn jemand in die Seite. Er knickte seitlich ein und ließ vor Schreck fast die Packung fallen.

»Können Sie mir auch gleich eine herunterholen?«, plusterte sich eine alte Frau neben ihm auf. »Von denen da oben«, deutete sie mehrfach hinauf. Dabei starrte sie ihn so durchdringend und mit eisernem Blick an, dass Harry Kain, wie ferngesteuert, ihrem Wunsch nachkam.

Er gab ihr die Nudelpackung. Sie nahm sie wortlos entgegen, würdigte ihn keines Blicks mehr, sondern setzte ihren Weg Richtung Kassa fort. Harry schüttelte den Kopf und sah ihr entgeistert nach.

»Ja, die Lari, die is imma a so. Da derfst dir nix dabei denken. A Resche halt. Hat sieben Kinder großgezogen. Jetzt is sie schon a Alte. Aber das Kommando führt sie immer noch«, lachte ein Mann der Besagten nach. Er grüßte Harry und ging weiter.

Harry Kain erinnerte sich an seine Tiefkühlknödel, griff nach ihnen und ging eine Gasse weiter. Milch und Brot wollte er ebenso nicht vergessen, als ihm Franz Pöcksteiner entgegenkam.

»Hallo, Franz! Wie geht's? Was machst denn so?«

»Jo, wia's halt so hergeht«, kam es knapp.

»Und? Was is mit dem Brunner? Hat er dich schon weichgeklopft?«

»Du, i wollt eh mit dir reden.«

Harry lachte: »Franz, du bist a ganz Gerissener, den Preis so hochzutreiben. Aber recht hast! Die verdienen genug an dem Wohnprojekt. Warum dann nicht auch du? Aber übertreib nix, rat ich dir«, ließ sich Harry zu einem Ratschlag hinreißen.

Die Miene des Bauern blieb ausdruckslos, woraus Harry schloss, dass es ihm nicht allein um Profit ging. Franz Pöcksteiner machte keine Anstalten, das Gespräch zwischen den Supermarktregalen noch länger fortsetzen zu wollen: »Franz, i kumm später bei dir vorbei. Dann red ma, wenn du willst. Okay?«

Franz Pöcksteiner nickte gleichgültig. »I bin eh immer z' Haus.« Er zog Kopf und Kinn ruckartig hoch, was auf gut Waldviertlerisch so viel wie eine wohlwollende Verabschiedung bedeutete.

An der Kassa begegnete Harry noch Sybille Karner, Walli Winzers Nachbarin. Sie war wie die PR-Lady Wienerin und versiert, was Klatsch und Tratsch im Dorf betraf. Doch sie überraschte Walli immer wieder mit eigenartigen Wünschen, die diese regelrecht überforderten. Daher bekam Harry Kain in nächtlichen Telefonaten oft einiges von deren zugegebenermaßen ungewöhnlichen Beschwerden mit.

Kürzlich forderte sie, dass Filou nicht ständig ihre frisch gesetzten Blumen wieder ausgraben sollte. Als bräuchte Walli ihm das einfach nur zu sagen und er würde das verstehen. Was stellte sich so eine Städterin denn vor? Filou machte immer, was er wollte. Er war eine Katze! Eine höchst eigenwillige dazu. Dieses Thema zu erwähnen würde Harry tunlichst vermeiden. Doch es interessierte Frau Karner sowieso anderes.

»Herr Kain, haben Sie schon von dem toten Bernhard Stockreiter gehört? Was sagen Sie dazu?«

Harry kam aber nicht dazu, ihr zu antworten. Sybille Karner ließ ihm keine Zeit, weil sie während des Redens keine Luft holte. Harry hörte ihr daher geduldig zu und zählte die Kund*innen, die noch vor ihm standen.

15. KAPITEL

Es war fünf nach zwölf Uhr, als ein junger Mann noch schnell in den Ab-Hof-Laden von Lena Breitenecker stürmte. »Hallo, ich brauch noch etwas fürs Abendessen.«

Walli Winzer stand am Wandregal und schlichtete Ware nach, da zuvor reichlich verkauft worden war. Sie wurde von einem großen Plakatständer verdeckt, den sie Lena eingeredet hatte, damit ihr kürzlich in Frankreich prämierter Ziegenkäse deutlich sichtbar war. Er gab dem Verkaufsraum zusätzlich etwas Modernes.

Der Nachzügler konnte sie daher nicht sehen, nur ihre Stimme hören, die unwirsch und etwas zynisch einwarf: »Sagen Sie, funktioniert Ihre Uhr nicht? Sehen Sie nicht, dass bereits geschlossen ist?« Sie drehte sich um und sah dem Kunden in die Augen.

Der schien wenig beeindruckt. Er erwiderte ihren Blick offen, als hätte er nichts gehört. Dann wandte er sich der erstbesten Kiste mit Paradeisern zu, aus der er einige auswählte.

Lena Breitenecker warf ihrer Freundin einen versöhnlichen Blick zu, der sie darum ersuchte, es gut sein zu lassen. Danach übernahm sie: »Was hätten Sie denn gerne gehabt?«

»Ah«, versuchte der Unbelehrbare seine Gedanken zu ordnen: »Ja, noch das Brot dort.« Er wies zum Korb.

»Das da!«, zeigte er nochmals auf ein mit Sonnenblumenkernen bedecktes Stück. »Ja, und 20 Dekagramm Ziegenkäse. Welchen würden Sie mir empfehlen?«

Lena erklärte die Vorzüge der einzelnen Sorten und reichte ihm zwei Kostproben. Von der Ziegenkäserolle nahm er mehr und vom geschmacklich etwas herzhafteren Tomme de Chèvre, ihrem prämierten Hartziegenkäse, etwas weniger. Walli Winzer lächelte über das Verkaufstalent ihrer Jugendfreundin. Neben Gemüse verlockte den jungen Mann zu guter Letzt noch das von Mizzi Troger hergestellte Brennnesselpesto mit Pinienkernen.

»Sie sind auf der Durchreise?«, fragte Lena Breitenecker interessiert, als sie ihm seinen Einkauf in ein Papiersackerl einpackte.

»Bald, wenn es so weitergeht«, kam es unumwunden trocken, weshalb Lena von ihren routinierten Handgriffen hochsah und ihn näher betrachtete.

»Wie meinen Sie das?«

»Ja, eigentlich wollten meine Frau und ich schon den Sommer hier verbringen, aber der Baufortschritt unserer Wohnung verzögert sich – und das auf unabsehbare Zeit.«

»Sie meinen wahrscheinlich die Stockreiter-Bauten?«

»Ja, ich glaube, so sagen alle dazu.«

»Ich hab davon gehört. Fehlendes Baumaterial ist daran schuld. Na gut, nach Corona müssen die erst wieder ihre Maschinen in Gang bringen. Wahrscheinlich beliefern sie zuerst die Großbaustellen.«

Walli Winzer schaltete sich wieder ein. »Was heißt: Ich bin aus Wien nach Niederösterreich geflüchtet, und jetzt tobt hier unglaubliche Bauwut. Gestern hatte ich einen Termin in St. Pölten. Da musste ich dreimal im Kreis fahren, um in die Innenstadt zu kommen. Alles ist voller Absperrungen, Baumaschinen und fehlgeleiteter Einbahnen. Zum Wahnsinnigwerden war das!«

»Das sollst du wahrscheinlich auch, damit du dein Auto vorher stehen lässt und zu Fuß weitergehst«, konterte Lena. »Oder du zückst einen Elektroroller aus der Handtasche.« Lena spielte auf Wallis markant große Handtaschen an, worin ein solcher möglicherweise leicht Platz finden würde. Walli konnte indes wenig darüber lachen: Sie hatte weder Interesse an langen Fußmärschen noch an einem Roller. Nicht noch mehr Kram in der Handtasche, als sie sowieso schon mit sich trug!, betete sie.

»Also so ein Scooter hätte mir unlängst bestimmt nicht geholfen. Da wäre ich mit Sicherheit sogar im Krankenhaus gelandet, so viele Bodenunebenheiten, die es derzeit in der Stadt gibt.«

»Na geh, jetzt übertreibst du aber.«

»Ist doch wahr! Am besten wäre es … zu Hause zu bleiben und zu skypen«, entgegnete sie genervt.

Der sportliche junge Mann schaute Walli entgeistert an, als wüsste er nicht, wovon sie sprach. Solche Gedanken schienen ihm völlig fremd zu sein. Er entstammte bereits einer anderen Generation. Offensichtlich kannte diese nichts anderes mehr als ständige Großbaustellen mit Staub, Lärm und rundum willkürlich gesetzten Einbahnschildern.

In der Stadt fuhr Walli sowieso kaum noch mit dem Auto. Zu Terminen nahm sie schon lange die U-Bahn. Nur wenn sie Unterlagen zu transportieren hatte, die nicht in ihre Handtasche passten, wie Lea zuvor witzelte, schwang sie sich hinter das Lenkrad.

Doch hier auf dem Lande könnte sie sich das absolut nicht vorstellen. Sollte sie tatsächlich einen halben Tag lang auf den Dr.-Richard-Privatbus warten? Wie stellten sich solche Regionalpolitiker denn Wirtschaft vor? Mit Leiterwagen und Ochsen? Oder mit dem Pferd durch die Landschaft traben, damit man seinen Geschäften nachgehen konnte, da ja nur einmal am Tag ein Bus ging?

Also in Niederösterreich würde sie ihr Auto auf jeden Fall noch länger brauchen. Wahrscheinlich noch das übernächste Modell ihres Tesla, war Walli sicher. Ja, und auf ihren immer noch nicht fertiggestellten Dachboden würde sie bestimmt auch ewig warten müssen!

Der junge Mann reagierte nach Lenas zuvor gestellter Frage verstört. Seine Kauflust verschwand augenblicklich, denn er versuchte merkbar, seine Emotion unter Kontrolle zu halten.

»Das Baumaterial fehlt nicht, weil es nicht geliefert wurde, sondern weil es plötzlich weg ist! Und dabei hatte ich den Lastwägen zugesehen, wie sie es abluden.«

»Dann war ja eh alles okay.«

Der Kunde schaute Lena an, als wäre sie nicht ganz bei Trost. Oder doch eben nur naiv? Walli Winzer war sich nicht sicher.

Er richtete sich vor Lena Breitenecker auf, wirkte dadurch bedeutender und antwortete in betont ruhigem Tonfall: »Das Baumaterial wurde zur Hälfte von der Baustelle gestohlen. Keiner der Arbeiter will etwas gesehen haben. Auch der Baumeister stellt sich blöd. Er meinte: So etwas sei eben üblich. Überall. In ganz Österreich. Damit müsste man eben rechnen.«

Lena Breitenecker hielt vor dem Abwiegen des Gemüses, das neben ihr lag, inne. So etwas hatte sie noch nicht gehört. Das wäre tatsächlich dreist! »Na ja, sicher verschwindet einiges von den Baustellen, aber da geht es ja um Tonnen von Baumaterial. Das müsste doch jemandem auffallen, wenn so etwas geklaut wird.«

»Nicht, wenn es gut organisiert wird«, erwachte sofort Walli Winzers Kombinationsgabe nach der starken Tassen Kaffee, die sie zuvor getrunken hatte.

»Am liebsten würde ich hier alles stehen und liegen lassen und aus dem Projekt aussteigen. Aber wir haben bereits alles bezahlt. Die Wohnung war dadurch günstiger. Die meisten haben es so wie wir gemacht.«

»Übernimmt die Versicherung die Kosten des fehlenden Baumaterials?«

»Einen Teil schon, den anderen nicht.«

»Und warum nicht?«

»Weil zu dieser Zeit kein Nacht-Security-Dienst anwesend war. Er hätte die Baustelle beaufsichtigen sollen. Die Vertragspolizze zwischen Errichtungsgesellschaft und Versicherung wurde dadurch nicht eingehalten.«

»Das ist ja ein Ding! Was sagt die Errichtungsgesellschaft dazu?«

»Die will uns noch mehr aufbrummen, was natürlich ein Witz ist. Woher soll ich das Geld nehmen? Wir wollten doch bloß eine Wochenendwohnung. Einfach nur spazieren gehen können in traumhafter Natur. Ohne Verantwortung für einen Garten. Aber ein gediegenes Dach über dem Kopf.«

»Ja, ein Dach über dem Kopf würde ich mir auch endlich wünschen. So etwas zu haben scheint in Großlichten derzeit wirklich nicht einfach zu sein«, erinnerte sich Walli Winzer sofort an ihre eigene triste Wohnsituation und blickte vielsagend zu Lena.

Diese fixierte Walli mit leerem Blick, was die Freundin darauf schließen ließ, dass ihre Gedanken anderswo waren. Schließlich meinte sie: »Dann wundert es mich nicht, wenn der Wald plötzlich illegal geschlägert werden sollte. Durch den gewonnenen Bauplatz wollen sie sicher das Wohnungsprojekt erweitern und das Holz zusätzlich verkaufen. Die erlittenen Verluste wären ausgeglichen und es würden sogar noch höhere Gewinne herausschauen.«

»Das sind alles nur Vermutungen. Die müssten erst einmal bewiesen werden«, gab Walli Winzer zu bedenken. »Ich prophezeie euch, dass das sicher ein Stich ins Wespennest wird.«

»Auf der anderen Seite könnte es wieder zu Aggression zwischen den Umweltschützer*innen und der Baufirma kommen. Ehrlich gesagt: Ich erwarte das sogar stündlich. Denn keiner von uns Wohnungskäufer*innen will mehr zahlen. Die Eigentumswohnungen waren sowieso schon teuer genug. Es haben alle Sonnenlage. Und die kostet eben. Daher werden wohl alle von uns zwangsweise auf der Seite der Baufirma stehen.«

»Das ist ja alles unglaublich. Das klingt ja wie ein abgekartetes Spiel. Und das bei uns in Großlichten. Wo es doch immer so ruhig war!«

»Ja, liebe Lena, auch hier auf dem Land wird's langsam anders. Die Gemeinden brauchen neue Bürger*innen. Die bringen schließlich einen Batzen Steuergeld nicht nur für die Infrastruktur. Vielleicht dem einen oder anderen Politfunktionär sogar versteckte Aufwandsentschädigungen. Denn warum sollte sonst heute noch irgendjemand Politiker werden wollen? Bei dem Imageverlust, den diese Spezies rein mit dem Abwinken der Verordnungen von oben hat.«

»Also, Walli. Da kann ich dir nicht ganz recht geben. Sicher fordert die Praxis einiges an Kompromissbereitschaft ein, aber zunächst sollte man sich für die Anliegen der Menschen einsetzen und diese später nicht vergessen.«

»Eben. Man sollte das nie vergessen, und ich finde, Lena, es wäre endlich an der Zeit, dass du dich politisch darum kümmerst.«

Diese Andeutung musste Walli nicht zweimal machen. Lena hatte verstanden. Nur zu dumm, dass sie mit dem neuen Bio-Geschäft und der breiter geplanten Käseproduktion so viel zu tun hatte. Sie wollte ja schließlich noch ein Familienleben führen. Wie sollte das daher alles gehen? Konnte sie das unter einen Hut bringen? Ihre künftige Bürgermeisterkandidatur musste also doch noch warten. Sicher hatte Josef Brunner wieder seine Finger im Spiel. Da war sie sich sicher. Ärgerlich das alles, aber derzeit nicht zu ändern. Sie seufzte gereizt.

16. KAPITEL

Eduard Altmeier lag bequem im Liegestuhl auf der Terrasse seines Hauses und las Zeitung. Neben ihm stand eine halb volle Kaffeetasse, aus der er regelmäßig nippte. Er war in einen Artikel versunken, der ihn offenbar interessierte. An dessen Ende angekommen, blätterte der Baumeister zur nächsten Seite um, nahm erneut einen Schluck und streckte seine Hand nach einem Stück Marmorgugelhupf aus. Er kaute genüsslich daran.

Lesen war nämlich derzeit genau das Richtige für ihn, wie er befand. Denn nach der unsäglichen Steinattacke auf seinen Schädel hatten ihm die Ärzte Bettruhe verordnet. Doch so etwas war für Eduard Altmeier nichts. Rein gar nichts. Einfach so untätig herumzuliegen. Als wäre er sterbenskrank. Gott sei Dank war er das nicht. Er lächelte entspannt. Das hätten sich vielleicht einige gewünscht. Doch diesen Gefallen tat er ihnen nicht.

Wobei bei diesem Anschlag eindeutig Glück im Spiel gewesen war. Denn wenn der Stein ihn nur zwei Zentimeter weiter unten getroffen hätte, wäre sein linkes Auge verloren gewesen. Stattdessen hatte er nur eine Platzwunde. Anfangs dachte er, dass er auf einem Auge erblindet war. Eine rote Lache hatte sich damals von der Stirn weg ausgebreitet, als er seitlich am Boden gelegen war. Bald war diese so dicht geworden, dass er schlichtweg nichts mehr sah. Kurze Zeit später – Blackout!

Als er wieder zu Bewusstsein kam, hatte er auf die weiße Zimmerdecke des Landesklinikums Zwettl gestarrt. Sein Kopf war einbandagiert. Er konnte sich nicht bewegen. Es dauerte, bis er sich wieder erinnern konnte, was geschehen war. Ganz genau: dieser Pöbel, der ihn angeschossen hatte, als er am Fenster gestanden. Als Eduard Altmeier daran dachte, regte er sich so auf, dass ihm sofort das Blut heiß in den Kopf schoss. Das schmerzte. Er wollte sich aufrichten, konnte es aber nicht. Eine Halskrause hinderte ihn daran. Also wartete er ungeduldig, bis man ihn endlich nach Hause bringen würde, was man schließlich tat.

Klar hätte er noch ein paar Tage zur Beobachtung im Krankenhaus verbringen sollen. Doch das war so ziemlich das Letzte, was der emsige Baumeister brauchen konnte. Noch dazu, wo bautechnisch in Großlichten derzeit sowieso viel im Argen lag.

Ruhe hätte er zu Hause auch, konnte er den Ärzten glaubhaft machen. Obwohl seine Ehefrau Ingrid vorerst nicht sehr dafür gewesen war, ihn nach Hause zu holen. Schließlich willigte sie doch ein, nachdem sie eine Helferin im Dorf gefunden hatte, die sich gemeinsam mit ihr um ihn kümmerte. Nur, solange seine Gehirnerschütterung noch akut war. Heute ging es ihm allerdings eindeutig besser. Er konnte sich das Frühstück bereits selbst zubereiten.

Nachdem er den letzten Kuchenbissen verdrückt hatte, widmete sich Eduard Altmeier wieder der Zeitung. Da er erneut in einen Artikel vertieft war, bemerkte er nicht, dass Ingrid inzwischen aus dem Haus auf die Terrasse getreten war. Sie stellte sich unbemerkt neben ihn und sprach ihn erst nach einer Weile an: »Guten Morgen, Edi!«

Altmeier sah erschrocken hoch und wandte ihr instinktiv den Kopf zu. »Ah!«, stöhnte er schmerzvoll auf. »Musst du mich so erschrecken? Du weißt doch, dass ich meinen Kopf nicht bewegen soll!«

»Entschuldige, ich dachte, du hast mich kommen gehört.«

»Du hättest dich vor mich hinstellen können, damit ich dich gleich sehe. Aber so? Man schaut doch jemanden an, wenn man mit ihm spricht. Anders geht es doch bei mir im Moment nicht.«

Ingrid kam einige Schritte näher und stellte sich direkt vor ihn.

»Guten Morgen«, antwortete Eduard Altmeier seiner Ehefrau und senkte die Zeitung. Er behielt sie jedoch in der Hand und vermittelte dadurch den Eindruck, als wollte er sich an etwas festhalten.

Sie schwiegen.

Altmeier musterte seine Frau. Er kannte sie gut. Alles an ihr. In vielen gemeinsamen Ehejahren gab es kaum noch etwas, was man nicht voneinander wusste oder voreinander geheim halten konnte.

Einst hatte er sich in ihre spontane, leidenschaftliche Art verliebt. In die Urgewalt ihrer Energie, die ihn auch aus schwachen Momenten herausriss.

Und solche überkamen ihn zeitweise.

Speziell dann, wenn ihm die Arbeit über den Kopf zu wachsen drohte. Zu viel zu tun war. Ihn der Alltag auszulaugen begann. Er in allem langsamer wurde. Im Denken. Im Handeln. Da sprang sie ein. War da. Für ihn.

Ohne dass er sie darum gebeten hatte. Sie wusste es. Sie spürte es. Seine Ingrid.

Wie sie jetzt da vor ihm stand. Trotz der vielen Ehejahre sah sie immer noch gut aus. Oder gerade deswegen? Sein Blick fixierte sie. Ihre dunkle Mähne fiel verführerisch ins Gesicht. Sie griff danach und schob sie zur Seite. Stand aber immer noch reglos da. In ihrem Negligé, das sie an einigen Stellen zurechtzog. Nervös, hatte er dabei fast den Eindruck. Er blieb trotzdem reserviert. Teilnahmslos.

»Deine Kaffeetasse ist fast leer. Soll ich dir eine neue bringen?«, fragte sie ihn und griff automatisch danach.

Eduard Altmeier antwortete nicht. Stattessen fragte er trocken: »Wann bist du gestern nach Hause gekommen? Ich hatte dich nicht zurückkommen gehört.«

Ingrid Altmeier sah ihren Mann verblüfft an. »Wie kommst du darauf? Ich war wie jeden Tag spazieren und bin dann auf mein Zimmer. Ich wusste doch, dass die Erna bei dir war und dich hinauf in dein Schlafzimmer begleiten würde. Das hat sie ja gemacht, wie ich gemerkt hatte.«

»Aber du kommst doch sonst zu mir ins Zimmer. Warum gestern nicht?«

Ingrid zögerte. »Das bin ich auch. Aber da warst du nicht da.«

Der Baumeister wirkte angespannt. »Ja …«, überlegte er, »dann nur deshalb, weil ich hinuntergegangen bin, um noch ein Buch aus der Bibliothek zu holen.«

Seine Frau sah ihn an, um daraufhin wortlos in die Küche zu gehen.

Sie stellte die Glasschale vor die Kaffeemaschine, legte eine Kapsel ein und drückte im Anschluss den Knopf. Sogleich verströmte die Maschine unter leisem Brummen einen wohligen Geruch. Ingrid Altmeier atmete ihn genussvoll ein. Sie hielt die volle Tasse in der Hand, während sie mit der anderen den Vorgang wiederholte. Dabei sah sie aus dem Fenster. Obwohl die Sonne die Blütenpracht im Vorgarten hell erstrahlen ließ, galt Ingrids Aufmerksamkeit nicht ihr. Ihr Blick ging ins Leere. An ihnen vorbei. Hinaus, in die Weite der Landschaft, die sich gegenüberliegend vor ihr ausbreitete.

Die Kaffeemaschine hatte inzwischen zu arbeiten aufgehört. Dennoch blieb sie stehen. Sie schloss die Augen und nippte an ihrer Schale. Nach zwei weiteren Schlucken nahm sie nun die zweite in die Hand und wollte nach draußen gehen, als sie ein Auto nahe am Haus einparken sah. Darin saß neben Bürgermeister Josef Brunner Cornelia Figlmüller.

Beide stiegen aus.

Ingrid Altmeier hatte die Kaffeetassen auf den Küchentisch zurückgestellt und erwartete die beiden bereits vor der geöffneten Haustür.

»Hallo, Ingrid!«, begrüßte Brunner sie während des Näherkommens. »Wir müssen unbedingt mit dem Edi den Erweiterungsplan des Wohnprojekts besprechen. Das muss jetzt alles rasch über die Bühne gehen.« Er reichte ihr die Hand. Auch Cornelia Figlmüller grüßte mit einem unverbindlichen Lächeln.

»Ja, kommt erst einmal herein. Ich mache euch Kaffee. Geht inzwischen hinaus auf die Terrasse zum Edi. Ihr findet ihn auf der Liege. Aber langsam bitte. Nicht, dass er seinen Kopf wieder zu schnell zur Seite dreht. Vorher hat er das gemacht und sich dann bei mir über Schmerzen beschwert. Also nur als kleine Warnung, falls er wieder aufbrausend wird!«

Josef Brunner sah sie kurz und irritiert an, setzte dann aber den Weg durch das Wohnzimmer Richtung Garten fort. Cornelia war bereits vorausgegangen. Beide nahmen sich einen Stuhl und setzten sich vor den Baumeister.

»Hallo, ihr beiden!« Altmeier freute sich, den alten Freund zu sehen. Er legte die Zeitung weg und richtete sich auf, so gut es ging. Wiederum stöhnte er ein wenig. Brunner legte ihm die Hand vorsichtig auf die Schulter, während die Architekturstudentin freundlich aus der Ferne nickte.

»Wie geht's dir, Edi?«

»Geht schon«, kam es knapp.

»Du, ich wollt dir auch erzählen, wie's damals nach dem Steinwurf weitergegangen ist. Also, der Jakob Holzinger ist vom Grubinger mit aufs Revier genommen worden. Der konnte glaubhaft machen, dass wir keine Genehmigung fürs Schlägern des Walds haben. Noch, Edi. Ich sage *noch*. Denn ich warte jeden Tag darauf. Diese Verzögerung von der Bezirkshauptmannschaft ist ja öd. Deshalb haben wir vorübergehend einen Rodungs- und Baustopp verfügt. Was sagst du dazu?«

Altmeier dachte nach. »Gut. Dann macht ihr jetzt die Innenarbeiten. Ziehen wir die halt vor. Bleibt uns ja nichts anderes übrig. Stellt die Rigips-Zwischenwände auf und beginnt einfach schon mal mit dem Feinschliff: also Wandfugen verspachteln, ausmalen und dann mit der Parkettbodenverlegung.«

»Aber Herr Altmeier, da müssen wir ja die jeweiligen Arbeiterfachtrupps der Maler und Tischler vorziehen und den Bautrupp hintanstellen. So ein Leerlauf, der kostet viel Geld«, schaltete sich Cornelia Figlmüller ein.

»Okay, dann teilt die Mannschaft auf und schickt sie zu unseren anderen Baustellen. Ihr wisst ja, wo wir zwischendurch kleinere Arbeiten begonnen haben. Schon verrückt. Auf die öffentlichen Fördergelder haben wir so lange gewartet, bis die Bank sie freigegeben hat. Jetzt haben wir sie, dürfen aber nicht weiterarbeiten.«

Nun schaltete sich der Bürgermeister ein. »Also abgemacht, dann kümmert euch um die anderen Bauarbeiten, bis wir wieder mit dem Wohnprojekt weitermachen dürfen.«

»Peppi, bist du überzeugt, dass ma die Genehmigung wirklich kriegen werden?«, fragte Altmeier zögerlich.

Josef Brunner rutschte auf dem Sitz hin und her. Schließlich stützte er sich auf der Lehne seines Stuhls ab und sprach klare Worte: »Na ja, warum sollten gerade wir so eine Genehmigung nicht erhalten, wo sie sonst eh fast jeder erhält.«

»Bist du dir sicher? Jetzt geht das doch nimma so leicht wie früher. Sollten wir nicht lieber Strafgelder riskieren und den Wald in einer Nacht-und-Nebel-Aktion einfach umschneiden? So groß ist der doch wieder nicht. 3.000 Quadratmeter. 20 georgische und rumänische Arbeiter, und in wenigen Stunden gibt's den nicht mehr und wir sind das Problem los.«

»Ja, aber die schlechte Presse, die deine Firma haben wird. Und ich überleb das politisch nicht mehr. Denk nur an die kleine Schwedin, diese Thunberg. Wegen der sind ja alle richtig hysterisch geworden.«

»Schau ma. Aber das mit dem fehlenden Baumaterial, das haben wir ja auch ganz gut hinbekommen. Doppelter Verkauf durch unsere Burschen – daher will niemand etwas gesehen haben.«

»Du musst wirklich *alle* ruhigstellen. Verstehst du? Und wer nicht mitmachen will, der fliegt. So einfach ist das. Dem hängst du, damit er seine Klappe hält, gleich was an. Einer deiner engsten Männer soll das bestätigen. Der geht dann und verliert sicher kein Wort mehr darüber. Hält seinen Mund auf ewig. Du weißt eh, wie man das macht.«

»Ja, das geht nur, wenn jeder von denen Material für sein eigenes Haus verwenden darf. Da erzählt dann niemand mehr was«, lachte der Baumeister. »Es ist halt vieles einfach nicht mehr da. Das ist doch üblich. Überall. In ganz Österreich. Krähte da jemals in der Vergangenheit ein Hahn danach? Jeder weiß, wie der Hase läuft. Glaubst du, sonst könnte man die Bauarbeiter in einem Zwölfstundentag, sechs Tage die Woche, manchmal sieben, ohne zu murren einteilen? Das ganze Jahr über? Da und dort ein bisserl die Stundeneinteilung frisieren?«

»Jetzt hör aber auf. Du musst das nicht so ausführlich vor einer jungen aufstrebenden Bausachverständigen ausbreiten«, sagte Peppi Brunner, sah verlegen zu Cornelia und warf Altmeier einen bösen Blick zu.

Cornelia Figlmüller blieb ungerührt. »Sie können ruhig Klartext mit mir sprechen. Der Berni Stockreiter hat mich schon in alle Gepflogenheiten eingeweiht. Ich kenne mich also im Bauwesen aus. Normalerweise sind es etwa 20 Prozent an Verlusten, die man beim Baumaterial einplant. Wenn man geschickt damit umgeht, werden die *Verluste* gar nicht erst auf der Baustelle abgeladen, sondern gleich durch die nächste Ausfahrt zu einer der privaten gebracht. Dort pfuschen halt viele unserer Burschen und verdienen sich so etwas dazu – und wir auch.«

»Selbst bei den Versicherungen will das in der Regel keiner so genau wissen. Nur manchmal schreien sie halt medial mit, wenn's überhandnimmt. Aber sonst interessiert sich dafür keiner. So funktioniert eben Wirtschaft: ein Geben und Nehmen.«

»Also, bitte! Ihr redet da unverhohlen aus eurer Praxis vor einem Repräsentanten der Politik«, plusterte sich Bürgermeister Brunner amüsiert vor ihnen auf.

Sie hielten inne und wussten nicht, wie sie sich verhalten sollten.

»Ist ja nur Spaß«, beruhigte Peppi Brunner und grinste. »Sag, habe ich die Ingrid nicht vorhin etwas von einem Kaffee sagen hören?«

»Ja, die ist im Haus drin«, antwortete Edi. »Ingrid!«, rief er. Sie meldete sich nicht. »Ingrid«, wiederholte er.

Nach einer Weile kam sie mit bedrückter Miene heraus. Kaffee hatte sie keinen dabei, dafür die Krankenpflegerin.

»Da bist du ja endlich. Wo ist der Kaffee für unsere Gäste geblieben? Warum schaust du so ernst?«

Ingrid Altmeier war kreidebleich. »Die Edith hat euch etwas zu sagen.«

Alle starrten zur Genannten. »Ich komm vom Hauptplatz, weil i da für uns einkauft hab. Da hat mir mei Nachbarin erzählt, dass ma den Bernhard Stockreiter gfunden hat – tot!«

17. KAPITEL

Nachdem Walli Winzer geräuschlos mit ihrem Elektroauto den Hang zum Hauptplatz von Großlichten hochgefahren war, suchte sie ein schattiges Plätzchen unter den weit ausladenden Ästen der alten Linde. Ihr Blick fiel bereits in der Kurve auf die seitlich des Platzes gelegene Polizeidienstaußenstelle. Sepp Grubinger kam eben heraus und überquerte die Straße zum Dorfwirtshaus.

Walli wollte mit ihm in aller Ruhe über den Fall Stockreiter und das Wohnbauprojekt sprechen. Aber warum sollte das nicht im Wirtshaus vom Hannes gehen?

Als sie den Raum betrat, ging es bereits hoch her. Es war Mittag, und viele aus der Umgebung nutzten die Gelegenheit des günstigen und hervorragenden Menüs, das es hier täglich gab. Obwohl Hannes Lechner in Wallis Reiterhof auch für Wohlhabendere das bekannte Haubenlokal »Zum Grauen Mohn« führte, hatte er auf seine Dorfleute und den alten Familienbetrieb nicht vergessen. Er war in vielen Reiseführern angeführt und eine der Top-Gaststätten für Waldviertler Hausmannkost. Kein Wunder also, dass sich hier viele tummelten. Noch dazu, wo es Sommer war und sich Gäste unter die Einheimischen mischten.

Was Grubinger allerdings im Wirtshaus machte, war Walli Winzer nicht ganz klar. Denn normalerweise aß er daheim. Seine Frau Resi war ja eine wunderbare Köchin und legte Wert darauf, dass er zum Mittagstisch nach Hause kam.

Unter den vielen Anwesenden fand sie den Dorfpolizisten nicht. Dafür begrüßte sie Hannes Lechner aus der Ferne, indem er ein Weinglas, das er eben polierte, nach ihr ausrichtete.

»Hallo, Frau Winzer!«, rief eine vertraute Stimme. In unmittelbarer Nähe saß Harry Kain allein an einem Tisch. »Suchen Sie jemanden? Oder wollen Sie sich zu mir setzen?«

Walli Winzer war jetzt, ehrlich gesagt, nicht nach Konversation mit dem Lokaljournalisten zumute, sondern sie wollte einzig und allein mit Grubinger sprechen. Doch der schien wie vom Erdboden verschluckt zu sein. Aus Ermangelung einer anderen Sitzplatzoption und da sie deutlich ihren leeren Magen spürte, entschloss sie sich, Harrys Angebot anzunehmen.

In beherzter Weise ließ sie ihre riesige Handtasche vernehmlich auf den Boden fallen. Sie hatte zuvor ihr Brillenetui herausgenommen und vor sich auf den Tisch gelegt. Walli Winzer setzte ihre Lesebrille nur ungerne auf. Sie tat das daher so unauffällig wie möglich, um rasch auf der Speisekarte das passende Menü auszuwählen.

Sie entschied sich für Nudelsuppe sowie Gemüselaibchen mit Polenta und grünem Salat. Zur Nachspeise würde es Malakofftorte geben. Harry Kain hatte Blunzengröstl mit Kren und Krautsalat vor sich.

»Schön, Sie wiederzusehen«, eröffnete er die Konversation.

Walli Winzer nahm ihre Brille ab und widmete sich ihrem Gesprächspartner: »Danke für den Platz«, entgegnete sie verbunden. Eine junge Kellnerin nahm kurz darauf die Bestellung entgegen und machte sich danach auf in die Küche.

»Ja, Großlichten ist nicht so groß. Da trifft man sich unvermutet öfter, als man denkt.« Harry lachte und schob einen Bissen in seinen Mund.

Walli hielt nicht lang hinterm Berg und erzählte unumwunden vom toten Stockreiter. Wie er so dalag im leeren Swimmingpool, im eigenen Blut. Ein schrecklicher Anblick!

Harry Kain schien ehrlich betroffen. Er ließ sich alle Details erklären. Die Neuigkeit war so aktuell, dass er noch nichts vom diesem Drama mitbekommen hatte. Harry musste nämlich einen wichtigen Artikel, für den er einen fixen Abgabetermin hatte, fertigstellen.

»Die Gemeinde war so froh über den berühmten Architekten Bernhard Stockreiter, und jetzt stirbt der ausgerechnet noch bei uns. Das Wohnprojekt ist auch nicht fertig, die Umweltschützer zu Recht voll in Fahrt und die Wohnungseigentürmer außer sich. Ein Albtraum für alle!«

»Nicht zu vergessen unseren Herrn Bürgermeister. Der weiß natürlich wie immer von nichts, wie man hört, will aber als politischer Vermittler für alle Betroffenen sein Bestes geben.«

»Das ist ja das Mindeste, wenn er wiedergewählt werden möchte«, ergänzte Walli.

Inzwischen kamen die Suppe und ihre Gemüselaibchen mit Polenta. Sie legte ihre Serviette elegant auf den Schoß und begann zu löffeln. »Aber Sie haben recht«, setzte sie fort, »die Sache ist ziemlich verfahren: Der Altmeier ist verletzt, die Waldrodung, wie man hört, nicht bewilligt und die Wasserversorgung des Orts derzeit nicht zur Gänze gewährleistet. Und das deshalb, weil zu viel Bauprojekte schon vor der vollständigen Genehmigung gebaut werden. Das kann man am Skandal mit dem leeren Pool deutlich erkennen. Und der halbe Ort befindet sich wegen des Waldes in Aufruhr.«

»Also, der Sepp ist wirklich nicht zu beneiden. Bei wem soll denn der mit den Ermittlungen beginnen?«, zeigte sich Harry bekümmert. Er wartete Wallis Reaktion gar nicht erst ab, sondern vertiefte sich kommentarlos in sein Blunzengröstl.

Selbst Walli verstand seine Frage mehr als Feststellung, weshalb sie nicht antwortete, sondern den letzten Rest ihrer Nudelsuppe einnahm. Sie beugte sich tief über den leeren Suppenteller und verharrte kurz darüber. Gerade so, als hätte sie eine besonders schwierige Etappe hinter sich gebracht. Sie wirkte erschöpft. Das stellte indes weniger sie als Harry Kain fest. Denn er sah sie aufmerksam, ja fast ein wenig mitleidsvoll an. Als ahnte er, dass sie bereits im Vorfeld einiges geleistet und auf die Wege gebracht hatte.

Kurze Zeit später hob Walli Winzer den Kopf und flüsterte Harry Kain zu: »Oberst Weichselbaumer, also der Ludwig, hat dem Grubinger persönlich den Auftrag erteilt, zu ermitteln. Ich habe ihn in der Früh angerufen und ihm gleich vom heiklen Fall erzählt. Der Platzer hat sich vor dem Grubinger nämlich wieder einmal nur wichtig gemacht. Nix Produktives beigetragen. Nur Macht ausgespielt. Der Grubinger ist wortlos neben ihm gestanden. Hat sich vor dem blutigen Toten sowieso fast angekotzt. Das war dem aber egal. Da hab ich gewusst: So wird das nie etwas, und hab später den Ludwig angerufen.«

Harry Kain sah die PR-Agentin für ihr Dafürhalten fast ein bisschen zu lange an. Fast so, als würde er sie deshalb ein wenig bewundern. Für ihre sensitive Einschätzung. Diese auf sich wirken lassen. Ihr dadurch ein wenig zu nahe treten. Was sie wiederum von ihm so nicht kannte. Nie erlebt hatte. Auch nicht wollte. Daher irritiert war. Und er sich deshalb sofort zurücknahm.

Nüchtern fragte sie ihn: »Sagen Sie, Harry, wohin ist der Grubinger plötzlich verschwunden?«

Harry Kain hob seinen Kopf und blickte aufmerksam in die Runde.

Doch da stand er plötzlich: der Sepp.

Mitten in einer Gruppe, die gerade vom Tisch aufstand und sich auf den Weg machen wollte. Auf ihren Arbeitsweg. Eine Gruppe von Bauarbeitern. Grubinger gab sich bei ihnen zugänglich wie bei allen. Doch heute schien ein wenig Distanz zwischen ihm und den Bekannten zu liegen. Denn er beendete schnell das Gespräch und wollte sich allein an den frei gewordenen Tisch setzen, als Walli Winzer nach ihm rief. Instinktiv drehte er sich um, nachdem er seinen Namen gehört hatte. Da er die Stimme erkannte, war er nicht erstaunt, als er Walli Winzer sah. Er lächelte mehr höflich als erfreut. War dabei, sich wieder umzudrehen, als auch Harry Kain ihn aufforderte, sich zu ihnen zu setzen. Sepp Grubinger zögerte, wechselte aber doch zum Tisch der beiden.

»Sepp, schön, dich zu sehen«, begrüßte ihn Harry, den er immer wieder gerne auf ein Gläschen Nussschnaps besuchte. »Warst schon lange nicht bei mir.«

Sepp Grubinger räusperte sich, antwortete jedoch nicht. Er wusste selbst nicht, warum er den Lokaljournalisten in letzter Zeit etwas aus den Augen verloren hatte. Bewusst gemieden hatte er ihn jedenfalls nicht. Zumindest wüsste er nicht warum.

»Egal, Sepp, Hauptsache, du bist da.«

»Und wir haben uns ja erst gesehen«, ergänzte Walli Winzer.

Sepp Grubinger versuchte, ruhig zu bleiben. Denn er wusste, dass er in aller Früh keineswegs gut drauf gewesen war. Deshalb hatte er sich vorhin seinen Apfelsaft g'spritzt bestellt, den er jetzt vor sich stehen hatte.

Er nickte kryptisch, verlor aber kein Wort.

Kurze Zeit später servierte ihm die junge Kellnerin einen knusprigen Schweinsbraten mit Waldviertler Knödel und Krautsalat.

»Der sieht ja einmalig aus! Diese Kruste: genau so, wie sie sein sollte. Der Hannes, der kann's eben. Grubinger, ich dachte, Ihre Frau möchte sonst, dass Sie zu Hause essen. Heute nicht?«

Sepp Grubinger gab sich zugeknöpft. Fast so, als hätte er es nicht gehört. Er widmete sich dem ersten Bissen und blieb eine Antwort schuldig.

Walli sah fragend zu Harry, der gleichfalls Augenkontakt zu ihr suchte.

»Lassen Sie es sich gut schmecken. Wir haben gerade fertig gegessen. Es war wie immer herrlich«, schwärmte die PR-Lady und fügte gut gelaunt hinzu: »Ihr beide, ich lade euch heute aufs Mittagessen ein. Das ist die einmalige Gelegenheit, noch all das zu bestellen, was man sonst nicht tut«, blinzelte sie Harry zu, der nach ihrem

Seitenhieb auf seine sonstige Bestellgewohnheit so tat, als hätte er das nicht bemerkt.

Sepp Grubinger nickte dankend, womit er eher signalisierte, dass es ihm egal war.

Harry Kain sah sich ermutigt und bestellte einen Himbeercup mit Schlagobers. Walli hingegen erwartete die Nachspeise ihres Menüs und war angenehm überrascht, als man ihr ein Stück Marillenkuchen brachte, das sie nicht erwartet hatte.

»Walli, i hab ma dacht, dass dir des eher schmeckt als die Malakoffschnitte vom Menü. Die hätt ma nämlich a no«, kam Hannes Lechner persönlich zum Tisch der Kriminal-Hautevolee von Großlichten.

Walli Winzer grinste den Wirt an. »Hannes, du weißt halt, womit du deine Gäste bei Laune hältst!« Sie nahm ohne Umschweife den ersten Bissen. Hannes Lechner interessierte nun, was sie sagen würde. Ob er Wallis Geschmack getroffen hatte. Er war fast schon im Gehen, als sie »Einfach wunderbar!« schwärmte. Hannes Lechner freute sich. Es war ein besonderes Lob, das er von der Wiener PR-Lady für sein Wirtshausessen bekam.

»Bei uns gibt es eben keine aufgewärmte Großküchenkost wie anderswo«, platzte er fast vor Stolz heraus.

»Warum es vielerorts keine gelernten Köche mehr gibt, sondern nur billige Hilfskräfte, frage ich mich schon lang. Klar merkt man das dann an der Qualität des Essens«, lächelte Walli Hannes zufrieden an.

»Bei uns wird jeden Tag frisch gekocht. Aufwärmen ist ein Tabu«, erzählte Hannes.

»Du sagst es. In den Städten sollte man mittlerweile Döner-Imbissbuden Kochhauben verleihen. Da bereiten viele wirklich frisch zu, stelle ich fest«, schlug Walli vor.

»Sehr viele Restaurants und Gaststätten machen es sich wirklich leicht. Oft werden nur Fertiggerichte von Nahrungsmittelkonzernen über Dampfgarern aufgewärmt und als gesunde Frischprodukte serviert«, ergänzte Harry Kain.

Walli und Hannes sahen ihn irritiert an. Grundsatzdebatten wollte sie allerdings keine beginnen. Aber ein Journalist war eben ein Journalist. Offensichtlich konnte so einer nicht anders, hatte sie den Eindruck.

Walli lenkte das Gespräch daher wieder in eine entspannte Richtung. »So, Hannes, und für mich bitte noch einen Café Latte. Und für Sie, Harry?«

Sepp Grubinger saß indes schweigend über seinem Schweinsbraten. Für ihn lief das Gespräch bloß im Hintergrund ab. Ihn beschäftigte vielmehr, dass seine Resi am Telefon vorhin tatsächlich sauer reagierte, weil er die Nacht über nicht nach Hause gekommen war. Dabei hatte er ihr doch gebeichtet, dass die Stunden so schnell verflogen waren und er plötzlich – nach so vielen Gläsern Wein und zum Abschluss noch mehreren Obstlern – mit dem Kopf auf der Tischplatte eingeschlafen war. Nur das war der Grund, warum er nicht nach Hause gekommen war. Sonst nichts. Erst der Polizeinotruf hatte ihn geweckt.

Sie glaubte ihm nicht. Mit so einer Aktion fühlte sie sich von ihm bloß zur Haushälterin degradiert. Das Handy einfach abzudrehen. Gegen seine Familie. Gegen sie. Nicht mit ihr verbunden sein zu wollen. So nicht.

Kochen wollte sie daher heute nicht für ihn. Sollte er doch ins Wirtshaus gehen, wenn er Hunger hatte. Da könnte er sich auch gleich wieder volllaufen lassen und dann machen, was er wollte.

Da saß er nun. Der Sepp Grubinger über seinem knusprigen Schweinsbraten und einem Glas Apfelsaft gespritzt. Aber ohne seine Resi. Nur mit ihren Vorwürfen im Ohr.

Was die Frauen da immer hatten mit ihrer Eifersucht. Männer brauchten das eben manchmal. Einfach unter sich zu sein. Ausgelassen. Da ging es nicht um Weiber. Ja, oft schon. Bei anderen. Aber nicht bei ihm. Er liebte die Resi. *Seine* Resi. Und jetzt machte sie ihm das Leben so schwer.

Die neuen Bestellungen waren aufgenommen worden und Walli Winzer nutzte die Gelegenheit, von Sepp Grubinger mehr über den Tod von Bernhard Stockreiter zu erfahren. »Erzählen Sie uns: Was wissen Sie darüber?«

Sepp Grubinger hielt sich mit der Beantwortung solcher Fragen ein wenig zurück. Aber er wusste, dass er seine Freiheiten während der Ermittlung Walli Winzer und ihrem guten Draht zum Leiter des LKA Krems, Ludwig Weichselbaumer, verdankte. Der Platzer würde alles sofort im Keim ersticken. Alles, was von ihm käme. Seine Gedanken. Der war eben so. Ein Systemerhalter. Oft nur des Systems wegen, hatte er den Eindruck. Schnell etwas zu präsentieren.

Er hingegen, Sepp Grubinger, fühlte sich den Menschen verpflichtet. Das hatte sogar die Winzer erkannt, selbst wenn sie sonst keine so gute Antenne zu seinen

Landsleuten hatte. Zumindest fast keine, schränkte er ein. Woher auch, wenn sie aus der Stadt kam. Sich daher nicht auskannte auf dem Land.

Aber dass es die Polizeidienstaußenstelle in Großlichten überhaupt noch gab, das hatten er und die Großlichtener*innen nur ihr zu verdanken. Dafür hatte sie sich eingesetzt. Schon früher. Ihm immer wieder unaufgefordert bei Ermittlungen geholfen. Na ja. Wie sie halt so war. Letztlich fand es Sepp Grubinger dann doch recht gut, dass sie in Großlichten war.

Aber ehrlich gesagt: Genaueres wusste man von ihr nicht. Von dieser ungewöhnlichen Frau. Kaum hatte man sich ein Bild von ihr gemacht, musste man seine Einschätzung gleich wieder über Bord werfen. Deshalb bemühte er sich erst gar nicht mehr, sich eines von ihr zu machen. Für ihn war sie ganz einfach: Walli Winzer.

»Sagen Sie, Grubinger. Bevor Ihre Nachspeise kommt. Gibt es schon etwas Neues über den Mord am Stockreiter?«, wiederholte sie die Frage.

Der Dorfpolizist rang mit sich. »Frau Winzer, ich darf Ihnen eigentlich nichts verraten. Vor allem dann nicht, wenn ein Journalist mit uns am Tisch sitzt.«

Harry Kain war überrascht. »Aber Sepp, wir haben doch sonst keine Geheimnisse voreinander«, unterbrach der Erwähnte.

Sepp Grubinger machte eine abwehrende Geste in dessen Richtung und grinste. »Ich muss das sagen, weil ich eben nicht nur der Sepp, sondern auch eine Amtsperson bin«, nickte er Harry zu.

»Die allerdings die Zusammenarbeit mit der Zivilbevölkerung braucht, weil sie sonst nix erfahren würde!«

Walli Winzer hob energisch den Kopf. »Grubinger, genug Floskeln. Oberst Weichselbaumer hat uns alle mit der Lösung des Falls beauftragt. Selbstredend sind Sie aufgrund seiner Dienstanweisung der Leitende Ermittler. Er umgeht damit Ihren direkten Chef, und wir unterstützen Sie bei der Aufklärung. Natürlich nur inoffiziell. Sie müssen daher schon Klartext mit uns sprechen und uns vertrauen.«

Der Polizeibeamte nahm, nachdem Walli Winzer sich vor ihm aufgerichtet hatte, sein gestelztes Dienstgehabe zurück. Zugänglich geworden begann er seine Schilderung: »Also: Der Stockreiter wurde aus nächster Nähe mit einem Ast erschlagen. Durch den Aufprall am Steinboden des Pools war er sofort tot. Den Ast konnte man nicht finden. Und im Fall der Babyleiche stehen noch die DNA-Proben aus. Sie werden dann von unseren Computerprogrammen ausgewertet. Da warte ich noch darauf.«

Während der letzten Worte ging die Wirtshaustür auf und Cornelia Figlmüller kam mit einer schwarzen Aktenmappe unter dem Arm herein. Im Abstand folgte ihr ein gepflegter jüngerer Mann. Beide stellten sich in ein Gespräch vertieft gleich an die Theke.

Da es nach der regulären Mittagszeit war, hatten die meisten Gäste das Essen bereits hinter sich und zumindest ein alkoholisches Getränk intus. Deshalb war im Gastraum der Lärmpegel trotz offener Fester und Türen auf ein hohes Maß angeschwollen.

Walli und Harry mussten deshalb näher an Sepp Grubinger heranrücken, um ihn besser verstehen zu können.

»Das heißt also, dass der Peppi Brunner und seine Sekretärin den Manfred Fletzberger schwer belasten?«

»Ja, so etwa. Sie hatten mitgehört, wie er ihn leise bedrohte«, bestätigte der Polizist.

»Glauben Sie das? Und was haben Sie vor?«, fragte Walli weiter.

»Ich weiß nicht. Die Indizien sprechen gegen ihn. Doch er war mit seiner Familie tatsächlich auf einer Grillparty, wie er angibt. Das habe ich schon überprüft. Viele können das bestätigen. Das heißt aber nicht, dass er sich von dort aus nicht später wegstehlen konnte, um dann doch den Mord zu begehen.«

»Ja, sicher«, murmelte Walli Winzer mehr nachdenklich als bestätigend.

»Alte Rechnungen scheint er offenbar mit dem Stockreiter offen gehabt zu haben. Sonst wäre er nicht so heiß gelaufen und hätte ihn vor Zeugen bedroht«, fasste Harry Kain zusammen. »Offenbar fühlte er sich moralisch im Recht.«

»Hm«, beendete Sepp Grubinger seine Ausführung.

Im Gasthaus war es inzwischen leer geworden. Die meisten hatten die Mittagspause beendet und waren zu ihrer Arbeit zurückgekehrt. Cornelia und ihr Gesprächspartner saßen jetzt jeder vor einem Krügl Schremser Bier.

»Und? Was glauben Sie?«, setzte Grubinger nach und sah dabei Walli Winzer an.

»Puh!« Walli lehnte sich zurück und sah versonnen vor sich hin.

»Du, Sepp«, meldete sich Harry stellvertretend, »vielleicht sollte man in Erfahrung bringen, was den Fletzberger früher, also ich meine ganz früher, in der Schulzeit oder so mit dem Stockreiter verbunden oder eben auch entzweit hat. Ich glaub, wir müssen da weiter zurückgehen. Kontakt hatten die beiden ja zwischendurch keinen miteinander. Oder?«

»Zumindest glauben wir das nicht«, ergänzte Walli Winzer immer noch nachdenklich.

Helene Fischer sorgte inzwischen bei den verbliebenen Gästen mit ihrer Ballade »Wolkenträumer« für amikale Stimmung.

Walli Winzer sah gedankenverloren nach Cornelia Figlmüller. Diese schien das zu merken, wandte ihren Kopf in Wallis Richtung und lächelte ihr zu. Walli reagierte peinlich. Sie gewann durch den Folgeblick den Eindruck, als hätte Cornelia dies als Flirt aufgefasst. Verlegen sah Walli Winzer auf ihr Weinglas und musste lächeln.

Dabei war ihr das keineswegs fremd. Manchmal war so etwas schon bei Freundinnen ihrer Geschäftspartnerin Silvia Manner vorgekommen. Immerhin feierten sie Geschäftsabschlüsse oft im großen Kreis miteinander. Auch die Umgebung von Romy und Julia war Walli Winzer vertraut. Regelmäßig wurde sie zu Abendessen eingeladen und lernte dort immer wieder interessante Menschen kennen. Der eine oder andere Flirt mit einer Frau gefiel ihr sogar, da sie sich in ihrer Gesamtheit als weltoffener Mensch wahrgenommen und bestätigt fühlte. Sie liebte den Nimbus und die Aura des Unkonventionellen. In der PR-Branche wäre sonst kein Platz für sie gewesen.

Was ihre Beziehung zu Männern betraf, war Walli Winzer in Sachen Erotik eindeutig auf sie festgelegt. Keine Frage. So ein kleiner Flirt belebte ja immer wieder ihre Sinne und förderte sogar ein wenig den sportlichen Aspekt, den sie sonst zu sehr zu vernachlässigen wusste.

Interessiert sah Walli Winzer noch einmal zu Cornelia, die sich wieder voll ihrem Gesprächspartner zugewandt hatte. Walli beobachtete sie eine Zeit lang. Die junge Frau gefiel ihr. Sie anzusehen entspannte sie. Doch gleich darauf erinnerte sich Walli wieder an ihre eigenen Gesprächspartner und schlug vor: »Leute, wir wissen noch nicht viel. Ich glaube, wir schauen uns daher alle an, die mit dem Stockreiter zu tun hatten. That's it.«

18. KAPITEL

Es war spätabends geworden.

Nichts erhellte mehr die Umgebung.

Diffuse Streifen am milchigen Firmament ließen die Silhouetten der Baufahrzeuge am Areal des Wohnprojekts nur undeutlich erkennen. Man hätte nicht einmal unbehelligt zwischen ihnen hindurchgehen können.

Harry Kain kauerte hinter einer der Mülltonnen, die quer über den Bauplatz verteilt standen. Seine Beine schmerzten, da er bereits eine Weile bewegungslos verharrte. Er wechselte deshalb die Sitzposition, was an seinem schmerzenden Gesamtzustand wenig änderte.

Heute Nacht allerdings wollte er unbedingt miterleben, wie die bestellten Schotterlieferungen aus Tschechien ankamen. Wie viele Lastwägen einfuhren und wo der Schotter abgeladen werden sollte. Zusätzlich hatte er recherchiert, dass eine Ladung Fliesenpaletten erwartet wurde. Der Baupolier hatte es ihm beiläufig erzählt.

Natürlich hatte Harry das nicht direkt im Gespräch gefragt. Da hätte ihm niemand etwas erzählt. Er erfuhr es so nebenbei im Laufe des Gesprächs. Erst hatte er den Polier nach der logistischen Herausforderung eines so großen Unternehmens gefragt. Dann mit den Bauarbeitern gesprochen, die ihm von den Lieferungen rund um die Uhr erzählten. Die erfolgten manchmal unbewacht, da für die Wachdienste Pausen gesetzlich vorgeschrieben seien.

Das ließ ihn aufhorchen. Nicht, dass Harry Kain es diesen nicht zubilligte. Also bitte. Auch mitten in der Nacht hatte man Grundbedürfnisse. Nein. Er hatte plötzlich so eine Ahnung. Eine Vorahnung. Irgendetwas kam ihm an den Schilderungen merkwürdig vor. Alles lief so selbstverständlich ab. Niemand schien Betroffenheit aufgrund Bernhard Stockreiters Tod zu verspüren. Und niemand sprach über das große Bauvorhaben oder das Fällen der Bäume. Keine Anspannung war vorhanden, die er hier oft genug erlebt hatte. Alles schien der Vergangenheit anzugehören.

Das irritierte Harry. Denn immerhin wartete man auf rechtliche Genehmigungen. Deshalb waren die Handwerksarbeiten jetzt auf den Innenbereich verlegt worden. Einige der Bauarbeiter wurden sogar vom Dienst freigestellt und nutzten die Zeit, um bei Freunden und Nachbarn beim Bauen von deren Einfamilienhäusern mitzuhelfen.

Nachbarschaftshilfe nannte man das. Die es ja auch war.

Denn so ein Haus kostete viel Geld, das aufgrund von Corona nicht mehr so leicht zu verdienen war wie zuvor. Das stand mal fest. Denn da konnte sich ja jeder fast alles leisten, was er oder sie sich ein Leben lang erträumt hatte. Aber jetzt war man in der Wirklichkeit angekommen. Illusionen zerbröckelten. Man landete am Boden der Realität. Schmerzlich. Spätestens dann, wenn der Finanzrahmen, den man bei der Bank für den Bau zur Verfügung hatte, überschaubarer geworden war. Überdies der Traum deutlich verblasst war, irgendwann zu den oberen Zehntausend zu gehören. Denn die Aktien, in die man investiert hatte, waren stark. Wieder einmal.

Na gut, der eigene Sohn arbeitete immerhin im Ausland. Als Absolvent der Fachhochschule. Mit einer steilen Karriere vor sich. Er wurde bereits gut bezahlt. Schlüsselfachkräfte in der Globalisierungsarbeitswelt wurden eben gesucht. Klar doch, als Eltern dachte man voraus. Man war ja selbst immer strebsam gewesen. Hatte das an die Kinder weitergegeben. Für ihre gute Ausbildung gesorgt. War stolz auf sie. Wie auf sich selbst. Und jetzt dieser herbe Rückschlag. Wegen so eines blöden Virus. Auf der ganzen Welt. Die Wirtschaft im Arsch. Auch daheim.

Zum Ärgern war das. Sakra no amoi!

All das interessierte Harry Kain. Ebenso, warum plötzlich die Umweltschützer des Orts wie auf Stand-by waren.

Alles fühlte sich für ihn wie die berühmte Ruhe vor dem Sturm an. Der käme in unbestimmter Zeit.

Harry rutschte nun aus der Sitzposition auf die Knie. Dass seine Jeans mittlerweile von feinem Sand überzogen waren, störte ihn nicht. Denn er nahm ein feines Dröhnen aus der Ferne wahr und hob den Kopf. Schloss die Augen, um sich besser konzentrieren zu können. Ja, da war wirklich etwas.

Auch auf der Baustelle regte sich plötzlich etwas. Die Ruhe war vorbei. Grelle Scheinwerfer gingen an und einige Männer stiegen aus einem Auto. Sie hatten wie er offenbar die ganze Zeit über gewartet.

Harry Kain hatte zuvor niemanden in der Dunkelheit gesehen. Er war froh darüber, sich nicht zu weit vorgewagt zu haben, sonst hätten sie ihn bemerkt. Dass er wie sie gewartet hatte. Auf etwas, worüber sie augenscheinlich besser Bescheid wussten als er. Er war nur seinem Instinkt gefolgt. Dass hier etwas nicht stimmte. Nicht stimmen konnte. Und jetzt saß er da und fühlte sich wie in der Falle. Er musste still bleiben. Sich nicht bewegen. Alle Scheinwerfer waren auf ihn gerichtet. Zumindest hatte Harry Kain den Eindruck. Weil es ihn blendete. In den Augen schmerzte.

Das Brummen wurde lauter.

Ein riesiger Lastwagen kroch die Straße hoch. Noch bevor er in das Areal des Wohnprojekts einbiegen konnte, stoppte er, um einen noch kleineren Gang einzulegen. Danach visierte er genau die Stelle an, die für das Abladen des Ladeguts vorgesehen war. Zwei der zuvor wartenden Männer wiesen ihm den endgültigen Standplatz zu.

»Passt. Aus. Ende!«, brüllte der eine.

Aus dem Fahrerhaus hüpfte ein junger Mann, der eilig um sein Gefährt herumlief. Er vergewisserte sich, dass für das anschließende Abladen alles gut vorbereitet sein würde. Danach stellte er sich zu den übrigen Männern, mit denen er Weiteres besprach, und öffnete den Seitenbereich der Ladefläche. Ein Gabelstapler kam herbeigefahren, um Paletten mit Baumaterial herunterzuheben. Er lud eine nach der anderen an den ihm zugewiesenen Bereich ab.

Halb voll beladen wurde der Vorgang plötzlich abgebrochen. Der Fahrer sprang bei laufendem Motor aus dem Wagen und nahm neue Direktiven entgegen. Mit einem Zettel in der Hand stieg er in die Kabine zurück. Es dauerte dann etwas, bis er den Lkw zur Weiterfahrt brachte. Harry Kain war überzeugt, dass der Lieferant währenddessen eine neue Zieladresse in sein Navi eingegeben hatte.

Er überlegte kurz und griff nun langsam in seine Gesäßtasche, um das Mobiltelefon hervorzuholen. Harry wählte eine Nummer und wartete. Es dauerte, bis sich eine Stimme meldete. Vorsichtshalber hatte er zuvor das Gerät auf lautlos gestellt. Sonst wäre vielleicht noch die gesamte Arbeiterschaft zusammengelaufen.

Instinktiv, damit niemand etwas hörte, presste Harry das Gerät an sein Ohr und flüsterte: »Hallo, Sepp. Ich bin auf der Baustelle … nein … doch nicht auf der von der Winzer! Im Wohnprojekt, wie besprochen. Ich habe eben etwas Interessantes erlebt. Ich glaube, ich weiß jetzt, wie das Baumaterial verschwindet. Du wirst staunen: Es kommt nämlich gar nicht erst zur Gänze hier an …«

Harry Kain redete weiter und beobachtete, wie währenddessen ein weiterer Mann aus dem zuvor wartenden Auto stieg. Eben, als dieser begann, sein Gesicht in seine Richtung zu drehen, verspürte der Journalist einen kräftigen Schlag auf den Kopf. Das Mobiltelefon fiel aus seiner Hand. Die festen grauen Mauern des Bauobjekts begannen sich im grellen Scheinwerferlicht vor seinen Augen zu drehen und zu tanzen. Er sah Bewegungen und Farben, die er nie zuvor gesehen hatte. Nicht für möglich gehalten hätte. Und dann auf einmal – Finsternis.

19. KAPITEL

»Da komm! Fangen wir am besten gleich da ån mit der ersten Tischreihe.«

»Romy, ich dachte, du wolltest auf der anderen Seite damit beginnen?«

Florian Wagner und Romy Steiner hielten an, um die Richtung festzulegen, in die sie gehen wollten, um den Tisch abzustellen. Aslan Gül und Franz Pöcksteiner folgten und stellten den nächsten Tisch etwas entfernt vom anderen ab. Kurze Zeit später war der Gastraum des künftigen Restaurants fertig bestückt. Sessel wurden auch noch herbeigetragen. Einen breiten Gang ließ man bewusst für die Gäste des Wintergartens frei.

»Ah! Jetzt reicht's aber fürs Erste«, stöhnte Romy Steiner und ließ sich auf einem der Stühle nahe zur Schank nieder.

Der große Gastraum war im modernen Loungestil gehalten. Architektonisch erinnerte vieles dennoch an die Natur, die das Schloss in Form von Park und Wald umgab und die abstrahiert im Innenbereich weitergeführt wurde.

»So, erledigt«, stellte Aslan Gül zufrieden fest. »Ich fahre wieder zu den Breiteneckers. Dort haben wir Ernte und viel zu tun.«

»Ja, klar doch! Danke, dass du trotz allem gekommen bist, und liebe Grüße an die Family.« Romy Steiner griff noch schnell in die Hosentasche ihrer schwarzen Jeans und holte einen bereits vorbereiteten und gefalteten Geldschein hervor. »Danke nochmals!« Sie stand auf und reichte ihn Aslan Gül. Dieser bedankte sich erfreut und nickte ihr beim Gehen zu.

»I geh jetzt a.«

»Du, Franz, die Zeit, die du mir da mitgeholfen hast, die setzt du auf die Rechnung. Ist dir das recht so?«

»Jo, jo, passt«, kam es unumwunden. Er wartete ein wenig, bis er fortfuhr. »I bring mit dem Lastwagen no die restliche Erdn für die neue Wiesn.« Sprach es und verschwand.

»Sag, Flori, willst noch was trinken?«, bot Romy Steiner an.

»Ja, da sag i net Nein.«

»Was willst denn?«

»Gib ma an Apfelsaft gspritzt.«

»Gar kein Bier heute?«

»Na, net, wenn i no so viel Arbeit wie heute hab.«

»Wo musst denn leicht noch hin?«, fragte Romy interessiert.

»Du weißt schon, bei dem neuen Wohnprojekt wollen s' schon die Gartenarbeiten für die seitliche Einfassung vorziehen. Solang die Genehmigung zur Waldrodung noch nicht eingelangt ist.«

»Glaubst du, dass die tatsächlich kommen wird?«

»Ehrlich gesagt, ich hoffe nicht. Aber es geht da mehr um den Besitzer. Der hat seinen Wald schon so ausgedünnt, dass er wahrscheinlich gar keine Genehmigung mehr bräuchte. Das mit den schützenswerten Bäumen gehört großteils der Vergangenheit an.«

»Wie meinst denn das?«

»Na, eigentlich haben der Borkenkäfer und die Umweltkatastrophen, die wir in den letzten zehn Jahren gehabt haben, sowieso schon die meisten Bäume weggerafft. Der Altbaumbestand ist geringer geworden. Eigentlich kann fast jeder Waldbesitzer machen, was er will. Sogar Teile davon verkaufen. Nur, schön blöd wäre so einer, wenn er das machen würde.«

»Warum? Wenn's ihm viel Geld einbringen würde?«

»Weil der Wald dann in seiner Gesamtheit verkleinert wird. So wie's ausschaut, verdienen die aber an Jagden und am Holz mehr, je größer das Gebiet bleibt. Auch die Wiederaufforstung wäre irgendwann lukrativer. Reiche kaufen in Wirtschaftskrisenzeiten Wälder als sichere Kapitalanlage in Hülle und Fülle.«

»Ah, darum also das Betreiben von Bürgermeister Brunner, dass ihn die Politik dabei unterstützen soll.«

»Der will neue Gemeindemitglieder für Großlichten haben.«

»Aha. Um mehr frisches Geld zum Verteilen zu bekommen.«

»Na ja, meine Firma gehört zu den Begünstigten. Wie du weißt, sind wir mit der Gestaltung des Grünraums beauftragt worden.«

»Schon, aber du bist darüber hinaus Arbeitgeber für viele aus der Umgebung. Vergiss das nicht. So ganz uneigennützig ist das für den Herrn Bürgermeister also nicht, zumal er seine Wiederwahl im Auge hat. Und …«, sie zögerte, »ehrlich gesagt kommst du ihnen ja auch bei der Gestaltung der Blumenbeete vor dem Bürgermeisteramt entgegen.«

»Romy, du weißt, dass Geschäftspraktiken immer ein Geben und Nehmen beinhalten. Bevor du das Schloss und das Vermögen geerbt hast, warst du selbst Gartengestalterin. Warst da auf Freundlichkeit angewiesen. Das wirst ja nicht vergessen haben.«

Romy Steiner nickte bestätigend.

»Aber es kommt auf die Verhältnismäßigkeit an. Und die habe ich und hast ja du …«, ergänzte er schnell, »im Gegensatz zu anderen eben nie aus den Augen verloren.«

Florian Wagner sah sie mit festem Blick an, weshalb Romy Steiner schnell das Thema erneut zum Small Talk hin wechselte.

Der Gärtner hatte seinen Apfelsaft schon fast ausgetrunken, als ein neuer Gast zur Tür hereinkam. Walli Winzer wünschte allen einen schönen Vormittag. Romy Steiner erhob sich und umarmte sie. Die Hand freundschaftlich um Wallis Schulter gelegt, setzten sich alle gemeinsam an den Restauranttisch.

Da Romy von dem einst flotten Abenteuer zwischen Walli und Florian wusste, aber über den aktuellen Beziehungsstatus der beiden zueinander nichts, setzte sie das Gespräch von zuvor fort. »Wir reden gerade über die für Geschäftsleute nicht ganz einfachen Zeiten …«

»Na, da kann ich gleich mit euch ein Liedchen davon mitsingen«, zeigte sich die PR-Agentin weiterhin gut gelaunt. Das ließ Romy Steiner darauf schließen, dass sie mit Florian Wagners Anwesenheit kein Problem hatte.

Walli sah den Gärtner interessiert an. Offenbar wartete sie darauf, dass etwas von seiner Seite kommen würde. Denn kürzlich hatte sie noch voller Eifersucht seine Tochter für dessen Freundin gehalten. Hatte sich ausgebootet gefühlt. Warum er sie vor ihr damals geheim hielt, verstand sie ja bis heute nicht. Aber jeder hatte irgendeine Macke. Davon war sie überzeugt. Selbst schloss sie sich dabei keineswegs aus. Warum auch? Die Welt war sowieso viel zu grau, wie sie empfand. Da hoben sich ungewöhnliche Menschen mit ein wenig mehr Charakterprofil, wie sie das nannte, durchaus positiv von den Übrigen ab. Außerdem waren solche nicht so engstirnig wie andere. Doch ein Leben nur mit Solisten wäre sogar Walli Winzer auf Dauer zu anstrengend. Denn die Berechenbarkeit des Gegenübers war immerhin eine gewisse Konstante. Etwas Verlässliches, das den Alltag im Zusammenspiel mit anderen reibungslos funktionieren ließ. Und das musste eben genauso sein.

Warum aber Florian nach ihrem durchaus anregenden Quickie in der Umkleidekabine des Schlosses keinerlei Kontakt mehr mit ihr haben wollte, verstand sie ebenso nicht. Okay, die Situation war von ihr damals vielleicht nicht unbedingt günstig gewählt und sie hatte ihn ein wenig überrumpelt. Doch Männer stellten sich sonst nicht so an. Die wollten sowieso immer. Zumindest die, die sie bisher kennengelernt hatte. Und das waren schon einige an der Zahl.

Ja, und jetzt gestaltete Florian Wagner ihren Bauerngarten vor dem alten Schulhaus. Nach ihrem gemeinsamen Abenteuer hatte auch sie so getan, als wären sie bloß gut bekannt. Und nicht mehr. Seltsam. Vielleicht war das eben hier so auf dem Lande. Danach.

Schließlich mussten Nachbarn weiter miteinander leben können. Selbst wenn die Nachbarin ein Kind austrug, das dem eigenen Mann ziemlich ähnlich sah. Was natürlich auch deren Ehemann genauso nicht verborgen geblieben war. Ja, das Landleben hatte eben Vor- und Nachteile. Selbst in solchen Fällen würde man einander im Dorf weiterhin begegnen. In der Stadt könnte man mit einem Nachbarskind in der Anonymität abtauchen, wenn man wollte. Das ging hier nicht.

Florian Wagner sah Walli weiterhin freundlich an. »Willst du dich nicht zu uns setzen?«, fragte er auffordernd und rückte mit seinem Stuhl ein wenig zur Seite.

»Wollt ihr nicht noch etwas zu Ende besprechen?«, fragte sie gegenüber ihrer sonst einnehmenden Präsenz rücksichtsvoll.

»Nein, wir haben die Möbel hereingetragen und stärken uns noch«, erklärte Romy.

Florian Wagner musste zugeben, dass Walli heute wieder umwerfend aussah. Ihr tiefes Dekolleté zog seinen Blick auf sich. Ja, da war schon etwas vorhanden bei ihr, und auch sonst bot sie einiges an weiblicher Raffinesse. Denn von dünnen Gräten, wie manche Frauen sich zurichteten, hielt er nichts. Sich ihre Kilos so richtig abhungerten. Mühsam. Diese armen Geschöpfe! Dabei gefiel so etwas einem Mann gar nicht. Zumindest keinem, den er kannte. Bei ihm war Handfesteres gefragt. Das sich in den Händen sinnlich formen ließ. Wo er Weiblichkeit spüren konnte.

Na ja, zu dick sollte auch wieder keine sein. Dass sich Frauen aber ihre Diäten offenbar meist für andere Frauen antaten und diese Qual auf sich nahmen, um schlank zu sein, konnte er sich nur so erklären. Doch verstehen musste er das nicht, denn er war ja keine Frau. Männer machten es sowieso anders: Statt sich ewig zu kasteien und zu disziplinieren, setzten sie sich lieber ins Wirtshaus und hoben zusammen einen miteinander. Da hatte man, wie er fand, mehr davon. Dieses Sich-selbst-Disziplinieren gaben manche Frauen gerne an ihre Umgebung weiter. In vielem. Vergraulten dadurch oft ihre Männer. Beklagten sich dann darüber, dass *er* sie nicht verstand. Nicht verstehen wollte. Wie denn? Wenn sie all das tat, was er *never ever* von ihr verlangen würde!

Florians Frau hingegen war mit sich und ihm im Reinen gewesen. Auch mit der Tochter. Trotzdem war sie einst elend an Krebs verstorben. Offenbar ein familiär bedingter genetischer Fehler, wie die Ärzte gemeint hatten. Welches Unglück. Sie fehlte ihm. Immer noch.

Auf einmal spürte er sein Herz.

Sein durchtrainierter Oberkörper sackte in sich zusammen. Er kippte nach vorne. Seine Unterarme schwebten wie beschwörend über dem Tisch. Als suchte er instinktiv nach Halt. Nach ihr. Seiner verstorbenen Frau. Er hielt kurz inne. Versuchte zu atmen. Sich zu kontrollieren.

»Florian, was ist los? Geht es dir gut?«, war Romy beunruhigt.

»Gleich. Gleich geht's wieder.«

Romy reichte ihm ein Glas Wasser. Er trank daraus.

»Alles wieder gut«, gab er sich zuversichtlich. Als hätte er eben das gefunden, was er gesucht hatte. Was ihn ermutigte, sein Leben weiterzuleben. Auf seine Weise. Irgendwie. Wieder glücklich zu werden. Irgendwann.

Walli Winzer hatte keine Ahnung, was in diesem Mann plötzlich vorging. Sie zog es vor, lieber jedweden Kommentar zu unterlassen, und widmete sich Romy, die aufgestanden war, um ein nasses Tuch zu holen. Sanft legte sie es Florian auf die Stirn.

»So, das wird gleich besser. Es war sicher die Sonne. Du bist schon den ganzen Vormittag draußen gewesen. Und das ohne Kopfbedeckung. Bei dieser Hitze.«

Florian Wagner richtete sich das Tuch und nickte. Etwas verschämt, als wäre ihm das alles sehr peinlich, blickte er zu Walli, die einen Schluck Wasser nahm. Ihr sanfter Augenschlag in seine Richtung beruhigte ihn. Sie war da. Bei ihm. Zumindest hoffte er das.

Doch Walli kümmerte sich nicht weiter um ihn. »Wann kommen die anderen?«, fragte sie.

»Die werden bald da sein.« Romy Steiner sah beide an, und es kam ihr eine Idee. »Julia und ich haben zwei Karten für die Salzburger Festspiele bekommen. Von Bürgermeister Brunner privat. Als Dankeschön für die vielen Objekte, die wir gespendet haben, und unser Engagement bei der letzten Wohltätigkeitsversteigerung. Auch die Altmeiers fahren mit. Julia und ich haben mit dem Umbau noch so viel zu tun, dass sich das für uns sicher nicht ausgehen wird. Die Karten müssten verfallen. Wie wäre es, wenn ihr beide fahrt? Ihr habt Julia und mir schon so oft geholfen. Es würde uns freuen.«

Walli dachte kurz an ihr eigenes Bau-Chaos im alten Schulhaus, war aber froh, keinen Tag länger als notwendig dort verweilen zu müssen. Lena oder Aslan Gül würden die Arbeiter hoffentlich die zwei Tage, die sie weg sein würde, unter Beobachtung haben. Oder sollten es sogar drei werden?

Sie sah Florian Wagner, der sich plötzlich merkbar erholte und ihr ein verborgenes Lächeln zuwarf, abwartend an.

20. KAPITEL

»Sagt einmal, seid ihr jetzt alle verrückt geworden?« Sepp Grubinger wirkte betroffen und ratlos. »Wieso gehst du mitten in der Nacht auf die Baustelle und versteckst dich dort? Ohne mir vorher etwas davon zu sagen. Und das ganz allein!«

Der Dorfpolizist setzte sich ans Bett von Harry Kain und griff behutsam nach dessen Schulter, die wie sein bandagierter Kopf nicht unter der Bettdecke versteckt war. Der Journalist sah verloren ins Leere. So, als würde er die freundschaftliche Geste Grubingers gar nicht mitbekommen. Als hielte ihn etwas anderes gefangen. An einem anderen Ort. Einem, zu dem die anderen um ihn keinen Zutritt hatten. Daher nicht erfassen konnten, was ihn gedanklich einnahm. Womit er beschäftigt war. Was seine Aufmerksamkeit auf sich zog.

Sepp Grubinger war so ein Zustand suspekt. »Harry, bist du no do? Bist du bei uns? Heast mi? Sag was!«

Harry Kain sah weiter in die Ferne.

»Lass ihn, Sepp! Sei ma froh, dass des alles so glimpflich verlaufen is. Da Harry könnt tot sein. Der Schlag mit der Eisenstange auf seinen Kopf war kein Lercherl. So ein Glück, dass ihn der Täter in der Dunkelheit nur gestreift hat. Aber wie man sieht, hat das gereicht.« Lena Breitenecker stand neben dem Polizisten und füllte aus einem Krug Wasser ins Glas auf Harrys Nachtkästchen. »Die

Ärzte haben ihn gleich durch die CT-Röhre geschickt, und es ist mit ihm sonst alles in Ordnung.«

»So a Glück im Unglück muss ma erst amal haben. Weil er auch überall seine Nase hineinstecken muss. Dabei schreibt er doch jetzt nur für ›Griaß di‹ Regionalgeschichten und keine Aufdeckerstorys wie früher in Wien.«

»Das ist ja wirklich schon länger her.«

»Aber wie ma sieht, kann keiner aus seiner Haut heraus. So was legt man eben nie ab.«

Sepp Grubinger erzählte Lena und Mizzi Troger alles, was Harry ihm zuvor noch am Telefon sagen konnte, bevor er den dumpfen Schlag samt Aufschrei mitanhören musste.

»Sonst hast du nix g'hört, Sepp? Keine Stimme, keine Worte?«

Der Dorfpolizist konzentrierte sich. Ob er vielleicht irgendetwas ausgeblendet und doch etwas gehört hatte. Aber nichts. Er konnte sich an rein gar nichts erinnern. Nur das, was er eben gesagt hatte.

Ob Harry Kain indes verstand, was sie gemeinsam zu rekonstruieren versuchten, bezweifelten sie. Regungslos starrte er immer noch in die Ferne. Er schien ganz woanders zu sein.

Lena Breitenecker nahm das Wasserglas in die Hand und führte es an seinen Mund. Trinken konnte er nicht. Doch Lena gelang es, ihm einige Tropfen einzuflößen, und benetzte danach seine trockenen Lippen. Das tat ihm gut. Merkbar gut. Er bewegte den Mund leicht und sein Blick bekam plötzlich wieder etwas Diesseitiges.

Harry schien wieder zurück zu sein. Aus der anderen Welt. War bei ihnen. Angekommen in der Wirklichkeit.

Die auf seine Erinnerung wartete. Als Teil der Lösung. Ungeduldig.

»Harry, wia geht's da?« Sepp Grubinger näherte sich dem Journalisten, als könnte er Vertrauen dadurch schneller herstellen.

»Sepp, lass ihn doch. Wart a bisserl, sonst is er doch glei wieder weg von uns«, versuchte Lena Breitenecker den Eifer des Polizisten zu drosseln.

Sepp Grubinger befolgte den Ratschlag und wich zurück. Er stand etwas planlos in Harrys Schlafzimmer und stellte sich schließlich ans Fenster. Dann meinte er: »Vielleicht ist es gut, wenn wir vor Harry alle Details mit dem Manfred Fletzberger samt der Waldrodung beim Wohnprojekt zusammenfassen. Er hört dann Details und kann sich vielleicht wieder an seine Situation auf der Baustelle erinnern.«

»Fragen wir ihn, ob er das überhaupt will. Die Schilderungen könnten ihn anstrengen, genau so, als würdest du ihn gleich direkt befragen.« Lena beugte sich über den Kranken. »Harry, willst du Näheres über den aktuellen Stand der Ermittlungen hören? Oder sollen wir dich allein lassen?«

Harry Kain atmete weiterhin ruhig. Daraus schloss Lena, dass ihn das Reden nicht belastete. Auch sein Blick war lebhafter als zuvor, weshalb sie dem Dorfpolizisten das Wort überließ.

»Also, i erzähl euch die Fakten: Mia ham da einmal a unfertiges Wohnprojekt für vor allem Wiener. Sie sollen jetzt mehr bezahlen, weil der Großteil des Baumaterials gestohlen wurde. Der fehlende Betrag soll durch die Erweiterung der Anlage und die vorgesehene Schlägerung des angrenzenden Waldes erfolgen. Das wollen aber weder die Bevölkerung noch der größte Teil der Eigentumswohnungsbesitzer. Mit den Betreibern hat das sogar zum Streit geführt.«

»Ja, das ist aber nur ein Teil des Problems«, setzte sich Mizzi Troger in Szene und schaute zu Lena Breitenecker, was diese aufforderte, mehr Details zu nennen.

»Stimmt. Hätte unser geschätzter Herr Bürgermeister Brunner nämlich schon im Gemeinderat von der tatsächlichen Gesamtgröße des Objekts wahrheitsgemäß berichtet, hätte der Großteil der Gemeinderät*innen nie und niemals ihre Zustimmung gegeben. So ein Projekt ist für die Größe unseres Dorfs unverhältnismäßig. That's it.«

»Na, wia so a Riesenklotz ausschauen täte. Nie und niemals! Mia ham eh schon die schiachn Einkaufszentrum in die anderen Orte. Viel zu groß für uns paar Hansln. Das rentiert sich eh schon net«, regte sich Mizzi auf, dass ihr Kopf bloß beim Gedanken daran rot wurde. Harry Kain bekam das natürlich mit und begann, ein wenig nach Luft zu schnappen.

»Psst! Wir müssen leiser bleiben, sonst regt das den Harry zu sehr auf«, mahnte Lena für alle ein. »Also, weiter: Irgendetwas oder irgendwen hat Harry offenbar am Baugelände gesehen, weshalb er für immer zum Schweigen gebracht werden sollte.«

»Ob das auch mit dem toten Stockreiter zu tun hat, wissen wir nicht. Denn da steht ja derzeit der Manfred Fletzberger unter Tatverdacht«, ergänzte Sepp Grubinger.

»Für viele im Dorf ist es besonders ärgerlich, dass durch die Größe des Bauprojekts die Kapazitäten in der Infrastruktur völlig überlastet sind. Aktuell sind es die Wasserrohre. Damit es genug Wasser für den Bau gibt, wird teilweise die Zuleitung in manche Haushalte gekappt. Aber eben nicht bei allen, sonst würden sich ja Bewohner*innen ganzer Straßenzüge zusammenschließen und sich beschweren. So sind das immer nur einige Querulanten, wie sie von Bürgermeister Brunner verunglimpft werden.«

»Ja, weil er zu spät um die Genehmigung angesucht hat, beziehungsweise die Behörde erpresst. Ja, und Top-Politiker*innen wollen immer wiedergewählt werden und brauchen zufriedene Bürger*innen. Daher möchten sie das Problem so rasch wie möglich gelöst wissen und stoßen ihrerseits bei Behörden nach.«

»Wahrscheinlich werden sie die zugeschossenen Gemeindemittel zur Infrastrukturerweiterung als Zukunftsprojekt promoten. Es gäbe dann nur noch Gewinner: den Bürgermeister, Edi Altmeier und sogar den verstorbenen Stockreiter hätte es zufriedengestellt.«

»Ja, aber weshalb sollte da der Stockreiter aus dem Weg geschafft werden? Das ergibt doch keinen Sinn«, verlor Mizzi Troger langsam den Überblick.

»Daher führen wir jetzt den Fletzberger als Verdächtigen. Auch der Altmeier könnte es sein, seine Frau oder jemand anderer«, fasste Sepp Grubinger zusammen.

»Geh! Was soll denn grad die Altmeier mit dem Stockreiter?«, wirkte Lena verunsichert.

»Na, der war doch so a Frauenheld. Wahrscheinlich is des der eigentliche Grund für den Streit mit dem Manfred Fletzberger. Sicher is es die Eifersucht«, war sich Mizzi Troger ziemlich sicher.

»Na, da können wir auch gleich die Figlmüller verdächtigen«, warf Lena fast etwas unsachlich ein.

»So, i glaub, wenn ma so weiterspekulieren, regt das den Harry mehr auf, als dass es etwas bringt«, versuchte der Dorfpolizist wieder Ruhe ins Gespräch zu bringen. »I hab selbst den Jogger nicht aus den Augen verloren, der den Stockreiter tot gefunden hat.«

Lena dachte kurz nach: »Ja, dass einer beim Laufen so genau schaut, ist schon ungewöhnlich. Normalerweise bekommen die ja nix mit, sondern rennen in ihrem Flow sogar Leute nieder oder laufen vor Autos. Und dass der ihn vom Weg aus oben gesehen hat, verwundert mich schon.«

Ein schwacher Laut kam plötzlich aus Harry Kains Richtung. Alle blickten ihn erwartungsvoll an. Offenbar wollte er etwas sagen. Sepp Grubinger kniete sich vor ihn hin. Harry setzte zu sprechen an, brachte ein Schnaufen hervor, um im gleichen Moment sein Bewusstsein zu verlieren.

21. KAPITEL

Einige zur Trauerfeier eingeladene Gäste waren bereits gekommen. Sie verteilten sich in kleinen Grüppchen im Gastraum, mieden aber den Ort, an dem man vor Kurzem das Babyskelett gefunden hatte. Dabei war er unschwer auszumachen, denn zahlreiche Kränze und Arrangements säumten ihn.

Die meisten Blumensträuße waren aus einfachen bunten Wiesenblumen zusammengestellt. Einige besonders kleine aus Gänseblümchen, Gräsern und abgerissenen Blütenspitzen befanden sich darunter. Das ließ auf die Pflückart von Kinderhänden schließen. Eltern hatten sie wohl dazu angehalten, etwas zur geplanten Feier beizusteuern, an der die Kleinen aber nicht teilnahmen.

Julia Winkelbauer-Steiner stand mittlerweile bei einem Grüppchen und erklärte den geplanten Ablauf der Feier. Walli Winzer saß mit Lena Breitenecker und Mizzi Troger am Restauranttisch in der Nähe des Eingangs. Die beiden erzählten ihr von ihrer Unterredung mit Sepp Grubinger und von Harrys Gesamtzustand, der sich stabilisiert hatte. Doch schnell wandten sich alle wieder dem eigentlichen Anlass zu.

Romy und Julia waren über den schaurigen Fund betroffener als andere gewesen. Sie empfanden es wie ein böses Omen für ihren eigenen Kinderwunsch. Monatelang bemühte sich Julia bereits, schwanger zu werden.

Jetzt unter ganz anderen Umständen als seinerzeit mit Philipp und Theresa. Nämlich durch In-vitro-Fertilisation, die zum Einsatz kam. Da brauchte man Geduld. Und vor Jahren hatte es eine Frau gegeben, die ein Kind gebar, das bis zum heutigen Tag niemandem abging? Das man damals in Mauern gegossen hatte, einfach verschwinden ließ. Vor der Familie. Vor der Gesellschaft.

Wie ging denn so etwas? Wieso fiel das niemandem auf? Damals. Hielt man hier immer noch dicht? Wenn ja, warum? Würde sich noch jemand erinnern?

Julia hatte die Idee, Erna Reisinger für ein Räucherritual einzuladen, um negative Energie aus dem Schloss zu bannen. Das brauchte sie. Denn sensible Menschen reagierten mitunter stärker auf solche Ereignisse. Das Kind hatte neun Monate im Mutterleib gelebt. War also streng genommen auf der Welt gewesen. Konnte nur nicht selbstständig leben. Aber es war da. Vorhanden gewesen. Noch immer. Wenn auch nur in Form von Gebeinen. Die lagen jetzt in der Gerichtsmedizin.

Bisher gab es kein Begräbnis. Man wollte das Skelett so lange verwahren, bis ein Familienmitglied in Großlichten per DNA-Abgleich gefunden worden war. Zuwarten und es diesem dann übergeben. Bevor das Kind anonym in einem Gemeindegrab eingesegnet würde. Namenlos.

Dass Julia diese Idee des Seelengedenkens gehabt hat, fand Romy gut. Die Trauer über diesen Vorfall wollten viele in der Gemeinde irgendwie aufarbeiten. Deshalb hatte das Paar alles organisiert und Freunde sowie Dorfleute zu einer Gedenkfeier eingeladen. Vielleicht würde man so die schreckliche Tat besser auf- und erklären können. Das hofften sie. Vielleicht auch die Dorfgemeinschaft.

Dass die alten Schlossmauern solch eine Last in sich bargen, hätte wohl niemand gedacht. Dieses schöne alte Schloss. Doch wie hieß es: Alles kam einmal ans Tageslicht. Selbst wenn schon viel Zeit vergangen war.

Walli Winzer war mit den Informationen wieder auf dem neuesten Stand der Ermittlungen. Die würde sie später gleich an Oberst Ludwig Weichselbaumer weiterleiten. Denn neben Sepp Grubingers internem Ermittlungsstand legte er Wert auf Walli Winzers deutliche Worte. So hatten sie schon in kniffligen Fällen, die der Oberst in der Öffentlichkeit nicht hochspielen wollte, Erfolg gehabt. Ja, und der PR-Agentin war es nicht ganz unangenehm, einen Verehrer in den höchsten Kreisen der Polizei zu wissen. Sogar wenn sie persönlich wenig Interesse an Oberst Weichselbaumer hatte. Doch die Hoffnung starb zuletzt. Auch für den Leiter des Landeskriminalamts Außenstelle Krems, schmunzelte sie.

Inzwischen war die ehemalige Hebamme von Großlichten und Kräuterexpertin Erna Reisinger im neuen Schlossrestaurant eingelangt. Romy und Julia begrüßten sie herzlich. Danach ging sie im Spalier der Anwesenden vor zum Blumenmeer. Erna war ebenso gerührt von der Anteilnahme der Bewohner*innen. Wie immer wirkte sie verletzbar, sanft und zugänglich. Deshalb suchten viele ihre Expertise in schwierigen Lebenssituationen. Sie half durch einfühlsame und richtig gesetzte Fragen. Nicht nur für sie war dann die Antwort wichtig. Probleme erkennen zu können. Meist hatte die Person selbst schon die Lösung gefunden. Die musste nur noch ins Bewusstsein gerückt werden, indem Erna diese ansprach.

Bereits ihre Ausstrahlung beruhigte. Auch die Stille um ihr Waldhäuschen herum, in dem sie wohnte. Oder die Kräutermischungen, die sie den Ratsuchenden oft mitgab, vertieften später die gewonnene Erkenntnis.

Erna Reisinger legte ihre Hände über die ihr am nächsten gelegene Blüte und schloss dabei die Augen. Die Gäste versammelten sich um sie. Eine Klarinettenspielerin hob auf einen Wink Romys hin zur sanften, klagenden Weise an. Diesem Musikstück folgte ein weiteres. Währenddessen streute Erna eine mitgebrachte Kräutermischung über den Kessel mit glühender Kohle. Ein rauchiger, süßlicher Duft breitete sich aus. Tannen- und Fichtenharze sowie Weihrauch rundeten das Aromaspektrum ab. Einige der Anwesenden atmeten tief ein.

Dreimal schwenkte Erna den Kessel gegen das frisch verschlossene Mauerteil, der den Fund so lange Zeit in sich geborgen hatte.

Walli Winzer stand abseits. Sie hatte ihre große Tasche neben sich auf einen Stuhl gestellt und lehnte mit der Schulter an der Wand. Dass diese vor wenigen Tagen frisch gestrichen worden war, wusste sie. Deshalb hatte sie zuvor mit unfreiwilligem Kennerinnenblick geprüft, ob die Farbe noch feucht war, und einen kleinen Fingertest gemacht.

Walli beobachtete die Anwesenden. In aller Ruhe. Sie wunderte sich darüber, wen sie alles sah. Dabei hatte Romy die Einladung nur an wenige verschickt. Gekommen waren aber viele. Durch Mundfunk.

Walli Winzer hatte den Eindruck, dass es diesmal weniger Schaulust war, wie man durchaus vermuten konnte. Sondern vielmehr der Gedanke bewegte, wer zu solch einer Verzweiflungstat fähig war und ob man diese Person gekannt hatte.

Die Musik war verstummt. Erna Reisinger wählte fürsorgliche Worte. Sprach darüber, dass sich in einem Menschenleben oft Situationen ereigneten, die einem die Worte nahmen. Die man nicht für möglich hielt. Dass manche sich überfordert fühlten, damit allein fertigzuwerden. Doch das musste man nicht. Nie! Um einen herum fand man immer Menschen, die diese Bezeichnung wirklich verdienten. Eben *menschlich* waren. Die unterstützten. Sich bemühten. Einen Weg aus einer vermeintlich ausweglosen Situation zu finden. Es gab zahlreiche Institutionen in Österreich, die einer werdenden Mutter unter die Arme griffen oder sie bei der Möglichkeit unterstützten, einen Schwangerschaftsabbruch vor dem dritten Monat durchführen zu lassen.

Stille.

Keiner der Anwesenden bewegte sich oder wagte es, nur einen Laut von sich zu geben. Kein Räuspern. Kein Wetzen mit den Schuhsohlen. Nichts.

Erna Reisinger sprach weiter über Selbstverantwortung, Gemeinschaft und Hilfsbereitschaft. Ein friedliches Miteinander, das vor allem im engsten Umfeld begann. Nicht erst in der großen weiten Welt. Auch nicht bei den anderen, sondern bei sich selbst.

Walli Winzer fand, dass sie fast wie ein Pfarrer sprach. Aber – ehrlich gesagt – hörte sie lieber Erna zu als jemandem, der das Leben nicht kannte und sich einer mitunter realitätsfernen Institution zugehörig fühlte.

Sie war selbst überrascht, was ihr plötzlich alles durch den Kopf ging. Worüber sie sonst nie nachgedacht hatte.

Ganz einfach: weil sie dafür bisher keine Zeit gehabt hatte.

Aber jetzt? Das tote Baby, das niemandem abgegangen war. Eine Mutter als Kindsmörderin? Ein Mittäter oder mehrere, die es in Beton gegossen hatten?

Sie stöhnte bei solchen Gedanken. Einige drehten sich nach ihr um und warfen ihr einen rügenden Blick zu. Auch Lena schüttelte den Kopf, vermied allerdings den Blickkontakt mit ihrer Freundin.

Na, so schlimm war das nun wieder nicht!, wollte die PR-Agentin am liebsten so manch Tadelndem entgegenhalten. Doch was sollte es?

Die Musik setzte erneut ein. Diesmal klang das Stück versöhnlicher, statt wie zuvor klagend. Romy und Julia hatten die Musikstücke gemeinsam mit der Klarinettistin ausgesucht. Das letzte kam Walli etwas zu lang vor. Sie sah deshalb wieder in die Runde. Dabei beobachtete sie, wie Mizzi Troger ein Taschentuch aus ihrer Tasche zog und es sich unter die Nase hielt. Selbst Wirt Hannes war gekommen, genauso wie ihr Reiterhof-Leiter András. Ebenso hatte sich Lenas Hans mit den Kindern Lisa und Lukas auf den Weg gemacht. Mizzis Tochter Sandra stand neben ihnen. Sogar Wallis Nachbarin, die Wienerin Sybille Karner, nahm an der Feier teil und flüsterte Florian Wagner etwas zu, der sich noch schnell umgezogen hatte und wieder zu einem Bild von einem Mann geworden war. Walli musste zugeben, dass sie sich bereits auf ihr gemeinsames Salzburger Abenteuer freute.

Auch Resi Grubinger befand sich unter den Gästen. Sie stand jedoch nicht neben ihrem Mann, sondern inmitten der Menschentraube. Sepp hatte den Ort nahe an

Erna und dem Fundort gewählt. Dicht daneben fiel ihr der Bauer Franz Pöcksteiner auf, der nervös um sich blickte. Offensichtlich fühlte er sich unsicher, weil ihm Bürgermeister Brunner samt Ehefrau sowie die Altmeiers zu dicht auf den Pelz gerückt waren. Der Raum war so gefüllt, dass der etwas zu spät gekommene Manfred Fletzberger samt Familie kaum Einlass fand.

Das Musikstück war zu Ende. Eine Weile blieben die Versammelten noch stehen, und Romy dankte allen für ihr Kommen. Sie selbst könnte derzeit zu keinem Umtrunk einladen, da das Lokal noch nicht fertig eingerichtet sei. Doch habe sie in Hannes' Lokal »Zum Grauen Mohn« im Reiterhof einige Stärkung bestellt und lade alle, die wollten, im Angedenken an das Baby ein.

Die betroffenen Gesichter erhellten sich, und einige setzten sich sofort in Bewegung, was die Gedrängtheit und die dadurch entstandene Hitze im Raum milderte.

Trotzdem. Auch Walli wusste, dass sie hier nicht alt werden wollte. Sie blickte zu Lena, die sich im Gespräch mit Erna befand. Florian hingegen war von einer hübschen Fremden belagert, was Wallis Blutdruck augenblicklich in die Höhe trieb. Gereizt preschte sie vor, drängte sich dazwischen und zerrte ihn am Arm weg. So schnell konnte Florian gar nicht reagieren, wie sie ihn bereits hinaus- und in ihr Cabriolet hineingezogen hatte. Zündung an und los ging's.

22. KAPITEL

Es war abends geworden. Der Mond schien hell, obwohl ihn einige Nebelschleier umflorten. Keine Wolken gruppierten sich vor ihm. Doch wie von unsichtbarer Hand zogen sie an ihm vorbei. Wichen zurück. Als sollte sein Licht in dieser Nacht nicht verlöschen. Nie mehr verlöschen.

Ein Nachtschwärmer schlenderte die Landstraße entlang. Sein Gang war flott. Die Hände hatte er in den Hosentaschen vergraben. Zwischendurch pfiff er beschwingt durch die Zähne. Schien gut aufgelegt zu sein.

Trotz des ursprünglich traurigen Anlasses war es für Florian Wagner doch ein erfreulicher Abend geworden. Viele aus dem Ort hatten im »Grauen Mohn« die Gelegenheit genutzt, wieder einmal in Ruhe miteinander zu sprechen. Sogar einige künftige Zweitwohnungsbesitzer samt ihrer Familie waren gekommen. Lena Breitenecker hatte sie rasch dazu überredet. So lernte man einander in ungezwungener Atmosphäre kennen.

Ja, und der Hannes war für viele wie ein zweites Zuhause. Egal ob in seinem gemütlich rustikalen Wirtshaus auf dem Hauptplatz oder wie eben im eleganten Lokal am Ende des Dorfs.

Auch Florian Wagner hatte sich wohl gefühlt. Er hatte sich später etwas aus den einnehmenden Fängen Wallis befreit, doch war ihm deren Anwesenheit durchaus angenehm gewesen. Die Altmeiers hatten ihn einige Zeit lang mit Beschlag belegt, um mit ihm die vorgezogene Gartengestaltung in der Wohnanlage zu besprechen. Romy Steiner pochte ebenso auf Dienstliches. Sie erwartete von ihm demnächst die Pflanzenlieferung für die neu angelegten Blumenbeete und kündigte zusätzlich eine größere Bestellung für die Terrasse und den Wintergarten an. Das war natürlich eine logistische Herausforderung für Florians Kleinbetrieb. Doch er war nicht nur ein guter Gärtner, sondern davon überzeugt, dass er seine Mitarbeiter*innen optimal motivieren konnte. Er selbst würde natürlich ebenso fleißig mitarbeiten. Denn er war keiner dieser Chefs, die sich zu gut für alles waren und nur noch andere für sich arbeiten ließen. Ausschließlich hinter ihren Schreibtischen saßen. Er packte, wenn es notwendig war, mit an.

Florian liebte Pflanzen und den Umgang mit ihnen. Deshalb war er schließlich Gärtner geworden. Ein guter noch dazu. Daher traf man ihn bei Wind und Wetter draußen an. Er mochte es, mitzuerleben, wie aus kleinen Pflanzen stattliche Gewächse wurden und ihre Käufer*innen sich bei deren Anblick erfreuten.

Mit den Jahren gewann er sowieso den Eindruck, dass Blumen die Herzen vieler Menschen öffneten. Es konnte jemand noch so griesgrämig sein, noch so traurig. Bekam er eine Blume geschenkt, erhellte sich sein Blick und Dankbarkeit für den Schenkenden überkam ihn. Er wurde von den Alltagssorgen abgelenkt.

Florian fühlte sich gut. Auch jetzt. Gleichmäßigen Schritts ging er voran und sah dabei auf den finsteren Boden. Die kühle Waldviertler Nachtluft ließ ihn einige

Male tief einatmen. Der Geruch von feuchtem Waldboden, Pilzen und Nadelbäumen hatte sich ausgebreitet und hing schwer in der Landschaft. Auch über den abgeernteten Feldern, an denen er in der Dunkelheit vorbeiging.

Florian Wagner wollte seinen Heimweg zu Fuß nehmen. Walli Winzer und andere hatten angeboten, ihn nach Hause zu fahren. Aber er wollte den Tag im Gehen ausklingen lassen. Über manches nachdenken. Es erfühlen können.

Er ging gesenkten Kopfs auf der linken Seite der Landstraße. Er sah manchmal auf, wenn ein Geräusch seine Aufmerksamkeit auf sich zog. Meist waren es Waldtiere, die erschrocken durch das Dickicht raschelten. Oder eine Eule, die einen schaurig-schönen Ruf ausstieß.

Doch Florian kannte jeden der Laute. Seit seiner Kindheit waren sie ihm vertraut. Daher nahm er sie als liebevolle Begleiter wahr. Als Teil seines Minimundus, in dem Pflanzen und Tiere sein Leben bereicherten. Vor allem, seit seine Frau verstorben war.

Seitdem hatte er sich ein wenig von der Welt zurückgezogen. Es hatte ihn viel Kraft gekostet. Alles zu überwinden.

Den Verlust wegzustecken. Den Schmerz.

Nicht immer und überall dasselbe zu erzählen. Das wollte er nicht. Das strengte an. Das zehrte an seinen Nerven.

Alle wollten ihn trösten.

Viele Frauen hatten es auf ihn abgesehen.

Immer schon.

Weil er halt attraktiv war und was gleichsah.

Immer noch.

Weil er seine freie Zeit nicht im Wirtshaus verbrachte. Sich nicht volllaufen ließ. Wie viele andere. Sondern in der Natur war. Bei seinen Freunden. Den Finken, Rehen, Hasen, ja sogar den Füchsen und den Schlangen.

Wie viel Kraft gab ihm auch der Blick hinauf in die Wipfel der mächtigen Fichten. Die oft sternförmig gen Himmel liefen. Er kannte sogar noch Stellen im Wald, wo große, alte Bäume zu finden waren.

Er hatte sich nie vor den Wäldern gefürchtet. Vor deren Dunkelheit. Furcht kannte Florian Wagner nicht. Prinzipiell nicht. Wahrscheinlich, weil er wusste, wie man sich im Wald verhielt. Verhalten sollte. Sogar wenn er einem Wolf oder Bären gegenüberstehen würde, wüsste er das.

Er hörte ein Geräusch. Vernahm so etwas wie ein Klopfen oder ein Schürfen. Es klang nicht weit weg. Mehr in seiner Nähe.

Florian Wagner blieb auf der Straße stehen.

Er versuchte sich zu orientieren, wo er war. Woher die Laute kamen. Wandte sein Ohr den Ausläufern des letzten Waldstücks vor dem Dorf zu. Schloss die Augen. Konzentrierte sich.

Da war es wieder. Dieses Seufzen, fast Stöhnen, wie er es jetzt deutlicher hörte.

Florian Wagner rührte sich nicht. Weitergehen!, mahnte ihn seine innere Stimme. Du musst nicht alles wissen. Dich nicht für alles verantwortlich fühlen. Der Wald gehört auch anderen. Nicht nur dir allein!

Das wusste er. Streng genommen gehörte ihm rein gar nichts an nur irgendeinem der Wälder. Die bekamen mancherorts sogar neue Besitzer, die nicht einmal mehr in

Österreich lebten. Ihre Geschäftspartner bloß zur Jagd hierher einluden. Sonst alles nur verwalten ließen.

Doch Florian Wagner lebte jeden Tag seinen Bezug zum Wald. Er war hier zu Hause. Für ihn war er kein anonymer Kapitalposten unter vielen auf einem Stück Papier. Von Schreibtischtätern verwaltet. Die nie etwas davon gesehen hatten. Nur Geld und Gewinn vor Augen hatten. Dieser Wald war Teil seines Lebens. Er kannte ihn gut. Daher war es ihm nicht egal, was sich hier abspielte. Oder vielleicht künftig abspielen würde.

Florian dachte an die umstrittene Rodung nahe dem Wohnprojekt. Da hatten Vermessungen tagsüber stattgefunden, was einige Bauern und Umweltschützer aktiv werden ließ. Aber in der Nacht? Das Klopfen und Schürfen jetzt hörte nur er. Das verbaute Gebiet war viel zu weit weg, um von den dort Wohnenden gehört zu werden.

Plante man Neues, bekäme das im Moment sicher niemand mit.

Nur er vernahm es. Jetzt. Diesen Klagelaut im Wald. Als wäre dieser es selbst.

An ihm, Florian, lag es nun, sich Klarheit darüber zu verschaffen. Über ein etwaiges Vorhaben. Deren Vorhaben. Es dann zu wissen. Weiterzutragen. An andere.

Er schlich sich vom Fahrbahnstreifen in den Seitenbereich. Dann übersprang er geschickt den Straßengraben, der durch die Gräser, die an dessen tiefster Stelle emporwuchsen, auch bei Tag nur schwer erkennbar gewesen wäre. Florian wusste das und war daher entsprechend vorgewarnt, um nicht zu stürzen. Er stand am Eingang zum Wald.

Es war stockdunkel und er konnte nichts erkennen.

Das Klopfen war verstummt.

Hatte man ihn entdeckt? Seine Silhouette erkannt, als er über den Graben gesprungen war?

Sein Herz begann zu pochen. Doppelt so schnell wie zuvor.

Florian stoppte. Er versuchte, seine mahnende Stimme, die ihn zur Umkehr bewegte, zu überhören. Sein Atem ging schneller. Er musste schlucken. Lehnte sich an einen der Bäume.

Das beruhigte. Das plötzliche Dunkel und der Gedanke an eine lauernde Gefahr hatten ihn unsicher werden lassen. Ohne zu sehen war er die wenigen Meter hinein in die Finsternis gelaufen. War gestolpert. Sank dann an diesem Baum entlang hinab. Musste sich erst vom Schreck erholen.

Weiter Zuhören. Was geschehen würde. Geschehen war.

Wissen. Wissen wollen. Alles.

Doch – da war nichts. Einfach gar nichts. Aus. Die Anspannung. Seine. Umsonst?

Sein Eifer kam zurück. Er hatte etwas gehört. Vorher. Sich doch nicht etwas eingebildet?

Bei der Sonne und der Hitze tagsüber wusste man da auch abends nicht mehr so genau Bescheid. Und der Wein, den er getrunken hatte? Nicht der Rede wert. Nur zum Anstoßen. Ein wenig.

Was also ging da vor sich?

Dunkelheit. Absolute Dunkelheit. Um ihn herum.

Der milchige Schimmer des Mondes, der die Silhouetten der Wipfel hatte erahnen lassen, war mit einem Mal weg. Vollständig von der Wolkenwand verdeckt worden.

Er zögerte. Seine Bereitschaft, weiterzugehen, war nicht mehr dieselbe wie zuvor. Bis er erneut dieses Schürfen hörte.

Augenblicklich legte er sich im feuchten Waldboden auf den Bauch und robbte geräuschlos vorwärts. Immer wieder hielt er inne, weil ein Ast sich in seinen Unterarm zu bohren drohte. Er spannte seinen Körper an, was den Schmerz linderte.

Florian wähnte sich nun nahe am Geschehen. Dann wurde es wieder ruhig. Diese Stille. Warum nur? Mit zeitlichem Abstand immer wieder. Was war inzwischen geschehen?

Florian Wagner beschloss, nicht weiterzurobben. Vielleicht würde man ihn entdecken. Weil er schon so nahe dran war. An allem.

Würde ihn vielleicht gefangen nehmen. Ihm etwas antun.

Er lag mucksmäuschenstill auf der Lauer. Seinen Atem drosselte er gewissermaßen auf Stand-by. So verharrte er einige Minuten. Bis die Wolken das Mondlicht wieder freigaben.

Er sah aus der Ferne die Umrisse einer Gestalt. Diese hatte anscheinend auch auf mehr Licht gewartet. Florian erkannte, dass sie eine Grube gegraben hatte. Das Pochen von zuvor waren also die Hiebe einer Hacke gewesen. Das Schürfen offenbar der Spaten, der jetzt für die letzten Stiche eingesetzt worden war. Dann kniete sich der Scherenschnitt hin und hob etwas hoch.

Florian wollte die Szene mit dem Handy filmen. Anders hätte ihm niemand geglaubt, was er mitten in der Nacht auf seinem Heimweg gesehen hatte. *Ohne* Alkoholeinwirkung.

Er zog sein Mobiltelefon aus der Gesäßtasche, setzte zum Foto an – als es plötzlich zu läuten begann.

Wie von der Tarantel gestochen fuhr die entfernt hantierende Gestalt hoch, griff offenbar nach dem Fund sowie den Werkzeugen und stürmte zielsicher fort aus dem Wald.

Sein Handy läutete weiter. Florian Wagner erstarrte. Er lag reglos auf dem Boden und hatte das Gefühl, als wäre eine Dampfwalze über ihn gerollt. Emotionslos sah er auf das Display. Danach hob er ab: »Ja, Walli, was gibt's?«

23. KAPITEL

»Wieso kommst du erst jetzt? Wo warst du so lange?«

Ingrid Altmeier saß in ein Magazin vertieft auf dem Sofa im Wohnzimmer ihres Hauses und wandte den Kopf nur leicht in die Richtung, in der sie ihren Ehemann vermutete. Sie war in eine Decke gehüllt, neben sich ein Smoothie.

Sie legte das Magazin beiseite und griff zum Glas, aus dem sie einen Schluck nahm. Abwartend sah sie nochmals zur Tür. Aus dem Vorzimmer vernahm sie Geräusche, um daraufhin das Plätschern des Wasserhahns im Badezimmer zu hören.

»Edi«, rief sie nochmals, »bist du es?«

Ingrid Altmeier erhielt keine Antwort, worauf sie aufstand und zum Vorraum ging.

»Wie sieht es denn hier aus? Alles voller Schmutz! Glaubst du wirklich, dass ich das wegmachen werde?« Ihre Bewegungen wurden abrupt und sie bog ins Badezimmer ab.

Eduard Altmeier sagte immer noch nichts.

»Edi, wie schaust du aus? Wo warst du denn?«, fragte sie verwundert.

Ihr Mann hatte zwar seine Hände gewaschen, doch im Gesicht und an seiner Kleidung klebte immer noch Schmutz. Er betrachtete sich im Spiegel, stöhnte dabei und ließ erneut den Wasserhahn laufen. Mit Seife wusch er sein Gesicht und trocknete es danach wie seine Hände mit einem Handtuch ab.

Jetzt erst war er bereit, auf Ingrids Fragen zu antworten, und wandte sich ihr zu. »Ich komme von der Baustelle.«

»Um diese Zeit? Du bist noch einmal weggegangen? Warum?«

»Martin Zinger, unser Chef-Forstarbeiter, wollte für morgen die genauen Markierungen für die Einzäunung wissen. Dazu braucht er den Grundstücksplan. Und den habe ich im Tresor liegen. Daher musste ich nochmals hin, um den rauszuholen und ihm zu geben.«

»Ja, und da kommst du *so* nach Hause?«

»Das ist mir dann passiert. Er hat mich noch auf die Baustelle gebeten, dort bin ich ausgerutscht und hingefallen. Weil es eben schon finster war. Er wollte zwar, dass ich mir noch die Gruben für die Betonsteher der Umzäunung anschaue, aber das mache ich morgen. Oder die Cornelia soll das dann gleich mitmachen.«

»Wieso die? Was macht die überhaupt noch da?« Ingrids Gesicht wurde finster, als sie den Namen hörte. »Den Berni gibt's nicht mehr.«

»Na, hör mal! Sie war seine rechte Hand. Wird selbst bald Architektin sein. Sie kennt sich aus. Hat das Projekt mit ihm gemeinsam geplant …«

»Ja, aber nicht nur«, sah Ingrid ihren Mann provokant an.

Eduard Altmeier reagierte irritiert: »Was geht uns das an, was die beiden miteinander hatten oder nicht. Mich interessiert die Arbeit. Und zwar die fertige«, gab er unumwunden bekannt.

»Du weißt, dass der Berni meist eine Muse für seine Arbeit brauchte. Da hat sie sich wohl gleich mehrfach zur

Verfügung gestellt. Nicht ganz uneigennützig, wie man unschwer auch bei dir merken kann.«

»Jetzt setz mal einen Punkt! Nicht bei mir. Außerdem, was geht dich der Berni an? Soll er doch seinen Spaß haben, wenn seine Entwürfe dann ungewöhnlich werden. Sich dadurch eben entschieden von den anderen abgehoben haben. An Esprit, Einfallsreichtum und Eleganz. Ja, die einen koksen eben für ihre Ideen, die anderen halten sich ihre Musen. Aber das weißt du doch alles, Ingrid. Stell dich nicht so an!«

»Mir geht es darum, dass diese Figlmüller es eindeutig mit allen Mitteln auf ihre Karriere angelegt hat. Und du unterstützt das noch.«

»Ich hör wohl nicht recht. Ich bin froh, wenn wir aus dem Schlamassel mit dem Wohnprojekt endlich draußen sind. Da werde ich mir nicht noch einen fremden Architekten hereinholen, der womöglich zusätzlich Probleme macht. Nein! Die Cornelia hat das bisher hervorragend gemacht, bringt die nötige Durchsetzungsfähigkeit mit und den richtigen Schmäh bei den Arbeitern, was sicher auch nicht schaden kann.«

Ingrid Altmeier versteinerte. »Jaja, wahrscheinlich gefällt sie dir genauso wie dem Berni und den anderen.«

Eduard Altmeier schaute seine Frau düster an. Dann ging er gleichgültig an ihr vorbei ins Wohnzimmer. An der Hausbar nahm er sich ein Glas und schenkte sich aus einer Karaffe Whisky ein. Einer Kühlbox entnahm er zwei Eiswürfel und ließ sie ins Glas fallen. Dann nahm er zwei Schlucke.

Merkbar entspannter wandte er sich wieder seiner Ehefrau zu, die ihm gefolgt war, um das Gespräch fortzusetzen.

»Und wenn sie mir gefiele? Dir bin ich doch schon lang egal. Also, was kümmert's dich?«

Ingrid kniff die Augen. »Hör auf mit deiner Selbstgefälligkeit. Ich kann sie einfach nicht mehr ertragen. Was glaubst du eigentlich, wer du bist? Ohne mich? Nichts. Gar nichts.«

Er bewegte sich von ihr weg: »Halte den Mund, sonst ...«

»Was sonst?«, kam sie wieder einen Schritt näher auf ihn zu. »Ich hab das Geld und die gesellschaftlichen Kontakte hier in Niederösterreich mit in unsere Ehe gebracht. Du warst bloß ein kleiner, ehrgeiziger Schreiberling im Büro meines Vaters. Mit dem ich ausgegangen bin.« Sie lachte höhnisch.

»Ganz schlecht bist du damit auch nicht gefahren«, entgegnete Eduard Altmeier.

»Dann wurde ich gleich schwanger mit unserem Sohn. Der es jetzt vorzieht, Weltreisen zu machen und das Familienvermögen durchzubringen, statt den Familienbetrieb zu übernehmen.«

»Na, bei dem Druck, den du ihm machst, kann man nur flüchten.«

»Da spricht der Richtige. Immer wieder muss ich dir heute noch mit Vaters alten Kontakten und Seilschaften aus der Klemme helfen, weil du sonst noch mehr Aufträge als den in Großlichten versemmelst.«

»Über mich kannst du sagen, was du willst. Aber hör dir nur zu, wie du über deinen eigenen Sohn sprichst und ihn abwertest und dich damit selbst. Das spricht Bände.« Altmeier kehrte seiner Frau den Rücken.

»Wenn ich damals nur nicht dich genommen hätte, sondern den Berni!«

Der Baumeister lachte. »Ja, der hat dich damals sitzen gelassen wegen einer anderen.«

»Ja, und du hast meine Situation schamlos ausgenützt und dich an mich rangemacht. Anderenfalls hätte ich dich niemals genommen.«

Ingrid Altmeier sackte unglücklich aufs Sofa und legte die Stirn auf ihre verschränkten Unterarme, die sie um die Lehne geschlungen hatte.

Der Baumeister hielt seiner Frau immer noch den Rücken zugewandt. Er ließ einige Sekunden vergehen, bevor er weitersprach: »Dabei habe ich dich immer geliebt.« Er wartete auf eine Reaktion. Doch keine folgte. »Damals«, setzte er trocken nach. Jetzt drehte er sich um und sah das Elend und die Trostlosigkeit, dem sich seine Frau auslieferte. Er wirkte darüber fast ein wenig bekümmert. Das Glas hielt er weiterhin in der Hand und trank den letzten Schluck. Dann begann er, die Situation bewusst weiter zuzuspitzen: »Ja, und was die Cornelia Figlmüller angeht, hat sie schon etwas ganz Besonderes an sich, das finde ich auch.«

Ingrid blieb ruhig. In sich versunken. Als hätte sie nicht gehört, was er gesagt hatte.

»Na gut, wenn du heute so drauf bist, fahre ich lieber in die Musterwohnung und schlafe dort.«

Der Gedanke daran und an die junge Cornelia Figlmüller, die eventuell dort Überstunden leisten könnte, entfachten in Ingrid Altmeier zu später Stunde noch ungeahnte Energien.

Ihr Mann war eben im Begriff zu gehen. Da sprang sie auf und schleuderte ihm die erstbeste Porzellanschale nach. Altmeier drehte sich um und sah seine Frau reglos ins Sofa zurückgleiten.

24. KAPITEL

Es war noch früh am Morgen. Deshalb fröstelte Walli Winzer, die nur leicht bekleidet auf der Stufe ihrer Terrasse saß. Neben sich hatte sie einen Teller mit einem Brombeermarmeladenbrot und einen Café Latte stehen. Walli wirkte noch ein wenig verschlafen. Sie stützte ihr Kinn auf beide Fäuste und sah abwesend ins Leere.

Irgendwie spürte sie die zu vielen Sommerdrinks, die ihr Hannes Lechner im »Grauen Mohn« verabreicht hatte. Seiner ausgewählten Rezeptsammlung konnte sie gestern nur schwer widerstehen, das bereute sie.

Filou umkreiste sie aufmerksam. Katzen fiel jede nur erdenkliche Stimmungsveränderung im Verhalten ihrer Besitzer*innen auf. Daher war er sofort zur Stelle gewesen. Filou rieb sein Köpfchen an Wallis Seite, was bedeutete: »Du gehörst zu mir. Sogar in einem Zustand, wenn du wie jetzt ein wenig neben der Spur stehst.«

Winzer lächelte und streichelte sein Köpfchen, das er ihr hingebungsvoll entgegenstreckte.

»Na, du kleiner Strawanzer? Wo warst du denn heute schon überall?« Sie kraulte sein Fell und prüfte gleich, ob sich keine Kampfspuren der Nacht darin fanden. Da sich Filou weiterhin wohlig rekelte, war sie beruhigt und liebkoste zum Abschluss noch seine Ohren. Dann hob sie ihn zu sich hoch.

Er fand jedoch mit seinen Hinterbeinen wenig Halt auf

ihrem Schoß, was ihm in dieser Position wenig behagte. Zwar ließ er seine Besitzerin eine Zeit lang agieren, doch schon wenig später machte er sich mit seinen Tatzen bemerkbar. Als er dann auf der gegenüberliegenden Seite des Gartens etwas ungemein Spannendes entdeckt haben durfte, setzte er seine Krallen voll ein und stieß sich mit einem Satz ab.

»Bist du wahnsinnig, Kater!«, schrie Walli ihm nach Leibeskräften nach, griff an ihren malträtierten Oberschenkel und jammerte vor sich hin. Filou war das aber ziemlich egal. Er war inzwischen bei der Strauchgruppe angekommen und stand mit breit gemachten Hinterbeinen vor der für ihn interessanten Stelle. Er starrte unentwegt auf den Boden. Kurze Zeit später legte er sich wenig entfernt davon auf die Lauer.

Inzwischen war Walli aufgestanden und betrachtete ihre Kratzwunden genauer. Diesmal waren sie besonders tief. Sie spürte das Brennen. »So ein Racker bist du, Filou! Warte, bis ich dich erwische!«, rief sie und zeigte ihm drohend ihre Hand.

Den Kater kümmerte die Einschüchterung seines Frauchens wenig. Schließlich hatte sie sich wieder niedergesetzt. Und solange sie das konnte, war es ja nicht so schlimm, wie sie eben getan hatte. Er blickte kurz in ihre Richtung, um danach sofort wieder auf die bewusste Stelle zu starren.

Walli Winzer griff nach dem Café Latte und warf einen Blick auf ihre Armbanduhr. Eine Stunde hatte sie noch bis zu ihrem Treffen mit Florian bei Harry Kain. Den Koffer für die Reise nach Salzburg hatte sie bereits gestern gepackt. Dabei musste sie allerdings jedes Stück genau mustern, ob der Staub dieser lästigen Bauarbeiten in ihrem Haus nicht schon in die tiefsten Schichten ihres Kastens gekrochen war.

Sie saß jetzt wie ein aufgeregter Teenager auf ihrer Gartenterrasse, dabei schändlich ramponiert von ihrem Kater. Na toll! Und das nur, weil alle Möbel im Haus mit Abdeckplanen verhüllt waren und sie keine Sitzgelegenheit finden konnte. Über die Gartenmöbel wiederum war ein Regenschutz gezogen. Und da dieser vom Morgentau nass war, hatte Walli keine Lust gehabt, nach einem Tuch zu suchen, um ihn abzutrocknen.

Da besaß sie ein renoviertes Haus und musste auf dem Boden sitzen, nur weil es zur Endlos-Baustelle geworden war.

Dieser Umstand irritierte selbstverständlich auch Filou. Dass sein Frauchen wieder auf die Terrassenstufe wechselte, empfand er durchaus als Aufforderung zum Weiterspielen. Deshalb sah er immer wieder in ihre Richtung, ob sich etwas Neues tat, ließ aber den Unterschlupf seines Jagdobjekts nicht aus dem Auge.

Plötzlich gab es einen Riesenkrach im Haus. Walli Winzer erschrak sich dermaßen, dass sie ihren neuen Satinpyjama von oben bis unten mit Kaffee besudelte. Shit, heute war nicht ihr Tag. Das auch noch! Sie war sowieso schon nervös, wie die Tage mit Florian sein würden, und jetzt das.

Die Eingangstür war offenbar aus größerem Abstand ins Schloss gefallen. Kurz darauf stand Aslan Gül mit einigen Arbeitern auf der Terrasse. Walli war dabei, die Reste des verschütteten Kaffees vom Oberteil zu schütteln, wobei sie grollte: »Sagen Sie, können Sie nicht die

Türschnalle in die Hand nehmen? Das da ist nur wegen des plötzlichen Knalls passiert.«

»Wir hatten alle Hände voll, konnten daher die Tür nicht offen halten. Mussten Maschinen und Kartons für die Verspachtelung des Rigips hereintragen und dann …« Der Arbeiter kam nicht mehr dazu, weiterzusprechen, da sich Walli bereits auf den Weg in den Innenbereich gemacht hatte.

Kurze Zeit später war sie umgezogen und kletterte forsch die Stiegen zum Dachboden hoch. Oben angelangt, stand Walli Winzer unter freiem Himmel. Über sich nur einige Balken, die an der Seitenwand fixiert waren. Dass das bald ihre künftige Galerie samt Atelier sein sollte, konnte sie sich im aktuellen Zustand absolut nicht vorstellen. Für sie war es nur ein Rumpf über einem unsortierten Möbellager. Unpraktisch und ungemütlich. Zugemüllt mit verschweißten Steinwolle-Paketen für die Dämmung und einem Berg Holzlatten. Diese würden als Verschalung innen über der Steinwolle angebracht werden.

Bevor sie wegfuhr, wollte Walli den Status quo des Baufortschritts oder besser gesagt dessen für sie ärgerlichen Stillstand begutachten. Sie wünschte sich nichts sehnlicher, als dass hier rasch etwas geschehe. Das war ja auf Dauer wirklich kein Leben, sich ständig zwischen Baumaterial und Möbelgerümpel zu bewegen.

Aber mehr, als den Baumeister ständig zwischen der Baustelle des in Verruf gekommenen Wohnprojekts und dem Schloss aufzuspüren, konnte sie nun nicht tun. Außer: Sie würde Altmeier bald einmal ein Messer an die Kehle setzen. Das wäre wohl das Einzige, was dieser verstünde und sie noch nicht versucht hatte. Vielleicht würde ihn das endlich auf Touren bringen.

Findig war der allemal: Die Verzögerung schob er allein auf seine Arbeiter. Er könnte sie halt nicht noch mehr antreiben, als sie sowieso schon arbeiten würden. Sicher. Aber Wallis Auftrag zum Dachbodenausbau hatte er angenommen, obwohl er wusste, dass er mit seiner Firma da und dort noch länger brauchen würde. Was sie ärgerte, war, dass Altmeier und Stockreiter das Dach ihres Hauses nicht hatten abdecken lassen. Alles war nun Wind und Wetter ausgeliefert.

Zornig drehte sich Walli Winzer um und rempelte den ihr nachgefolgten Arbeiter an. Der stolperte einige Schritte und stieß sich an den Säcken mit Steinwolle. Der oberste kippte über und landete ohne Umschweife unten im Vorgarten.

Walli stürmte sofort hinunter und hoffte, dass niemand das Haus hatte betreten wollen. Nicht auszumalen, hätte dieses Wurfgeschoss jemanden getroffen.

Atemlos lief sie hinaus und stand ihrer ratlosen Studienfreundin gegenüber, die sie mit großen Augen ansah.

»Sag mal, was geht denn da vor?« Das war alles, was die erstaunte Lena stammeln konnte.

25. KAPITEL

Zweieinhalb Stunden waren sie bereits von Großlichten nach Salzburg unterwegs. Die Fahrzeit hatte Walli Winzer bisher als anregend empfunden. So erzählte Florian, dass er seinen Betrieb kürzlich neu strukturiert hatte, und Walli unterrichtete ihn darüber, dass sie notgedrungen wieder häufiger in ihrer Agentur in Wien sein müsste. Denn während der Corona-Krise gab es in fast allen Betrieben Veränderungen. Oft sogar neue Firmenleitungen. Auch in vielen Familienbetrieben hatte die Übergabe an die nächste Generation stattgefunden.

Viele neue Kontakte meist in der jüngeren Altersgruppe übernahmen Wallis Mitarbeiter*innen. Doch die Top-Kund*innen behielt sie sich vor. Das war nun mal so. Immerhin war sie weiterhin Firmenchefin. Selbst wenn sie die Geschäftsführung seit Kurzem mit ihrer Mentee Silvia Manner teilte. Doch spezielle Aufgaben konnten nur von ihr gelöst werden. So lag die Letztentscheidung bei ihr.

Florian hatte interessiert zugehört. Manches von dem, über das Walli sprach, konnte er für seinen Gartenbetrieb bestätigen. Beispielsweise, dass derzeit viel Unvorhersehbares auf alle zukam. Dass daher sehr flexibel reagiert werden musste. Doch Florian Wagner lachte. Denn letztlich fand auch er immer einen Weg.

Walli Winzer gefiel die leichte Art, mit der er nicht darüber klagte. Im Gegenteil, es waren die Umstände, die er zu nehmen wusste, wie sie eben waren. Die ihm im Alltag, wie er meinte, sogar ein wenig mehr Schwung verleihen würden.

Walli lächelte und konzentrierte sich eine Zeit lang auf die Straße. Dann fiel ihr ein: »Sag, wie geht es eigentlich deinem Kopf? Nach dem Sonnenstich. Oder was war das bei Romy?«

Florian Wagner tat beiläufig. Sich jetzt an seine seelische Baustelle zu erinnern, war sicher nicht der richtige Zeitpunkt. »Alles in Ordnung. Der Vormittag war bei der Hitze wahrscheinlich zu anstrengend für mich gewesen.« Mehr wollte er darüber nicht sagen.

Sie fuhren auf der Autobahn in Höhe Mondsee Richtung Salzburg. Auf der linken Seite der Autobahn sah man auf das glitzernde Wasser des gleichnamigen Sees. Ganz allgemein veränderte sich die Landschaft von da an. Keine Ebene mehr, sondern Bergsicht. Auf die Drachenwand. Ja, und sogar den Untersberg konnte man aus der Ferne erkennen.

»Einfach schön«, freute sich Walli Winzer und schaute nach Florians Dafürhalten etwas zu lange vom Lenkrad weg, um das Landschaftspanorama zu betrachten. Da sie nicht schnell fuhren, drohte allerdings keine Gefahr.

Walli blickte wieder in Fahrtrichtung. Da fiel ihr plötzlich Florian Wagners nächtliche Aktion vom Vorabend ein. »Florian, warum bist du gestern eigentlich in den Wald gegangen, mitten in der Nacht? Wir haben noch gar nicht darüber gesprochen.«

Florian Wagner räusperte sich. Er wurde nachdenklich. Durch mehrmaliges Anspannen bewegte er nervös seine Wangenmuskulatur.

»Ich hatte dich gestern angerufen, weil ich wissen wollte, ob du gut nach Hause gekommen bist. Nur das war's.« Walli neigte sich seitlich, um ihn aus den Augenwinkeln zu beobachten. Sie wollte am Telefon bloß noch ein wenig mit ihm flirten. Doch sie hatte den Eindruck gehabt, dass er es als Kontrolle aufgefasst haben könnte. »Du warst so kurz angebunden. Ich habe das Gefühl gehabt, es war dir nicht recht.«

Florian Wagner versuchte ein paar Sekunden lang, nach den richtigen Worten zu suchen. Dann begann er: »Ich lag auf der Lauer, als das Handy läutete. Ich hatte einen Typen bis zu diesem Zeitpunkt im Wald beobachtet. Mit deinem Läuten war er dann auf und davon. Nur deshalb war ich ein bisschen sauer.«

Walli zog ihre Augenbrauen hoch. »Was wollte der mitten in der Nacht im Wald?«

»Das hätte ich selber gerne gewusst. Ich habe im Vorbeigehen so ein Schürfgeräusch gehört. Dem bin ich gefolgt. Heute früh, bevor wir uns bei Harry getroffen hatten, bin ich nochmals zur besagten Stelle gegangen. Doch da war nichts mehr. Keine Vertiefung. Blätter und Moos feinsäuberlich drübergelegt. Als wäre alles bloß ein nächtlicher Spuk gewesen.«

»Hm. Seltsam. Wozu das Ganze? Und du hast in der Nacht nichts erkannt?«

»Nein«, echauffierte sich Florian. Er hatte den Eindruck, dass ihn Walli im Augenblick nicht ganz ernst nahm. »Es war keine große, aber ich denke doch recht tiefe Grube gewesen, die er freigeschaufelt hatte. Deshalb war sie später leicht abzudecken gewesen. Vielleicht hatte er vorher etwas in der Größe einer Kiste ausgegraben. Denn nur so etwas konnte er bei der Flucht samt Spaten schnell mitgenommen haben.«

»Hm. Irgendein Corona-Spinner, der an den Weltuntergang geglaubt und deshalb sein Hab und Gut vergraben hatte? Vielleicht standen die Sterne so, dass er es bei Mondlicht herausholen musste, ohne ein negatives Karma heraufzubeschwören. Florian, ich glaube, das ist keinen weiteren Gedanken wert. Im Waldviertel gibt es viele sogenannte Esoteriker. Wenn wir uns über alle den Kopf zerbrechen, kämen wir zu nichts mehr.«

Florian grinste. Nicht zuletzt machten solche Leute auch einen Gutteil seines Kundenstocks aus. Sie fragten ihn immer wieder nach dem besten Zeitpunkt für die Aussaat von Pflanzensamen. Den richtigen Baumschnitt bei Mondlicht, und kürzlich sogar, wann der richtige Zeitpunkt wäre, zum Friseur zu gehen, damit die Frisur länger in Form bliebe. Das fand er dann doch schräg. Bemühte sich aber stets, eine schlüssige Antwort zu finden.

Inzwischen gelangten sie an die Einfahrt zur Stadt Salzburg. Der Verkehr war dichter denn je. Man sprach von Umwelt zwar immer zur Wahlkampfzeit. Doch was seit Corona an Dreckschleudern von Uralt-Lkws hervorgeholt worden war, ging auf keine Kuhhaut, wie man auf gut Österreichisch zu sagen pflegt. Dass man dann den Biogasen von Rindern die Klimakatastrophe zuschieben wollte, fand Walli Winzer schon ein starkes Stück. PR von Konzernen mittels Dirty-Campaigning gegen Tiere! Einfach schäbig. Aber damit wollte sie sich jetzt nicht befassen. Vielleicht später in Wien. Da würde sie ein Gegenkonzept entwickeln. Gemeinsam mit anderen bemühten Konzernen. Ein Gedanke, den sie fix fasste.

»Du Arschloch!«, brüllte sie plötzlich laut los und bremste den Wagen abrupt ab.

Florian erschrak und war froh, dass er angegurtet war. Der kräftige Ruck schnitt ihm dennoch die Brust ein, weshalb er schmerzvoll durch die Zähne zischte. Ein smarter Porsche-Fahrer hatte ihren Tesla brutal geschnitten und quetschte sich knapp vor ihr ein. Durch die vielen PS des Sportwagens war er so schnell gewesen, dass Walli nur im allerletzten Moment reagieren konnte. Aber sie hatte es geschafft, was sie leidenschaftlich ein »Du Volltrottel!« durchs geöffnete Fenster brüllen ließ. Als hätte er es nicht gehört, betätigte er den Hebel und schloss sein Fenster.

»So etwas gibt es doch nicht! Bringt sich und uns völlig sinnlos in Gefahr. Warum macht jemand so etwas?«, war Florian Wagner ratlos.

»Macht. Machtstreben der übelsten Sorte. So einfach ist das«, erklärte Walli. »Im Autoverkehr leben das meist diejenigen aus, die sonst keine Macht haben. Deshalb kaufen sie sich eben teure Autos, was, das beobachte ich, außer Oligarchen aus dem Osten hier kaum einer mehr macht. Die meisten sind längst auf andere Statussymbole umgestiegen. Machen auf neue Bescheidenheit, kaufen Land, Inseln und leben zeitweise in Selbstversorgerdörfern, um danach in ihr Luxusappartement zurückzufliegen. Nicht sehr umweltfreundlich. Verrückte Zeiten sind das, Florian.«

»Na gut, wir sind jetzt auch mit deinem Auto unterwegs. Nur für eine Opernaufführung«, rutschte es Florian ein wenig unüberlegt heraus.

»Das stimmt«, entgegnete Walli ruhig, »aber falls du es vergessen hast, fahren wir mit einem Elektroauto. Bitte, sprich nicht die Autobatterie an. Irgendjemand muss beginnen. Und ich bin dabei. Bis 2030 sollen 90 Prozent aller Batterien wiederverwertet werden können. Und daran glaube ich. Denn viele Wissenschaftskonzepte wurden vor Jahrzehnten aufgekauft und schlummern seitdem in den Schubladen der Technologieriesen. Die wissen längst, was sie brauchen und wann sie es einsetzen werden – und das ist jetzt.«

Florian Wagner war erstaunt über Wallis Kenntnisse, beschloss infolge, lieber die Oper anzusprechen, die sie heute Abend sehen würden. »Was hören wir eigentlich?«, fragte er etwas zaghaft.

»In Salzburg natürlich Mozart. ›Cosi fan tutte‹, was übersetzt heißt: So machen's alle«, lachte sie.

»Und worum geht's?«

»Es ist fast wie im richtigen Leben: Junge Menschen probieren das Leben aus. Ein Bäumchen-wechsle-dich-Spiel. Die Wette eines alten Mannes, der offensichtlich eifersüchtig auf deren Jugend ist, und eine Bedienstete, die nach Höherem strebt. Beide Außenseiter der Gesellschaft lassen gelangweilte Wohlstandspuppen tanzen, um diese zuletzt, an Erfahrung reicher, ihrem persönlichen Reifungsprozess zu überlassen.«

»Aha. Und das kann man aus einem geschwollenen Operntext und klassischer Musik ableiten?«

»Na ja, ich sehe das selbst zum ersten Mal. Ich hab's vorher gegoogelt, und Harry, der sich ja mit Klassik gut auskennt, hat es mir so erklärt.«

»Aber nicht heute.«

»Nein, natürlich bevor ihn diese Stange erwischt hat. Aber findet er einmal ein geduldiges Opfer für seine Klassik, lässt er einen sowieso nicht los. Wie er das erzählt, finde ich übrigens interessant. Journalist eben. Besser, als so einen langweiligen Opernführer zu lesen. Damit kann ich nix anfangen.«

Florian grinste erleichtert: »Na, da bin ich aber froh, dass ich nicht allein bin.«

Walli lächelte und freute sich schon auf den Abend.

Den Tesla stellten sie gleich am abseits gelegenen Parkplatz des Hotel Stein ab. Florian war ganz Kavalier und hatte Walli den Koffer abgenommen. Er zog in jeder Hand einen hinter sich her.

An der Rezeption checkten sie ein und versprachen einander, sich kurze Zeit später in der bunten Sitzgarnitur des Designhotels wiederzutreffen.

Später machten sie einen Spaziergang über die Staatsbrücke hinüber in die Altstadt zur Getreidegasse, wo auch Mozarts Geburtshaus stand. An diesem vorbei schlenderten sie zum berühmten Café Tomaselli auf den Alten Markt.

Obwohl draußen noch ein Tisch frei gewesen wäre, beschlossen sie, hineinzugehen. Das Café aus der Mozartzeit war nicht nur beeindruckend restauriert worden, sondern durch die Klimaanlage eindeutig kühler als draußen unter den Sonnenschirmen.

Walli Winzer entschied sich für ein Omelett und Florian Wagner für eine im Tomaselli bekannte Würstel-Eierspeise. Nachdem die Getränke serviert worden waren und sie noch ein wenig auf das Essen warten mussten, überlegten beide, wie sie ihren nicht allzu langen Aufenthalt anlegen mochten.

»Ich könnte mir vorstellen, anschließend noch ein bisschen durch die Altstadt zu schlendern«, freute sich Florian und nahm einen Schluck von seinem Stiegl-Bier. Er sah dabei Walli entspannt an, die seinen Blick gerne erwiderte.

»Ja, Richtung Residenzplatz mit der tollen Sicht auf die Hohensalzburg, und vorher beim Fürst vorbei.«

»Wer oder was ist das?«, fragte Florian überrascht.

Walli lachte. »Na, kein echter Fürst. Da kenne ich selbst nur einen, und der betreibt eine Bank. Nein, die Konditorei Fürst in Salzburg. Die haben nämlich vor langer Zeit die echten Mozartkugeln erfunden. Dort werden sie heute noch von Hand gefertigt, sind deshalb teurer als die, die wir sonst kennen.«

Florian schüttelte den Kopf. »Was du alles weißt.«

»Geh, tu nicht so. Das liest man doch jedes Jahr irgendwo in einer Zeitung. Im Sommer auf jeden Fall. Synergieeffekt nennt man das: gut für die Traditionskonfiserie und gut für die Mozartstadt«, sprach sie als PR-Fachfrau.

»Gut, machen wir. Und dann weiter zum Domplatz, wo die ›Jedermann‹-Aufführungen stattfinden. Den möchte ich gerne einmal sehen. Den kenne ich nur aus dem Fernsehen«, fühlte Florian sich voll bei der Sache.

Walli Winzer hatte das sichere Gefühl, dass ihr gesamter Aufenthalt etwas Besonderes würde.

Neugierig beäugten sie rundum auch das Publikum. Walli interessierte, ob sie irgendeinen Promi erkannte. Oder einer ihrer Geschäftspartner*innen zu den Festspielen gekommen war. Doch die Tageszeit dafür war wenig glücklich gewählt. Denn zum Sehen und Gesehen-Werden eignete sich besser Five o'Clock und nicht der frühe Nachmittag.

»Wir könnten vor der Vorstellung ein wenig durch die Getreidegasse schlendern und dort ein bisschen in die Auslagen schauen.«

Walli sagte das mit einer Entschlossenheit, der sich Florian sowieso nur hätte schwer entziehen können. Dass in solch einer exklusiven Stadt eine Top-PR-Lady nicht so einfach an Geschäften würde vorbeigehen können, war ihm völlig klar. Walli Winzer und ihre Modeleidenschaft waren ihm wohl bekannt. Von ihrer Angewohnheit profitierte er jetzt schon, wie er fand. Denn Wallis farbenfroh geblümter Sommerhosenanzug, den sie trug, gefiel ihm wieder einmal ausnehmend gut.

Ja, vielleicht wollte sie ihn diesmal sogar als Berater beiziehen. Seinen Geschmack testen. Wie er auf manche Modelle reagierte. Gut. Er hatte keine Ahnung von so etwas. Von Mode. Aber er fühlte sich wohl und zu vielem bereit. Sogar dazu.

26. KAPITEL

Das hatte sie sich schon lange gewünscht.

Endlich eine ihrer kostbarsten und schönsten Roben stilecht ausführen zu können. Darauf hatte sie lange Zeit warten müssen. Denn Anlässe, diese zu tragen, wurden immer seltener. Wenn Walli Winzer sich so umblickte, war es hipp geworden, gleich mit der Straßenkleidung in die Abendveranstaltung zu gehen. Doch im Gegensatz dazu empfand sie sich als jemand, der bewusst Akzente durch Mode setzte und sich dadurch vom üblichen Alltag abheben wollte.

Für solch einen exklusiven Anlass hatte sie sich von einer jungen österreichischen Designerin ein besonderes Stück anfertigen lassen. Sie hatte einen farblich fließenden Seidenstoff entworfen, der aus einem Zusammenspiel von Violett, Grün, Orange, Zinnoberrot und Mitternachtsblau komponiert war. Figurbetont, aber nicht anliegend war der Schnitt des Kleides, dessen unregelmäßiger Saum in Wadenhöhe endete. Walli Winzer wusste, dass sie streng genommen selbst auch kein klassisches Abendkleid trug. Es war ein Cocktailkleid, weil es nicht bis zum Boden reichte.

Aber welches Publikum interessierte sich schon für Kleidungslängen in dieser gesellschaftlichen Aufgebrachtheit in Zeiten während Corona. Wichtig war der PR-Expertin vielmehr, dass sie gesehen wurde. Die Blicke auf sich zog. Alle, die sie kannten, wussten, dass sie da war. Dazu mit einem attraktiven Mann. Mit Florian Wagner an ihrer Seite.

Florian hatte inzwischen Sekt von der Outdoor-Bar des Großen Festspielhauses geholt. Walli hatte sich an einen der raren Stehtische gestellt. Florian reichte ihr das Glas und sie prosteten einander zu. Sie genossen es, hier zu sein, und beäugten die Umgebung. Plötzlich ließ Walli unerwartet ihr fast volles Glas stehen, hob ihr Kleid ein wenig an und stürmte unvermittelt auf etwas zu. Florian sah ihr erstaunt nach. Sie hatte eine alte Bekannte gesehen und wollte unbedingt ein paar Worte mit ihr wechseln.

Florian wartete eine Weile, trank sein Glas leer und holte sich ein neues.

Als er sich die Menschen in Ruhe so ansah, stellte er fest, dass er niemanden kannte. Auch keine Promis. Das kam wahrscheinlich daher, dass er diese Welt der Seitenblicke weder in Magazinen noch im Fernsehen verfolgte. Außerdem glaubte er, einmal ein Gespräch mitbekommen zu haben, in dem jemand erklärte, dass der Promifaktor heutzutage sowieso ein sehr kurzlebiger war. Also, heute da und morgen schon wieder weg vom Fenster. Eine kleine Sternschnuppe am Firmament. Ein Star aus einer Soap oder Sänger*in eines Sommerhits. Puff! Und weg war man.

Vielleicht war das der Fall, weshalb man viele pensionierte Superstars wie die Rolling Stones, Cher oder deutsche Schlageroldies wie Roland Kaiser, deren Namen sogar er, Florian, kannte, immer wieder vor den Vorhang holte. Sonst würden einige Shows vielleicht noch peinlicher geraten? Das mochte sein. Er wusste es einfach nicht.

Florian Wagner fand, dass das Publikum im Großen und Ganzen sogar sympathisch wirkte. Von der legendären Salzburger Arroganz war nicht viel zu merken. Geschichten, die ihm da einige in Großlichten beim Hannes erzählt hatten, schienen aus einer anderen Zeit zu stammen. So wie Millionäre heute nicht mehr mit dicken Zigarren im Mund hinter dem Schreibtisch saßen. Vielleicht waren trotzdem viele Millionär*innen da? Wahrscheinlich. Man sah es ihnen zumindest nicht mehr an. Wie Bill Gates leger und nicht mit Frack und Zylinder herumlief.

Florian sah überwiegend gestylte Slim-Fit-Typen mit Messerhaarschnitt um sich herum. Aber auch Langhaarige mit frisch gewaschener, luftgetrockneter, aber ungekämmter Frisur im alternativ-individuellen Designerlook. Okay, dachte er. Zu welchem der beiden Publikumsbereiche würde man wohl ihn zählen, falls ihm überhaupt jemand Aufmerksamkeit schenken würde?

Er nahm einen Schluck Sekt.

Kurz schaute er in die Runde. Tatsächlich war niemand an ihm interessiert.

Sein Blick blieb schließlich an einer Frau hängen, deren herzliches Lachen ihn ansprach. Er beobachtete sie eine Weile. Sie war gut gelaunt und wirkte natürlich. Aha. Aber vielleicht etwas zu natürlich für diese Umgebung hier, wie Florian empfand. Denn plötzlich begann sie mit ihrem Finger in aller Öffentlichkeit ihre Essensreste vom Lachsbrötchen aus den Zähnen zu bohren. Einige aus ihrer Gruppe sahen indigniert weg, was sie nicht im Mindesten störte.

Sie schien sich jedenfalls bereits auf »Cosi fan tutte« zu freuen, da sie alle aufforderte, ins Festspielhaus hineinzugehen. Da allerdings niemand darauf reagierte, zupfte sie schließlich ihren Begleiter am Jackett-Ärmel und drängte ihn sanft, aber bestimmt ab.

Das erinnerte Florian irgendwie an Walli Winzer, die er aus den Augen verloren hatte. Nach dem ersten Mal Läuten hatte sich die Menschenmasse vor dem Eingang ein wenig gelichtet. Doch Walli sah er nicht. Er ließ seinen Blick langsam über den Platz schweifen und machte sich danach auf zum Foyer. Hinein konnte sie ja wohl noch nicht gegangen sein. Sie verwahrte die Eintrittskarten und wusste daher, dass sie ihn abholen müsste und er auf sie wartete.

Florian Wagner stand am Eingang des Foyers und sah Walli Winzer in einigen Metern Entfernung mit dem Ehepaar Altmeier sprechen. Der Billeteur wollte ihn ohne Karte nicht einlassen, weshalb er nach Walli rief. Diese stand mit dem Rücken zu ihm, weshalb sie ihn weder sehen und offensichtlich auch nicht hören konnte.

Langsam wurde Florian unruhig.

Er nickte dem Billeteur verlegen zu, der ihn gebeten hatte, sich etwas zur Seite zu stellen. Walli rückte dadurch wieder aus Florians Blickfeld. Die bereits massiv in Richtung Eingang drängenden Festspielgäste schoben ihn zudem immer weiter nach hinten. Walli Winzer machte keine Anstalten, ihn zu suchen. Er hatte den Eindruck, dass sie ihn schlichtweg vergessen hatte, so vertieft, wie sie ins Gespräch war. Endlich drehte sie sich um. Er winkte ihr zu. Doch sie wandte sich sofort wieder dem Baumeister zu.

Was sollte das werden? Es hatte bereits das dritte und letzte Mal geläutet. So auf den letzten Drücker das erste

Mal bei den Festspielen dabei zu sein hatte er sich nicht gewünscht. Und die Gruppe mit der Lachenden sah er nun auch nicht mehr.

Florian Wagner beschloss, es auf eigene Faust zu probieren. Denn seine Opernkarte befand sich schließlich so nah und doch so fern. Er überlegte kurz und fasste einen Plan: Er beobachtete, welche der Frauen die Eintrittskarten bereithielt und dem Billeteur entgegenstrecken würde. Dann machte er deren Begleiter aus, drängte sich dazwischen, nahm die Frau am Arm und lächelte sie charmant an. Diese war überrascht und sah in sein freundliches Gesicht. Der Billeteur wünschte einen schönen Abend und Florian huschte hinein. Die Frau wandte sich gleich darauf wieder ihrem irritierten Partner zu. Der Billeteur hatte sich inzwischen den nächsten Eintretenden zugewandt.

Florian Wagner stellte sich hinter eine Säule und atmete nach diesem Manöver erst einmal durch. Währenddessen hatte er endlich wieder Walli Winzer entdeckt. Sie stand mit den Altmeiers etwas weiter vorne, aber immer noch im Foyer.

Er kam näher. »Florian, entschuldige, dass ich nicht gleich wiedergekommen bin. Aber nach meiner alten Bekannten, Nora Widner, und einem Kunden habe ich die Altmeiers getroffen.« Der Gärtnermeister nickte höflich und reichte dem Ehepaar die Hand.

»Wie bist du ohne Karte hereingekommen?«

Darüber wollte Florian sich nicht weiter ausbreiten, sondern zeigte Interesse an der gleich beginnenden Vorstellung. Offensichtlich war das Gespräch nicht zu Ende, denn Walli Winzer wandte sich nochmals dem Baumeister zu. Auch dieser schien daran interessiert, den roten Faden von vorhin wieder aufzugreifen.

Florian Wagner wusste nicht, worum es ging, und stand daher etwas verloren neben seiner Begleiterin. Er sah sich um und beobachtete, wie ein Mann in Festspielrobe an eine Säule lehnte und zu ihnen herüberstarrte. Als er Florians Blick bemerkte, wandte er sich seitlich, hatte jedoch immer noch alle im Visier.

Bevor Florian sich weiter Gedanken machen konnte, rückte die offenbar gelangweilte Ingrid Altmeier näher zu ihm. Sie sah ihn kokett an und begann unverfänglichen Small Talk. Sie waren mit die Letzten, die sich noch nicht auf den Weg zu ihren Plätzen begeben hatten. Offenbar hatte aber der Mann an der Säule vor, der Allerletzte zu sein. Denn er machte keine Anstalten, seine Position zu verändern.

Da Florian Wagner sich seinetwegen von Ingrid abgewandt hatte, holte sie seine Aufmerksamkeit mit dem Streicheln seines oberen Brustbereichs zurück. Darüber war er dann doch einigermaßen überrascht. Durch sein instinktives Durchstrecken des Rückens zog er schließlich wieder Wallis Interesse auf sich. Sie bemerkte Ingrids Annäherungsversuch, was ihr keineswegs behagte.

»So, ich glaube, wir müssen auf unsere Plätze!«, forderte sie gewissermaßen auf den letzten Drücker.

Ingrid Altmeier lächelte Florian an und fuhr ihm mit dem Zeigefinger vom Hals über die Brust hinunter bis an den Schritt.

Walli Winzer glaubte nicht richtig gesehen zu haben. Eduard Altmeier hingegen war mit seinem Mobiltelefon beschäftigt und hatte daher von allem nichts mitbekommen. Florian Wagner reagierte überrascht, doch amüsiert. Sah kokett zu Walli, die Ingrid wiederum den bösesten Blick zuwarf, den sie draufhatte.

»So, das war's dann!« Sie stellte sich zwischen Florian und Ingrid, die jetzt so tat, als könnte sie kein Wässerchen trüben. In der Hand hatte Walli noch ein Hustenzuckerl, das sie zuvor aus einer Schale im Foyer entnommen und ausgewickelt hatte. Wie vor einem Duell in einem Hollywood-Western sah sie Ingrid herausfordernd an, die ihrerseits die Situation entschieden genoss. Walli fühlte sich provoziert und ließ sich das nicht lange gefallen. Sie rempelte Ingrid an und ließ das in ihrer Hand durch ihren Schweiß bereits klebrig gewordene Bonbon in deren Dekolleté fallen. Florians Mund blieb fast offen stehen. Zu mehr kam er nicht, denn Walli Winzer drängte ihn bereits Richtung Treppe. Im Umdrehen sagte sie: »Ach, tut mir das leid. Wir gehen schon mal vor.«

Walli Winzer fand die Inszenierung der Oper »Cosi fan tutte« zwar witzig, konnte sich aber im Augenblick gedanklich nicht wirklich darauf einlassen, weil sie eben beinahe selbst so ein Bäumchen-wechsle-dich-Spiel erlebt hatte. Eigentlich hatte sie ja keinerlei Ansprüche auf Florian. Wusste auch nicht, ob sie beide überhaupt genug Gefühle im Alltag füreinander haben würden. Das mit dem Sex, das klappte schon. Aber all das andere? Diese Routineabläufe? So etwas zu leben musste man ja erst einmal schaffen. Eine Beziehung prickelnd zu halten. Daran zerbrachen die meisten. Wie einst auch ihre Ehe.

Walli seufzte.

Das Bühnenbild war mehr schlicht gehalten. Sparmaßnahmen eben, wie sie vermutete. Auf der großen Bühne des Großen Festspielhauses wirkten die intimen Mozart-Opern tatsächlich deplatziert, hatte sie zuvor jemanden der Festspielgäste sagen gehört.

Der Dirigent legte sich mächtig ins Zeug. Schon faszinierend, dass ihm so viele auf einen Wink folgten. Wussten, was er mit nur einem Fingerzeig meinte. Das konnte sie von den Mitarbeiter*innen in ihrer Firma nicht behaupten. Da machten prinzipiell alle das, was ihnen gerade einfiel. Zumindest hatte sie manchmal den Eindruck. Es lag dann tatsächlich an ihr, die unterschiedlichen Ideen und Gedanken zu bündeln und daraus etwas Gemeinsames zu gestalten. Und: Es klappte! Ihre PR-Agentur war eine der besten in Österreich, sie hatten Spaß miteinander und sie liebte ihre Crew von PR-Solisten.

Rums. Jetzt gab's einen Paukenschlag im Orchestergraben!

Walli schreckte hoch. Florian saß neben ihr und lächelte sie genauso erstaunt an.

Sie war somit aus ihren Gedanken gerissen. Ihr Blick schweifte von der Seitenloge hinunter ins Publikum, ob sie noch jemanden kannte? Aber sicher! Einige der Wirtschaftsbosse sogar näher, als diesen in aller Öffentlichkeit lieb wäre. Und da saßen sie nun artig neben ihren Ehefrauen. Diese Pharisäer. Walli grinste.

Da die Bühnenbeleuchtung hell war, fand sie auch gleich die Plätze der Altmeiers. Beide starrten zur Bühne. Da Ingrid sich offenbar unbeobachtet fühlte, begann sie, ihre lackierten Fingernägel zu betrachten und ein bisschen daran herumzupolieren. Ihr Mann saß uninteressiert neben ihr, bis sein Handy plötzlich laut und schrill läutete.

Ein Zischen und Rumoren begann im Publikum. Eduard Altmeier holte es, so rasch er konnte, aus der Anzugtasche, fand aber den Ausschaltknopf nicht.

Es läutete weiter.

Einige um ihn herum fingen an, unruhig auf ihren Plätzen zu wetzen. Der Mann, der vor ihm saß, drehte sich um und ersuchte ihn, das Ding endlich abzustellen. Das konnte sogar Walli Winzer bis hinauf in die Seitenloge hören. Nachdem sich sogar der Dirigent einige Male umgedreht hatte und Ingrid ihrem Mann etwas zuflüsterte, presste dieser das laute Etwas an seine Brust, schlug sein Sakko darüber und verließ den Saal.

Inzwischen reihten sich Arie um Arie neben Duette und Ensemble-Szenen. Walli fand, dass diese langweiligen Zwischenspiele, Rezitative genannt, alle gleich klangen. Also, zumindest für sie. Dazu war der Text auf Italienisch! Daher gut, dass die Übersetzung des Operntextes digital vor ihr auf einem Gerät ablief. Sonst würde sie rein gar nichts verstehen. Sie schaute sich im Publikum um. Allerdings ließen die Wenigsten den Prompter vor sich laufen. Walli schloss daraus: Entweder sie kannten die Oper, oder sie war ihnen egal. Sie tippte auf Letzteres. Eben doch ein Society-Event. Immer noch.

Da Eduard Altmeier längere Zeit nicht zurückkam, beschloss Walli Winzer, nachzusehen, wo er geblieben war. Sie flüsterte Florian etwas zu, was dieser zögernd, aber dann doch bejahte. Beide verließen die Loge.

Niemand begegnete ihnen in den Foyers.

Sie gingen die Treppe zur großen Aula hinunter. Auch da war niemand.

»Kann ich Ihnen helfen?«, fragte schließlich eine livrierte Billeteurin.

»Ach, haben Sie einen Mann mittleren Alters im dunkelblauen Anzug gesehen?«

Die junge Frau sah Walli Winzer an, als käme sie von einem anderen Stern. »Wie meinen Sie das? Heute Abend haben wir hier unzählige Gäste, auf die Ihre Beschreibung passen könnte.«

Walli merkte, dass sie an weitere Information nicht herankommen würde, und ging den Bereich selbst nach hinten ab. Keine Spur von Eduard Altmeier. Wie vom Erdboden verschluckt.

Ihr reichte es jetzt. »Florian, was sagst du? Ich verspüre mächtigen Hunger nach diesem anstrengenden Tag. Wie sieht es bei dir aus?«

Florian Wagner fühlte sich nicht mehr nach Oper. Er dachte an die wundervolle Nachtkulisse der Stadt, den einmaligen Blick vom Residenzplatz auf die beleuchtete Festung Hohensalzburg und vor allem an den Durst, den er tatsächlich verspürte. Er musste daher nicht erst lange nachdenken. »Walli, was hältst du von einem Ausflug in den Stieglkeller gleich hier in der Nähe? Da überqueren wir die schönsten Plätze. Der Keller befindet sich direkt im Mönchsberg unterhalb der Festung Hohe Salzburg. Die sind für ihr gebrautes Bier berühmt, das in Steinkrügen serviert wird. Außerdem finden wir dort die Original Salzburger Küche.«

Gesagt – getan.

Walli Winzer bestellte sich nicht nur ein Stiegl-Bier, sondern auch ein Krustenbratl mit Stiegl-Biersaft, Semmelknödel und Speckkraut. Während Florian Wagner auf eine bodenständige Knödelvariation mit Sauerkraut zurückgriff. Dass sechs Knödel in Form von je zwei Grammel-, Speck-, Fleischknödel kamen, war Florian dann aber fast zu viel. Er schaffte alle, doch dann war er geschafft. »Weißt du was? Wir gehen zurück in unser Hotel und setzen uns auf einen Absacker hinauf auf die Dachterrasse. Irgendeinen Obstler oder so etwas brauche ich auf jeden Fall nach dieser Knödelflut.«

Walli Winzer verstand und war später von der traumhaften Aussicht über die bilderbuchhafte Salzburger Barockstadt mehr als überrascht. Da sich zeitlich noch kein Festspielpublikum auf der Hotelterrasse eingefunden hatte, saßen dort bloß einige gut gelaunte Gäste. Die Tische um Walli und Florian waren bereits vorreserviert. Sie saßen fast unentdeckt.

Es war ein schönes Gefühl, zu wissen, dass man von hier nicht mehr weit in sein Bett haben würde. Walli stimmte daher, ohne mitzuzählen, Florians Digestif-Vorschlägen zu. Denn in der Gesamtheit war es, wie sie fand, eine Sternstunde.

Das fühlte wohl auch Florian, als er sie später vor ihre Zimmertür führte. Er umarmte und küsste sie. Alles Weitere ergab sich nun wie von selbst. Die Welt konnte sehr schön sein, schwelgte Walli und schloss hinter sich und Florian die Tür.

27. KAPITEL

Es nieselte schon den ganzen Tag. So ein Wetter!

Ja, und wenn es im Waldviertel einmal zu regnen begonnen hatte, hörte es so schnell nicht wieder auf. Die Natur holte alles nach, was längere Zeit ausgeblieben war. Daher waren den Bauern solche Tage nur recht. Jedes Gewitter wurde von ihnen mittlerweile herbeigesehnt. Doch lieber als plötzlicher Starkregen waren ihnen längere Regentage. Da konnten Wiesen und Felder besser Kraft tanken.

Sepp Grubinger spannte seinen Schirm auf und lief von seiner Polizeistube zum Eingang des Biolebensmittelgeschäfts am Hauptplatz von Großlichten. Seine Resi hatte ihm vorhin aufgetragen, einiges für den Abend und zum Frühstück mitzunehmen. Sie war am Telefon kurz angebunden gewesen. Hatte nur das Notwendigste mit ihm besprochen. Wenigstens redete sie wieder mit ihm.

Aber persönlich war's nicht gewesen. Nicht wie sonst. Eben nicht *seine* Resi. Die für gewöhnlich umsichtig mit ihm war. Der etwas an ihm lag. Die ihn verstand. Sonst. Selbst wenn er oft nur wenig sprach. Mit ihr hatte er sonst nie Probleme. Dabei waren sie schon so lange miteinander verheiratet. Und jetzt so etwas. Wegen einer Nichtigkeit wie dieser durchzechten Nacht. Das war doch zu dumm.

Sepp Grubinger spannte nun den Schirm ab, ging ins Geschäft und stellte ihn in den Ständer neben dem Eingang. Da er in Gedanken war, hatte er vergessen zu grüßen, weshalb das einige Umstehende im Gemüsebereich nachholten.

»Hallo, Sepp, wie geht's?«, fragte einer.

»Danke! Jo, eh«, war seine ausweichende Antwort.

Da Sepp Grubinger sich sofort den Avocados zuwandte, ging der Mann weiter in einen Seitengang. Auf Small Talk hatte der Dorfpolizist keine Lust. Sonst mochte er die Gespräche mit den Dorfleuten. Gerade wenn er mitten in der Arbeit war. Wie eben mit der Recherche zum Mord an Bernhard Stockreiter. Er verstand es, mit zufälligen Bemerkungen Informationen geschickt aus ihnen herauszuholen. Immerhin trat ihm sein Chef, Polizeibezirksinspektor Adi Platzer, wegen der anhaltenden Ermittlung bereits auf die Zehen.

Obwohl im aktuellen Fall eigentlich der Leiter des LKA Krems, Oberst Dr. Ludwig Weichselbaumer, sein direkter Vorgesetzter und daher Ansprechpartner war. Den Deal hatte ja die Winzer eingefädelt. Nachdem sie gemeinsam den letzten Fall *ohne* den Platzer gelöst hatten. Diskretion war damals die Anweisung Weichselbaumers gewesen. Und diese wäre mit dem Platzer sicher nicht möglich gewesen. Diskretion war ein Fremdwort für ihn. Da musste sogar Grubinger lachen.

Sogar nach diesem Fall würde er mit dem Platzer als Chef weiterleben müssen. Ihn daher aus dem Aktuellen gänzlich draußen zu halten, schien Grubinger nicht ratsam. Wenig diplomatisch.

Bisher gab es nur den Manfred Fletzberger als Verdächtigen. Doch dieser wehrte nahezu hysterisch ab. Das machten zwar Mörder oft. Aber der Manfred hatte immer schon ein dünnes Nervenkleid besessen. Dass der daher nicht gut mit der Situation umgehen konnte, überraschte Sepp Grubinger wenig. Im Gegenteil: In seinen Augen reagierte er authentisch und stand nicht wirklich oben auf seiner Liste der Tatverdächtigen.

Wie auch sonst noch niemand.

Mein Gott! Der Polizist wollte sich eigentlich voll und ganz dem Fall widmen. Stattdessen beschäftigte ihn das Verhalten seiner Resi mehr, als er wollte. So kam es, dass er nicht einmal merkte, dass Mizzi Troger, eine gute Freundin seiner Frau, neben ihm stand. Ihn fragte: »Sepp, schickt dich die Resi einkaufen?«

Der Angesprochene sah hoch. Sein Blick war weiterhin ernst. Die uninteressierte Suche nach einer geeigneten Frucht hatte ihn offenbar verraten.

»Schau, nimm die da. Die ist schon ein bisserl reifer. Das erkennt man an der bräunlichen Färbung der Schale. Eine grüne Avocado müsstest du noch abliegen lassen. Die aber, die kannst du schon heute Abend essen.«

Sepp Grubinger tat, wie ihm gesagt, und nahm die Frucht entgegen.

Mizzi sah den Mann ihrer Freundin länger an. Er schien weiterhin wenig an einem Gespräch interessiert zu sein. »Geh, Sepp! Is no immer dicke Luft bei euch? Wegen dera Sauferei?«

Grubinger reagierte genervt, indem er seinen Kopf leicht von Mizzi abwandte. Super, dass jetzt ganz Großlichten vom schiefen Haussegen wusste. Er fand, dass das eigentlich nur die Resi und ihn etwas anging. Und nicht die ganze Nachbarschaft. Da hatte die Resi mit dieser Indiskretion übers Ziel hinausgeschossen, wie er fand.

Die Mizzi war nämlich nicht so eine wie seine Frau, der man immer alles erzählen konnte. Und zwar ohne, dass es danach die ganze Umgebung wusste. Selbst wenn sie es nicht böse meinte. Aber viele tratschten dann über das, was sie gehört hatten. Über etwas, was sie nix anging.

»Du, Mizzi, ich hoff aber, dass du das, was dir die Resi erzählt hat, net weitererzählst. Das geht nämlich außer uns niemanden was an.«

Mizzi Troger war irritiert und reagierte befangen: »Jaja, die Resi war letztens nur so zornig. Da hab ich sie g'fragt, was los is.«

Das wüsste er auch gerne, weshalb er nachfragte: »Ja, und warum? Was hat sie g'sagt?«

»Sag, wird das jetzt a Verhör, Sepp?«

Sepp Grubinger merkte, dass er im Tonfall zu barsch gewesen war. Immerhin wollte Mizzi Troger ihm bloß bei der Wahl der richtigen Avocado helfen.

»Jo«, schüttelte der Dorfpolizist den Kopf und presste seine Lippen zusammen, wie er es immer tat, wenn ihm etwas peinlich war oder er nachdachte. »I was a net, wos mit ihr is. Sie red seit a paar Tag mit wia, als wär i a Fremder. Und i weiß net warum.«

»Sepp, da muasst scho du sie frogn. I kann dir da nix sagn.«

»Aber sie hat dir ja was g'sagt. Irgendwas muass sie dir ja g'sagt haben«, setzte er hilflos nach.

Mizzi Troger tat der Sepp irgendwie leid. Deshalb half sie ihm ein wenig auf die Sprünge. »Du, i hab das mit dem Franz amol gehabt.«

Was war denn das? Sepp Grubinger verstand nur Bahnhof. Was hatten die Mizzi und ihr Mann mit ihm und der

Resi zu tun? Die waren doch ganz anders. Trotzdem gab er sich interessiert. »Was habt ihr gehabt?«

»Na ja, so a Ehekrise.«

»Mizzi, i glaub, du hast da was falsch verstanden: Wir haben keine Ehekrise. Sie is mir böse auf was. Aber das Kartenspiel kann des net wirklich sein.«

»Is es a net.«

Auf einmal wurde Sepp Grubinger hellhörig. »Und was dann?«

Sie zögerte. »Sie fühlt sich von dir net verstanden.«

»Aha«, verschlug es ihm die Rede. Das hatte er wirklich nicht erwartet.

»Sie möchte, dass du sie mehr beachtest, ihr zeigst, dass sie dir was wert is. Du mehr mit ihr machst und net nur vorm Fernseher hockst.«

Sepp Grubinger wehrte sich gegen diese fast öffentliche Anschuldigung, wie er das empfand. »Mizzi, i möchte schon, dass du so etwas wirklich net verbreitest. Das geht niemanden was an. Außerdem stimmt des so net. Aber des will i jetzt a net mit dir besprechen.«

»Jaja, wie du möchtest.« Auch Mizzi Troger war der rauer werdende Tonfall langsam unangenehm.

»Wenn du des nämlich so weitersogst, kommt als Stille-Post vielleicht no ganz was anderes dabei heraus.«

Da sich mittlerweile andere Kunden um die Warengruppen scharten, war Mizzi daran interessiert, die Situation zu verkürzen. »Du, Sepp, red mit ihr. Wir sehen uns a anderes Mal«, schloss sie das Gespräch diplomatisch. Immerhin wollte er, der Sepp, ja etwas von ihr wissen. Und jetzt reagierte er so unfreundlich. Na ja, sie war ja schließlich mit der Resi befreundet und nicht mit ihm. Gott sei Dank!, wie sie im Weggehen erleichtert feststellte.

Sepp Grubinger kam klitschnass in seiner Polizeidienstaußenstelle Großlichten an. Er war mit seinem Einkauf in der Hand ohne Schirm herübergelaufen, den hatte er nämlich vergessen. War ja klar, dass ihn dann der Regenguss voll erwischen würde. Und den Einkauf dazu. Nur, weil er sein Hirn anderswo gehabt hatte. Sonst passierte ihm ja so etwas nicht. Aber nach diesem Gespräch.

Der Polizist musste daher ein zweites Mal durch den Regen laufen, um den Schirm aus dem Geschäft abzuholen. Das Aufspannen hätte er sich eigentlich sparen können, denn er war bereits zuvor durch und durch nass geworden.

Er zog das Hemd seiner Uniform aus und hing es über einen Haken auf den Kleiderständer. Danach ging er in das kleine Amts-Badezimmer, trocknete sich die spärlichen Haare mit einem Handtuch ab und holte ein Reserve-Diensthemd aus einem Kasten.

Zurück in der Amtsstube setzte er sich an den Schreibtisch und stützte seinen Kopf erschöpft auf beiden Händen ab.

Es war erst 15.00 Uhr nachmittags. Seine Dienstzeit daher noch nicht vorbei.

Die Mizzi. Also, die Troger Mizzi. Die war schon ein Schlager, wie man so salopp sagte. Eine, die immer irgendetwas wusste. Man ihr deshalb aber nicht böse sein konnte, weil sie es so nicht meinte. Dazwischen erzählte sie ja auch Interessantes. So hatte sie ihm vor Kurzem etwas über den Bernhard Stockreiter berichtet. Nichts, was er nicht eh schon gewusst hätte. Frauenheld und so weiter. Ja, wer in Großlichten kannte den Berni nicht? Selber schuld, die Frauen, wenn sie auf so einen hereinfielen. Hereinfallen wollten! Manche glaubten, dass sie so einen ändern konnten, oder glaubten immer noch an den Prinzen auf dem weißen Pferd. So wie ans Christkind. Genauso ein Märchen.

Sepp Grubinger richtete sich wieder in seinem Stuhl auf. So war er nicht. Er hatte seiner Resi nie etwas vorgemacht. Sie nie mit etwas über den Tisch gezogen. In ihrer langen Beziehung. Sie nicht betrogen. Wobei … Einmal, da musste er sich schon sehr zurückhalten. Aber bereuen tat er es bis heute.

Ein Flirt wäre es gewesen. Einfach nur ein Flirt. Nicht mehr. Die Resi und seine Buben hätte er deswegen nie verlassen. Aber sie wollte ihn eben. Seine junge Kollegin. Bei der Polizei. Auf dem Seminar. Nur eine Nacht lang. Vor der Abreise. Doch er kniff.

Sonst dachte er nicht daran. Doch in den wenigen angespannten Momenten ihrer Ehe bereute er es. Immer noch. Die verlorene Chance. Seine Hemmung. Wie sie da plötzlich nackt vor ihm gestanden war. Mitten in der Nacht. Und er zugewartet hatte. Zu lange. Dabei regelrecht erstarrte. Bis sie weg war.

Sepp Grubinger erhob sich. Abrupt. Ging nervös einige Schritte auf und ab in der Wachstube. Bis er vor seinem Geheimschrank stand.

Er holte einen kostbaren Whisky heraus. Einen Single Malt Whisky. Einen besonderen.

Den hatte er von seinen Söhnen zum letzten runden Geburtstag bekommen. Teuer musste der gewesen sein.

Sehr teuer. Er hatte ihn für besondere Momente in seinem Leben aufgehoben. Bisher waren die nicht so zahlreich gewesen.

Vielleicht glaubte man nur, dass solche Momente besondere waren, weil man sie eben feierte und sie damit in Erinnerung behalten wollte oder sollte. Ehrentage, Jubiläen.

Waren nicht vielmehr jene Momente kostbarer, die einem immer wieder einfielen, *ohne* dass man sie gefeiert hatte? Auch die verlorenen Momente. Denen man nachtrauerte. An die man mit Wehmut zurückdachte.

Ein glücklicher Alltag, den er seit vielen Jahren erlebte, war selbstverständlich geworden. Für ihn. Das musste er zugeben. Die Resi trug schon einen wesentlichen Teil dazu bei. Er hingegen schwamm eher mit. Mit ihr. Seiner Resi. Frauen beklagten sich doch sonst immer, dass man ihnen vieles vorgab. Ihnen zu wenig Freiraum ließ. Machte es dann einer wie er und richtete sich nach ihr, passte das manchmal auch wieder nicht.

Und da soll einer wissen, was die wollen! Diese Frauen.

In einer Universum-Dokumentation hat er einmal gehört, dass die Gene, die der Urmensch besaß, sich kaum geändert hätten und selbst heute noch unser Handeln mitbestimmten. Solche Momente, die ihn in seiner Beziehung ratlos machten, konnte er sich nur dadurch erklären.

Jaja, die Resi und die Gene. Und wie war das mit seinen eigenen?

Sepp Grubinger trank sein Glas leer und schenkte sich ein weiteres nach.

Er merkte, dass die Anspannung von zuvor zwar weniger geworden, aber dennoch geblieben war.

Die Resi. Ja, das mit der Resi. Das wollte er in den Griff bekommen.

So wie das mit dem Alkohol.

28. KAPITEL

Walli Winzer zog sich lieber doch noch einmal die Bettdecke über den Kopf. Kurz zuvor hatte sie den grauen Himmel durch die Vorhänge lugen gesehen und das Prasseln des Regens am Fenster vernommen. Ein richtiger Schlaftag, dachte sie für sich und rollte sich nochmals aufs Ohr.

Das regelmäßige Klatschen der Regentropfen ans Fenster lullte sie schließlich ein. Im Dämmerschlaf spürte sie irgendwann später einen feuchten, sanften Druck auf ihrer Wange, der sich seitlich ein wenig abwärts bewegte.

Sie lächelte.

»Hallo, mein Kleiner!«, flötete sie, ohne die Augen zu öffnen. »Ja, gleich stehen wir auf«, ergänzte sie mehr beruhigend als selbst irgendeine Art von Motivation dazu verspürend.

Der Druck auf ihre Wange wurde stärker, was Walli dazu veranlasste, sich auf den Rücken zu legen. Mittlerweile hämmerte es stärker gegen ihre Stirn.

Zeitgleich hüpfte Filou von der unteren Bettkante auf ihren Bauch. Walli erschrak und griff nach dem Kater. Sie hob ihn hoch und hielt ihn von sich weg. Sofort hörte das Pochen auf ihre Stirn auf. Zeitgleich wurde Filou unruhig und begann, sich ihr zu entwinden. Mit einem Ruck drehte er sich gekonnt aus der Umklammerung und sprang auf das zur Seite geschobene Laken. Er wusste selbst nicht, was da abging, und verfolgte, wie Wallis Blick zur Zimmerdecke wanderte.

So schnell konnte Filou gar nicht schauen, sprang seine Halterin aus dem Bett und sah weiterhin fassungslos hinauf. »Ich glaube das einfach nicht! Das darf doch nicht wahr sein«, schrie sie verzweifelt.

Inzwischen waren es nicht mehr einzelne Tropfen, die von der Decke fielen, sondern ein kleiner Strahl, der sich über der Bettdecke ergoss. Walli Winzer bebte vor Zorn und lief in den Abstellraum, um schnell einen Kübel zu holen. Sie stellte den Eimer aufs Bett, in den nun hörbar die Ausläufer des Starkregens einliefen.

Es war aber nicht die einzige undichte Stelle am Plafond. Oberhalb des Fensters begann es nun auf den alten Schiffboden zu tropfen.

Walli war verzweifelt. Rasch lief sie im Negligé auf den Dachboden, um die Ursache zu ergründen. Aber die war nur allzu klar: keine Dachziegel, daher kein Schutz vor dem Regen! So einfach war das. Und Schuld war dieser Altmeier. Na, dem würde sie heute noch etwas erzählen. Was aber nichts an ihrer derzeit tristen Situation veränderte.

Walli Winzer als Frau der raschen Entschlüsse schnappte eine der umliegenden Planen und legte sie über die undichten Stellen, die sie über ihrem Schlafzimmer vermutete. Sie war sich dabei völlig im Klaren, dass das nur der Tropfen auf dem heißen Stein sein würde. Denn definitiv würde das rein gar nichts nützen. Die einprasselnde Regenmenge würde zu einer anderen Stelle ausweichen und sich von dort aus ihren Weg durch die Zimmerdecken bahnen. Wenn, dann müsste sie die Plastikabdeckungen über den gesamten Dachboden spannen. Dann könnte ein Teil der Wassermenge auch seitwärts die Hausmauer entlangrinnen. So würde sie eventuell die Komplettaufweichung des alten Dämmmaterials am Dachboden verhindern können.

Inzwischen hörte Walli ein Auto mit laufendem Motor und sah dessen Abblendlicht auf der Straße. Es schien angehalten zu haben, um ihrem auffälligen Treiben auf der Baustelle zuzuschauen.

»So ein Arsch«, murrte die PR-Lady, als sie hinübersah. »Statt blöd zu schauen, könnte er herkommen und mir helfen.« Während sie dastand, prasselte der Regen auf ihren dünnen Morgenmantel und drückte ihn eng an ihren Körper, was ihre Formen deutlich sichtbarer werden ließ. Etwas, was den Fahrer offenbar weiter davon abhielt, loszufahren. Mit einer verächtlichen Handbewegung in seine Richtung machte sich Walli Winzer Luft. Zuletzt zeigte sie ihm noch den berühmten Mittelfinger, was er endlich zu verstehen schien und seinen Weg fortsetzte.

Auch Walli begab sich wieder nach unten, griff zum Telefon und beorderte Lena mit Regenmantel und weiteren Abdeckplanen im Gepäck zu ihr.

Eigentlich hatten sie für heute eine Shoppingtour nach Zwettl eingeplant. Sogar bei Schlechtwetter. Denn den normalen Wochenendeinkauf, eventuell ein paar Bücher, neue Malfarben, ein Verlängerungskabel und einige Gourmetspezialitäten ließen sich auf jeden Fall selbst so gut mitnehmen. Natürlich wäre es schöner, im Freien in einem der Cafés auf der Landstraße zu sitzen. Aber es ging ja ebenso drinnen.

Lena Breitenecker war eine wirklich gute Seele. Sie ließ ihre eigene Arbeit stehen und eilte der Freundin zu Hilfe. Ausgestattet mit eigenem Regenmantel, hatte sie auch Hans mitgenommen.

Walli hatte ihre klatschnassen Haare inzwischen abgetrocknet und das Negligé gegen trockene Tageskleidung getauscht. Sie freute sich, dass die Freundin unverzüglich gekommen war. Lena allerdings merkte, dass es ihr mehr noch um seelische Unterstützung ging. Denn der nächste Besuch Wallis würde Eduard Altmeier gelten. Und dieses Zusammentreffen würde keineswegs erfreulich werden, vermutete sie richtig.

»Ich bringe diesen Typen um. Das schwöre ich dir, Lena«, polterte die Baustellengeschädigte entschlossen los. Sie stülpte sich Mantel und Kapuze über und schnappte einen Teil der mitgebrachten Planen. Gemeinsam gingen sie hoch.

Als wären sie selbst hierbei ein eingespieltes Team, versiegelten die beiden Frauen Stück für Stück den gesamten Dachboden. Die Nägel, mit denen sie alles befestigten, reichten gerade aus. Fertig war die Sache. Zumindest vorübergehend.

Lena Breitenecker hatte gleich Kleidung für die Stadt mitgenommen und äußerte den Wunsch, trotz allem nach Zwettl fahren zu wollen.

»Die 25 Minuten Fahrzeit wirst du doch einplanen können, Walli«, insistierte sie. »Einkaufen musst du sowieso. Außer du beglückst den Hannes im ›Grauen Mohn‹ im Reiterhof ab jetzt täglich.«

»Wenn das bei mir hier noch länger dauert, werde ich mich in einem seiner Gästezimmer oder bei Romy Steiner einquartieren müssen. Aber was mache ich dann mit Filou? Der braucht sein Revier.«

Filou hörte seinen Namen und hob das Köpfchen. Er lag bequem in Wallis Ohrensessel nahe am Kamin und schien sich mittlerweile mit dem Gerümpel um ihn herum angefreundet zu haben. Katzen wollten ja sonst keine Unordnung. Doch da diese unorthodoxe Möbelzusammenstellung nun schon eine ganze Weile unverändert geblieben war, kannte er die Positionen und fand sich darin zurecht. Was er nur nicht leiden konnte, war das hysterische Geschrei von Frauchen, wenn sie wieder einmal aufgeregt war. Davon hatte er heute bereits genug gehört. Deshalb öffnete er nur sein zweites Auge und beobachtete, wie sie derzeit gemütsmäßig drauf war. Aber sie sprach ganz normal mit Lena, daher rollte er sich wieder ein und beschloss, noch eine Runde zu schlafen.

Lena Breitenecker hatte ihre Freundin nun doch lange genug bearbeitet und sie schließlich überredet. »Ich wasche mich noch schnell und föhne mir die Haare«, erklärte Walli, während sie sich den Regenmantel auszog und im Vorzimmer an den Kleiderhaken hing.

»Ich mache uns inzwischen Kaffee und eine Kleinigkeit dazu. Da hast du etwas im Magen. Sonst wäre das ja wirklich ein schrecklicher Tagesbeginn.«

Kurze Zeit später saßen beide am kleinen Küchentisch neben der herausgerissenen Spüle und dem Schuttberg.

Das Plaudern der Freundinnen und ein lautes Lachen hatten Filou wieder aus seiner Ruhe gerissen. Er merkte zugleich, dass er noch kein Frühstück erhalten hatte. Denn seitdem er Frauchen zur artigen Dosenöffnerin erzogen hatte, war das viel angenehmer, als erst eine Maus zu jagen, sie klein zu knacken, um sie danach zu verdrücken. Er fing sie lieber und schleppte sie als Trophäe ins Wohnzimmer. Ja, so etwas nannte man Arbeitsteilung. Und nun wollte er einmal sehen, was seine Halterin für ihn vorbereitet hatte.

Filou trippelte gut gelaunt in die Küche und streifte zuerst die Beine des Gastes und dann jene von Frauchen. Beide griffen sofort nach ihm und sprachen zugleich herzliche Worte. Dann miaute er einige Male herzzerreißend. Walli wusste sofort, was gemeint war, ging zur Vorratslade und holte eines seiner Lieblingsschälchen mit Geflügel heraus. Er sah ihr sehnsüchtig zu, wie sie dieses öffnete, und konnte kaum noch erwarten, bis es in seinem Futternapf landete. Genüsslich, als hätte er mindestens drei Tage gehungert, stürzte sich der Strolch darüber.

Walli und Lena lachten, sprachen weiter, bis eine männliche Stimme sie unterbrach.

»Ja, Grubinger, kommen Sie nur herein. Besonders gastfreundlich ist es derzeit nicht bei mir, aber wollen Sie auch einen Kaffee?«

Der Polizist bejahte und sah sich befremdet um.

Nachdem Walli ausführlich von den Auswirkungen des Starkregens erzählt und ihm das Malheur im Schlafzimmer gezeigt hatte, war Sepp Grubinger ebenso verärgert.

»Dabei hat er bei den Salzburger Festspielen noch zugesichert, dass er den Ausbau bei mir umgehend beenden werde. Und so schaut's aus.«

Sepp Grubinger erkannte, dass die missliche Lage für die Wiener PR-Agentin irgendwie aus dem Ruder zu laufen drohte, beruhigte aber: »Wir kriegen das hin. Sie werden sehen.« Zumindest hoffte er das. Sicher war er sich beim Altmeier und seinen höheren Fördererkontakten allmählich nicht mehr. So oder so musste man solchen Halsabschneidern endlich den Schneid abkaufen können. Doch die Situation schien in Großlichten derzeit ziemlich verfahren.

In einer anderen Sache gab es jedoch bereits Licht am Horizont. Sepp Grubinger hatte eine Neuigkeit. Deshalb war er auch gekommen. »Wir wissen jetzt, wer der Vater vom Babyskelett ist. Halten Sie sich fest: Der Bernhard Stockreiter war das.«

Schweigen. Walli nahm einen Schluck von ihrem mittlerweile kalt gewordenen Kaffee. Doch was machte das schon aus an einem von deprimierenden Ereignissen durchwachsenen Morgen wie heute.

Gefasst antwortete sie: »Wieso wissen Sie das?«

»Die Gerichtsmedizin hat das festgestellt. DNA-Abgleich. Sie hatten zuerst die aufbereitete DNA des Babys durch den Computer geschickt. Fanden aber keine Verwandten. Dann dem Stockreiter seine DNA eingegeben. Die war dann ident mit der des Babys. Na, was sagen Sie?«

»Ich bin platt. Die Erfolgsmeldung des Tages.«

»Super, Grubinger!«, nickte Lena zustimmend.

»Jetzt müssen wir nur noch herausfinden, wer die Mutter war. Dann sind ziemlich sicher beide Fälle mit einem Schlag aufgeklärt«, zeichnete Sepp Grubinger eine mögliche Verbindung an.

»Nicht automatisch. Vielleicht war der Stockreiter damals sogar der Mörder des Babys? Denn der hatte ja als Architekt immer Zugang zu Baustellen und frisch betonierten Fundamenten. Der kannte sich aus, wie man so etwas macht, und hatte deshalb vielleicht die Idee dazu«, zeigte sich Walli Winzer skeptisch.

»Na ja, aber jetzt ist er doch selbst tot. Wieso sollte jemand so etwas erst 30 Jahre später rächen? Genaueres erzählen könnte uns nur die Mutter des Babys. Und die müssen wir erst einmal finden.«

»Ich tippe auf eine der Verflossenen. Oder die Ehefrau von jemandem? Damals. Mord vom Ehemann am Baby des Nebenbuhlers?«

»Das glaube ich nicht. Die hätte das doch gut ihrem Mann unterjubeln können. So ein Baby. Wie oft ist das nicht schon passiert. Drum passen bei der Ahnenforschung viele DNA-Abgleiche in Familien gar nicht zusammen. Eine Gen-Auffrischung von außen gab's in vielen Familien.«

»Und wenn einer das rausbekam?«

»Dann wäre der Stockreiter *damals* nicht sicher gewesen. Aber heute?«

»Vielleicht war's einer dieser aufgebrachten Umweltschützer. Ein Verwandter der Kindesmutter. Dem nach Jahren das Geimpfte aufgegangen ist.«

Alle wurden still.

»Ziemlich verworren das alles.«

»Ich glaube, wir sollten uns um seine Schulfreunde kümmern. Die müssten doch wissen, wer damals seine Freundin oder Freundinnen gewesen sind. Welche plötzlich ein Kind bekommen haben könnte. Die Schwangerschaft musste doch jemand gesehen haben. Da braucht man dann doch nur eins und eins zusammenzuzählen.«

»Das sehe ich genauso«, ermutigte Walli Winzer den Dorfpolizisten. »Sie knöpfen sich die einen vor, und ich habe später sowieso ein Rendezvous mit einem meiner besonderen Lieblinge in Großlichten, dem Altmeier.«

29. KAPITEL

Natürlich war während der Shoppingtour in Zwettl wieder einiges hängen geblieben. Da Walli Winzer aber nicht wusste, wo sie überflüssige Neuerwerbungen im Haus unterbringen sollte, hielt sich ihr Einkauf diesmal in Grenzen. Sie musste sich eingestehen, dass sie in letzter Zeit überhaupt wenig Lust hatte, sich ins Menschengewühl zu stürzen. Gegenüber früher übte sie sich in Zurückhaltung. Vielleicht hatte die Corona-Zeit auch bei ihr Spuren hinterlassen.

Lieber nahm sie manchmal ein Buch zur Hand und blätterte darin. War eine neue Angewohnheit, die sie an sich feststellte. Aber ihre neue Leidenschaft war eindeutig das Malen. Deshalb hatte sie sich ein Schreibbrett gekauft und neue Aquarellfarben. Ebenso geeignetes Papier. Das ließ sie sich einpacken, um es während des Transports nicht zu knicken.

Alles in allem waren sie und Lena Breitenecker mehrere Stunden unterwegs gewesen, hatten gut zu Mittag gegessen und saßen nun zum Kaffee in der Konditorei Schön im Zentrum von Zwettl.

Auf der gegenüberliegenden Seite kamen eben Cornelia Figlmüller und ein junger Mann im Slimfit-Anzug aus einem Haus. Sie verabschiedeten sich per Handschlag, was in der Zeit nach Corona immer noch auffiel. Walli, die sich schon länger ein Bild von der Persönlichkeit Cornelias durch ein Gespräch machen wollte, hob zu ihrem markanten »Huhu!«-Gejodel an und lockte diese dadurch an den Tisch. Cornelia Figlmüller kam herbei und wirkte gut gelaunt.

»Ich war eben bei unserem Statiker und hätte sowieso etwas zu feiern. Darf ich mich zu Ihnen setzen und Sie beide zu einem Glas Champagner einladen?«

Der ob der ganzen Sache verdutzten Lena blieb nichts anderes übrig als zuzustimmen. Walli Winzer freute sich hingegen, dass sie wieder einmal ihrem Impuls gefolgt war und Cornelia nun neben ihnen saß.

Kein Wort fiel mehr über den toten Stockreiter. Cornelia hatte, so schien es, das Wohnprojekt zur Gänze übernommen. Immerhin: Der Plan mit den Berechnungen und allen Details lag fertig vor. Sie hatte bereits an ihm mitgearbeitet. Nächstes Semester würde sie ihren Abschluss an der Akademie der bildenden Künste in Wien machen, und dann stünde sie mit 32 Jahren sowieso schon mitten im Business.

»Edi, mein Baumeister, steht der Idee aufgeschlossen gegenüber. Falls Brunner seinen Antrag zum Waldfällen bei der Behörde nicht durchbekommt, ist das Aufstocken der Anlage zumindest ein veritabler Plan B.«

Eine findige junge Frau, dachte Walli und war recht angetan von der Verve und ihrem Engagement. Ja, junge Menschen von heute waren flexibler, aufgeschlossener und dachten oft schon einen Schritt weiter. Das hatten wohl auch Altmeier und Brunner festgestellt und der angehenden Architektin vertraut.

»Der Altmeier ist ja ein erfahrener Baumeister. Der würde das mit der Aufstockung bestimmt hinbekommen«, konnte Lena Breitenecker dem neuen Plan bereits im Vorfeld einiges mehr abgewinnen als der Rodung des Waldes und der weiteren Bodenversiegelung.

»Es müssen unbedingt neue Einnahmequellen fließen, sonst stirbt das gesamte Projekt.«

»Worauf führen Sie das zurück?«

Sie antwortete kryptisch: »Ich weiß es nicht.«

Das verriet Walli, dass sie nicht weiter darüber sprechen wollte.

Inzwischen war der Champagner gekommen. Walli Winzer war verblüfft, dass man den mittlerweile ohne Weiteres in einer Landkonditorei bestellen konnte. Eine kleine Schale mit Salzgebäck sorgte für bessere Verträglichkeit am frühen Nachmittag.

Sie ließen die Gläser klirren, und Cornelia erzählte weitere Details über das künstlerische Konzept der Wohnanlage. Walli hörte interessiert zu. Nur Lena war das ein wenig zu akademisch geworden, und vor allem störte sie immer noch die Rücksichtslosigkeit, mit der bei der Errichtung vorgegangen worden war. Wie die Betreiber bisher die Bedürfnisse der Bevölkerung bagatellisiert hatten.

»Schauen Sie, wir werden alles Erdenkliche tun, um so rasch wie möglich alle zufriedenzustellen. Der Bernhard Stockreiter hat schließlich nur auf die Einladung von Edi Altmeier, dessen Frau und Bürgermeister Brunner reagiert. Sie waren die Initiator*innen gewesen. Nicht er. Das kann ich bestätigen.«

Da war er wieder: Brunner. Lena nahm sich fix vor, ihn für diesen jüngsten Bauskandal hauptverantwortlich zu machen. Nicht nur in politischer Hinsicht, sondern weil er sich einen finanziellen Vorteil erschlichen hatte.

Walli Winzer war hingegen vom jugendlichen Charme Cornelias begeistert. Wie sie alles erklären konnte und wie sie sich für das Vorhaben einsetzte. Ein Feuer, das sich gleich auf sie als Zuhörerin übertrug.

»Sagen Sie, Cornelia: Ist Frau Altmeier auch in die Angelegenheit involviert? Welche Rolle spielt sie bei dem Ganzen?«

Cornelia Figlmüller wandte sich von Walli ab und antworte Lena: »Eigentlich keine. Sie assistiert ihrem Mann und unterstützte den Berni ab und zu. Kennen taten sich alle schon sehr lange.«

»Und da gab's nicht irgendwann Spannungen unter ihnen?«

»Sie hatten sich alle untereinander gut verstanden. Nur als der Berni und ich eine kleine Affäre hatten, war ihr das gar nicht recht gewesen. Aber das ist vorbei. Also, jetzt sowieso. Wissen Sie, ich bin queer unterwegs. Das heißt: Ich wähle zwischen Männern und Frauen. Das ist sexuelle Gleichberechtigung und derzeit mein Lebenskonzept. Fixes will ich nicht. Auch wenn es der Berni vielleicht anderes gewollt hätte.«

»Und er hat Ihre Entscheidung einfach so akzeptiert?«

»Musste er wohl. Dass ich gelegentlich auf Frauen stehe, das hat ihn, glaube ich, erst richtig angemacht …«

Cornelia kam nicht zu mehr, weil Lena ergänzte: »Und er wollte Sie kontrollieren. Könnte das so gewesen sein?«

»Möglich«, kam es lautlos und knapp. »Männer können nur schwer akzeptieren, wenn Frauen selbstbestimmt agieren. Doch beruflich hatte das keine Auswirkungen, wenn sie darauf hinauswollen«, bekräftigte sie mit einprägsamem Blick.

»Ich schlage vor, wir stoßen nochmals auf den künstlerischen Erfolg an.« Walli hob ihr Glas und lächelte Cornelia zu, die das gerne erwiderte. Infolge entspann sich zwischen den beiden ein Fachgespräch über Ästhetik und Stadtplanung. Walli diskutierte mit Cornelia über die aus ihrer Sicht massive Verhüttelung der Wiener Außenbezirke, wo zu wenig auf Grünerhalt gesetzt würde. Cornelia wiederum erzählte von besonders gelungenen globalen Entwürfen, von denen einige hervorragende vom besonderen Umweltsünder China realisiert würden. Auch dort erkannten Expert*innen langsam den Ernst der Lage.

Lena Breitenecker konnte bei derartiger Expertise nicht mehr mitreden und beschloss, die beiden allein über die Rettung der Welt und das perfekte Wohnglück der Menschen plaudern zu lassen. Sie nickte Walli zu und formte mit dem Zeigefinger mehrere Kreise, die verdeutlichten, dass sie den Besuch einer guten Bekannten in deren Bio-Lebensmittelgeschäft allein vornehmen würde.

30. KAPITEL

Um diese Zeit war der Dorfplatz sehr belebt. Viele hatten den Arbeitstag bereits hinter sich. Sie gingen schnell noch einkaufen oder widmeten sich bereits dem Gesellschaftsleben. Einige waren unterwegs in ihre Vereinslokale oder zur Halle der Freiwilligen Feuerwehr. Denn das offene Ausfahrtstor lud meist viele Vorbeigehende dazu ein, einzukehren und ein wenig zu plaudern. Zwar hatte Großlichten erfreulicherweise noch ein Wirtshaus im Ortskern, doch mit Freund*innen gemütlich beisammenzusitzen, ohne jedes Wein-Achterl zählen zu müssen, hatte für viele durchaus seinen Reiz. Vor allem einen angenehmen Nebeneffekt: Es kam deutlich billiger.

Harry Kain fühlte sich nach seiner unfreiwilligen Auszeit wieder halbwegs fit und war zu seinem ersten Besuch unterwegs. Er wollte mit Manfred Fletzberger sprechen. Harry wusste, dass dieser eine Stütze der örtlichen Freiwilligen Feuerwehr war und daher mit Sicherheit dort anzutreffen sein würde. Denn es gab immer etwas zu kontrollieren, herzurichten, Korrespondenz zu führen oder sich mit Kolleg*innen auszutauschen. Für den Fall, dass es einmal notwendig sein müsste, sollte alles sofort reibungslos funktionieren.

Auf dem Weg von seinem 2CV-Citroën aus den 1970er-Jahren zum Feuerwehrhaus ging Harry die leichte Steigung langsam hoch und begegnete einigen Bekannten.

Sie grüßten einander, und alle waren froh, ihn wieder guter Dinge zu sehen. Sie wünschten ihm nach ein paar freundlich gewechselten Worten alles Gute. Andere wiederum erhoben die Hand zum Gruß aus der Ferne und setzten ihren Weg fort.

Als Harry das Feuerwehrhaus betrat und an einem der neuen Wägen vorbeiging, sah er niemanden, und es war auch nichts zu hören. Er schaute sich um und stand allein mitten im Raum. Er bemerkte einige Schrauben und Gewinde, die auf einem Metalltisch lagen. Etwas entfernt davon hing der kurze Teil eines Schlauchs über eine fahrbare Aluminiumstiege gewunden.

Im Raum standen zwei neue Feuerwehrautos, einsatzbereit zur Garagenausfahrt hin aufgestellt. Ein kleines historisches Fahrzeug war hinten quer zur Wand positioniert. Es stammte noch aus der Zeit der Pferdekutschen mit Löschwägen und war Teil des Vereinsmuseums. Überall waren die Wände bedeckt mit alten Hinweistafeln, Warnschildern sowie historischen Firmenzeichen von Hufschmieden und Wagnermeistern. Man müsste sich einmal die Zeit nehmen, um sich alles in Ruhe anzusehen, legte der Lokaljournalist für sich fest. Hier befand sich ein Stück Orts- und Landesgeschichte.

Harry Kain sah sich Museales gerne an. Er merkte sich viele Details und konnte sie später gedanklich für seine Artikel abrufen. Doch dazu war er heute nicht gekommen. Er wollte mit dem Fletzberger reden. Warum er den Stockreiter nicht gemocht hatte. Warum ihn die Amtssekretärin und der Bürgermeister Brunner mit ihren Aussagen schwer belasteten. Was denn – fix noch mal – im Amtshaus überhaupt vorgefallen war.

Er rief dessen Namen. Doch es tat sich nichts.

Daraufhin machte sich der Journalist auf den Weg in den hinteren Bereich und stieg dort einige Stufen hinab. Unten angekommen, befanden sich auf der einen Seite Toiletten, auf der anderen Garderoben und Aufenthaltsräume. Er durchquerte sie und sah Manfred Fletzberger an dessen Spint über eine kleine Kiste gebeugt. Er hatte Harry nicht kommen gehört und erschrak heftig, als dieser seinen Namen rief. Wie ertappt, räumte er einige Wertgegenstände, die er in der Hand gehalten hatte, zurück und verschloss den Spint.

Erfreut widmete er sich jetzt Harry.

»Hallo, alter Freund! Du bist wieder auf dem Damm. Das freut mich für dich.« Er wollte ihm kameradschaftlich mit der Hand auf die Schulter klopfen, wovor der Rekonvaleszente geschickt auswich. Zu sehr befürchtete er, dass dieser Klapps Kopfschmerzen verursachen würde. Manfred verstand und nickte verständnisvoll.

Während der Feuerwehrmann einige übrig gebliebene Gläser einsammelte, um sie anschließend in den Geschirrspüler zu stellen, plauderten sie über aktuelle Dorfangelegenheiten. Schließlich schnitt Harry auch das Thema an, weshalb er eigentlich gekommen war.

»Fredi, was hast denn du mit dem Stockreiter gehabt?«

Manfred Fletzberger hörte den Namen und seine heitere Miene veränderte sich augenblicklich. Sie gingen in die obere Halle und Fletzberger stellte sich an den Werktisch. Nach einer Weile antwortete er: »Es gibt Menschen, die machen einem im Leben alles zufleiß. So einer war der Berni Stockreiter.«

Harry Kain ließ das vorerst einmal so stehen. Er beobachtete Fredi, wie er die Schrauben mit einem Antirostspray bearbeitete und ihn dabei nicht ansah.

»Immer wieder hat er mich beleidigt. Egal, was ich gemacht habe. Sich als was Besseres empfunden.« Er stockte eine Weile. Dann fuhr er fort: »Am Jugendsommerfest damals von der Schule hat er mir auch meine Freundin, die Veronika, ausgespannt.« Man merkte ihm die Enttäuschung immer noch an. Mit gedämpfter Stimme versuchte er zu beschwichtigen: »Aber das ist schon lange her.«

»Verstehe. Wer war denn die?«

»Du kennst sie net«, antwortete eine weibliche Stimme, die plötzlich hinter dem größten Feuerwehrauto hervorkam. »Sie war die Schwester vom Franz Pöcksteiner. Die ist, kurz bevor du nach Großlichten gezogen bist, an Krebs verstorben. Gebärmutterkrebs. Zu spät entdeckt.«

»Mhm, hallo Hedi«, murmelte Harry nachdenklich.

Sie nickte ihm zu. »Aber es hat nicht lange gedauert, da haben der Fredi und ich uns kennengelernt. Aber das mit der Veronika hast du dem Berni, glaube i, net wirklich verziehen.« Der Angesprochene wandte sich ab. Seine Frau folgte ihm und drückte ihm ein Busserl auf die Wange. Daraufhin lächelte er und sah sie offen an.

»Und? Hat das lange gedauert mit der Veronika und dem Stockreiter?«

»Das hat mich dann nicht mehr interessiert. Aber ich glaube net.«

»Sag, und das mit deinem Pool? Wieso bist du so ausgerastet?«

»Wie meinst denn das?«

»Na, dass du den Berni vor Zeugen bedroht hast? So persönlich warst? Ist doch nur Wasser. A leerer Pool. Und des doch a net auf ewig.«

»Des sehen wir aber net a so. Warum sollen wir den ganzen Sommer über nicht schwimmen können? Nur weil einige sich an dem Wohnprojekt gesund verdienen und uns deshalb das Wasser ableiten!«

Harry sah ein, dass die Angelegenheit verfahren war und er keinen Einfluss darauf haben würde, dies zu ändern. Er konnte sich aber vorstellen, dass Fredi aus persönlichen Beweggründen die Baustelle im Visier hatte. »Sag, was anderes. Weißt du was über die Baustelle? Was geht dort in der Nacht ab? I war ja dort, wo mir das passiert is.«

Fletzbergers Blick wurde lebhaft. Harry dachte an das rege Treiben zu später Stunde, dessen Ausgang er nicht mehr erlebt hatte, weil die Sache mit der Eisenstange dazwischengekommen war. Manfred Fletzberger sah ihn listig an, als hätte er einen Trumpf in der Hand. »Also, da kann ich dir schon etwas erzählen …«

Harrys Mobiltelefon läutete und unterbrach das Gespräch. »Harry Kain«, meldete er sich.

Walli Winzer war am anderen Ende der Leitung: »Ich hab eben etwas Interessantes erfahren. Wir treffen uns in einer halben Stunde beim Pöcksteiner Franz. Können Sie kommen?«

»Ist es wirklich wichtig?«

»Ja.«

31. KAPITEL

Es war einfach nur schön, sich entspannt in der Gartenliege auszubreiten und die sanft dahingleitenden Schäfchenwolken zu beobachten. Das hatte sie schon lange nicht mehr gemacht. Zu viel war in der letzten Zeit los gewesen und hatte ihre Aufmerksamkeit gefordert.

Daher hatte Romy Steiner beschlossen, heute einmal etwas früher Feierabend zu machen.

Es war ruhig im Haus und im Garten. Die Kinder waren bei Freunden und Julia zu Besorgungen nach Langenlois gefahren.

Romy Steiner spürte, wie notwendig sie diese Ruhepause getrennt von ihren Lieben einmal brauchte. Kurze Zeit ohne Verantwortung zu sein. Nur für sich. Doch beruhigt wissend, dass alle bald wieder da waren, womit ihr Glück wieder vollständig sein würde.

Sie drehte sich zur Seite und sah in die hohe Naturwiese neben sich. Bei der Gartenplanung, die sie selbst vorgenommen hatte, hatte Romy einen großen Bereich des Gartens als Paradies für Insekten und Kleintiere angelegt. Sie beobachtete, wie ein Hirschkäfer sich abmühte, einen der Grashalme hochzuklettern. Was ihn zu dieser Anstrengung antrieb, konnte sie sich beim besten Willen nicht vorstellen. Den Saft der Pflanze würde er besser und leichter von unten saugen können. Aber vielleicht war das junge Grün an der Spitze für einen Hirschkäfer-

Gourmet delikater? Romy lächelte und sah seinen Bemühungen weiter zu. Ein selten gewordenes Pfauenauge umtanzte ihn und eine kleine Eidechse suchte schnell den Weg hinunter zur Uferböschung der Kleinen Krems.

Wie schön es hier war. Dabei hatte sie Großlichten, ihren Geburtsort und den ihrer Mutter, lange nicht aufgesucht. Zu sehr hatte sie der Gedanke an den Abschied von Julia damals geschmerzt. Ihre große Jugendliebe, die sie verloren glaubte. Auch von ihrem biologischen Vater, dem einstigen Schlossbesitzer, wusste sie lange nichts. Erst nachdem ihre Mutter gestorben war, hatte sie einen Brief von ihr gefunden, der alles erklärte. Ihre liebe, arme Mama.

Romy Steiner schloss die Augen und griff sich an den Hals. Dieses Würgen. Manchmal kam es noch. Wenn sie daran dachte.

Sie regten sie immer noch auf. Die Gedanken daran. An die alten Zeiten. An die schweren Zeiten. Die hatte sie nicht vergessen. Denn sie wäre beinahe daran zerbrochen. An der Umgebung. An den Lügen. An der Missachtung.

Aber jetzt war alles anders. Es gab Julia. Sie war bei ihr. Wollte bei ihr sein. Nicht mehr versteckt bleiben. Sie stand zu ihr. Vor allen Menschen. Vor aller Welt. Sie waren sogar verheiratet. Das war gut so. Und wichtig. Für sie beide. Für alle. Auch für die Gesellschaft.

Welches Glück. Mit den Kindern dazu. Diesen wunderbaren.

Die Wärme der eigenen Hand an ihrer Kehle, gleichsam dem Sitz ihrer immer noch geschundenen Seele, beruhigte sie. So lag sie eine Zeit lang da. Wechselte später in die embryonale Stellung. Dabei umschlang sie ihre angezogenen Knie mit den Händen. Ihre Augen hielt sie geschlossen.

So sehr wünschte sie sich, dass es endlich klappen würde. Ein gemeinsames Kind mit Julia zu haben. Nicht, dass sie Theresa und Philipp nicht wie ihre eigenen liebte. Ein Leben ohne die beiden konnte sie sich nicht mehr vorstellen. Nein. Sondern es war die Mystik vollkommener Liebe, mit der sie und Julia in einem neuen Leben miteinander verschmolzen. Romy verspürte eine große Anspannung in sich. Das war immer so, bevor sie in die Klinik nach Holland flogen. Bald war es wieder so weit. Ob es diesmal gelänge?

Romy liebte Julia. So sehr, dass sie es gar nicht fassen konnte. Tränen des Glücks überwältigten sie. Was war bloß mit ihr los? Solche Rührseligkeit? Das war ja fast, als wäre *sie* schwanger. Als wären ihre Hormone durcheinandergeraten. Was nicht sein konnte.

Julia versuchte es allerdings schon so lange. Sie hatten viel Geld dafür ausgegeben. Romys Nerven hingen daher bereits an einem seidenen Faden. Und dann war da vor vielen Jahren jemand gewesen, der ein Kind eingemauert hatte. Hier im Schloss. Bei ihnen. Gefunden jetzt. Jahre später.

Ein heftiger Lärm ließ Romy Steiner schließlich aus ihrem Nachmittagsschlaf hochfahren. Was war das? Sie hatte gedacht, dass sie allein im Schloss sein würde. Alle Arbeiten erledigt waren. Sie hatte auch die Mitarbeiter*innen für heute nach Hause geschickt.

Romy drehte sich um. Sah aber nichts. Sie suchte nach ihren Schuhen und machte sich auf den Weg.

Als sie im Schlosshof ankam, war alles ruhig. Wo der Lärm hergekommen war, konnte sie nicht genau sagen. Sie sah sich um, ob sie irgendjemanden oder etwas erkennen konnte. Doch da war nichts. Nach einer Weile sah sie im Umkleidebereich der Arbeiter*innen nach. Vielleicht war jemand zurückgekommen und hatte etwas vergessen? Sie drehte das Licht auf, sah jedoch niemanden.

Der Lärm war aber so gewaltig gewesen, dass sie keine Ruhe gab, bevor sie nicht wusste, was ihn verursacht hatte. Ihr nächster Weg führte sie zum neuen Restaurant, das bald eröffnet werden sollte. Dafür war sogar ein kleines Fest geplant. Alle, die mitgeholfen hatten, waren eingeladen.

Die Restauranttür fand sie angelehnt. Romy Steiner wusste, dass sie diese zugezogen und zuvor sogar überlegt hatte, sie abzusperren. Da aber niemand mehr da gewesen war, hatte sie sich dazu entschieden, nicht mehr nach oben in die Wohnung zu gehen, um den Schlüssel zu holen. Doch jetzt stand sie offen.

Romy Steiner zog daran und ging hinein. Und da sah sie, was den Lärm verursacht hatte: Ein Stapel mit bereits vorbereiteten kleinen Kaffeetabletts aus Metall war von der Theke auf den Steinboden gefallen. Doch was war dafür der Auslöser gewesen?

Ihr Instinkt riet ihr, sich weiterhin unauffällig zu verhalten. Sie ließ alles liegen und war bemüht, keines der verstreuten Stücke mit den Tennisschuhen zu berühren. Nur kein Geräusch verursachen! Dann würde sie gleich sehen, wer hereingekommen war. Und vor allem: weshalb?

Romy Steiner näherte sich geräuschlos dem Raumteiler zum großen Gastraum. Sie lehnte sich mit dem Rücken daran und begann, ihren Oberkörper langsam zur Seite zu drehen. Sie lugte nach vorn und sah jemanden, der sich tief nach unten beugte. Zwischen Wand und Boden setzte er ein Stemmeisen an und kratzte. Nicht fest, nur ein wenig.

Sie schaute aufmerksam zu, und ihr fiel die Akribie auf, mit der die Gestalt vorging. Romy suchte nach etwas Greifbarem, um für alle Fälle gewappnet zu sein. Sie fand das in Form eines an die Wand gelehnten Besens. Sie ergriff ihn, hielt ihn mit beiden Händen abwehrbereit hoch und schlich sich an. Wer die Gestalt war, konnte sie immer noch nicht erkennen.

Als sie ihr bereits nahe war, drehte sich diese plötzlich um und erschrak heftig.

»Romy, was soll das?«

Auch diese war verwundert: »Das möchte ich dich fragen, Cornelia!« Sie war erleichtert und stellte den Küchenbesen ab. Die angehende Architektin hatte sich vor Angst rückwärts auf den Boden gerollt und Arme und Beine abwehrbereit von sich gestreckt. Katzen machten das ebenso, wenn sie vor ihrem Gegner aufgaben.

Romy Steiner reichte Cornelia Figlmüller die Hand und zog sie hoch.

»Cornelia, was machst du denn da? Noch dazu mit dem Stemmeisen?«

Es lag am Boden. Cornelia Figlmüller hatte es im ersten Schreck fallen gelassen. Sie hob es auf und drehte es nervös in der Hand hin und her. »Beim letzten Mal, als ich mir den fertigen Bauteil angeschaut habe, hatte ich etwas verloren. Ich dachte, es sei unter die daraufgesetzte Bodenleiste gefallen. Um sie hochzuheben, habe ich das Stemmeisen gebraucht.«

»Und? Fündig geworden?« Romy wirkte aufgrund der Skurrilität der Lage eher belustigt als bekümmert.

Cornelia zuckte die Achseln. »Leider nein.«

»Was war es denn, was du gesucht hast? Vielleicht finde ich es.«

»Mein Ohrring. Aber vielleicht habe ich ihn anderswo verloren. Lass es!«

Cornelia Figlmüller begleitete Romy nach draußen in den Schlosshof. »Wo warst du vorher? Ich hab gerufen, ob jemand da ist.«

»Ach, ich bin im Garten ein bisschen weggedöst. Da hab ich dich nicht gehört.«

Cornelia lachte: »Sicher, das muss auch einmal sein. War ja viel los in den letzten Monaten.«

»Das kann man wohl sagen! Aber besonders aufregend ist für uns die Sache mit unserem geplanten Baby, das wir uns wünschen.«

»Das kann ich mir vorstellen.«

Romy erzählte vom aktuellen Stand, der Cornelia interessierte.

»Schön, dass du mir zuhörst.«

»Ist doch klar. Immerhin kennen wir einander schon länger. Und das ist keine leichte Situation für euch.«

»Sag, wie geht es dir eigentlich mit dem Tod vom Berni? Immerhin wart ihr doch eng«, fühlte Romy Steiner sich bemüßigt, nachzufragen.

Cornelia Figlmüller schien das beiläufig zu nehmen. »Du, für mich war es eher eine Zwischendurch-Sache.

Also nicht, dass du glaubst, es wäre mir egal, das mit seinem Tod. Aber er war mein Chef, und wir hatten Spaß in jeder Beziehung. Ich wusste doch, dass er neben mir andere hatte. So war er eben.«

»Und? Das hat dir nichts ausgemacht?«

»Warum? Geblieben wäre ich sowieso nicht bei ihm, auch wenn er gewollt hätte. Er war nicht mein Typ. Ich bin, wie du weißt, queer.«

Romy räusperte sich. »Ja, Sexualität ist eine vielschichtige Sache. Man sollte sie und den eigenen Bezug dazu gut kennen.«

»Bin damit am besten Weg«, lachte die hübsche junge Frau. »Ich hole noch schnell den Trolley von Walli Winzer aus der Garderobe. Sie hat mich vorhin gebeten, ihn mit ins Schloss zu nehmen. Sie wirft, glaube ich, echt die Nerven weg und flüchtet aus ihrem Haus. Die Schuttberge, die dort sind, kann sie einfach nicht mehr sehen. Sie schiebt Panik, habe ich den Eindruck. Bis die Möbel an ihrem Platz stehen und das Haus geputzt ist, will sie bei euch bleiben.«

»Gut, dass ich das auch erfahre. Aber so lange dauert das in ihrem Haus ja hoffentlich nicht mehr. Wir hatten ihr das Gästezimmer längst vorgeschlagen. Warum sie unser Angebot erst jetzt annimmt, verstehe ich nicht. Du weißt ja: das Zimmer im ersten Stock, neben unserer Wohnung.«

»Alles klar«, lächelte Cornelia die Schlossherrin herzlich an und machte sich auf zum Seiteneingang des Gebäudes, als Florian Wagner den Hügel hochkam. Er schaute Cornelia nach, steuerte aber Romy an.

»Na, bist du zufrieden mit der Rundumerneuerung deines Anwesens? Es hat zwar einige Zeit gedauert, aber irgendwann wird schließlich doch alles einmal fertig. Was sagst du zur neuen Gartenanlage vor dem Schloss?«

»Frag nicht so. Das weißt du doch. Ich bin mächtig stolz darauf. So schön habt ihr die Pläne umgesetzt. Das hätte ich nicht zu träumen gewagt«, freute sich Romy Steiner.

»Geh, du bist doch die Gartenplanerin. Und noch dazu eine tolle. Super, dass wir noch miteinander arbeiten wie in an diesem Projekt«, freute sich Florian.

Cornelia kam jetzt mit Wallis Trolley zurück. »Romy, und wo ist der Schlüssel zum Zimmer?«

»Der steckt in der Tür.«

»Alles klar.« Cornelia versuchte, Florians Staunen zu deuten. Denn er sah sie verdutzt an, da sie Walli Winzers Trolley, den er von der gemeinsamen Salzburg-Reise her kannte, hinter sich herzog.

»Ah, du schaust wegen des Koffers. Walli hat im Schloss das Gästezimmer«, erklärte Romy.

Florian schien das gar nicht recht zu sein. Obwohl er es war, der Walli seit ihrer beider Rückkehr auf Distanz hielt. Dennoch irritierte ihn Cornelias Anwesenheit.

Er war gekommen, um mit Romy Steiner das Ausstellen seiner Rechnungen zu besprechen. Daher hatte Florian Cornelia nicht erwartet. Und schon gar nicht mit Wallis Gepäck.

»Soll ich helfen?«, fragte Florian.

Cornelia sah seine Verbissenheit und verstand. Sie grinste und zog den Trolley wortlos hinter sich nach.

»Was ist, Florian? Ist es wegen Walli?«

Sie kamen nicht mehr dazu, weiterzusprechen, weil Baumeister Eduard Altmeier den Hügel hochkam. Er wirkte außer Puste, da er ziemlich schnell unterwegs war.

»Hallo miteinander! Störe ich?«

»Nein. Wir plaudern ein wenig«, sagte Romy und wandte sich an den Gärtnermeister: »Florian, wir vereinbaren für unser Gespräch doch lieber nächste Woche einen Termin im Büro. Da haben wir dann auch den Computer zur Hand.«

Florian nickte und stimmte zu.

»Ich wollte wirklich nicht stören, sondern nur sagen, dass wir jetzt den letzten Bagger wegführen und alles fertig ist. Falls Sie noch etwas brauchen, rufen Sie mich an.«

»Vielen Dank, dass das doch so schnell gegangen ist.«

»Na ja, da wir auf die behördliche Genehmigung für das Wohnprojekt immer noch warten müssen, war das hier für die Baustelle ganz gut.«

Inzwischen schlenderte Cornelia Figlmüller mit den Händen in den Hosentaschen zur Gruppe.

»Ah, Cornelia, wir sind fertig.« Altmeier lächelte ihr zu. »Sag, täusche ich mich, oder ist das chic, nur einen Ohrring zu tragen?«

Sie seufzte: »Keine Absicht. Ich war eben auf der Suche danach.«

»So ein Zufall. Auch Ingrid findet ihren nicht mehr. Der sieht aus wie deiner, diese Ringe mit Brillanten. Wenn man sie zusammenlegt, ergeben sie ein Paar. Aber keine Sorge. Der bleibt dir. Ich fahre jetzt nach Zwettl zum Juwelier und besorge neue. Ich überrasche damit die Ingrid.«

Florian sah sich mit seiner Geschichte auf den Plan gerufen: »Das erinnert mich übrigens an meine nächtliche Episode, die ich kürzlich erlebt habe. Jemand hat im Wald etwas ausgegraben, das nicht groß war. Ich vermute ein Kästchen. Er hat mich bemerkt und ist losgelaufen. Sag, ist das heute noch üblich, dass Leute Schmuckkästchen im Wald vergraben, statt es in einem Tresor aufzubewahren?«

Alle blieben still. Nur Romy Steiner antwortete letztlich amüsiert: »Na ja, verhaltensoriginell sind bei uns im Waldviertel ja einige, wie du weißt. Wenn das einer immer so gemacht hat? Seine Eltern und seine Großeltern …«

»Na dann werde ich wohl nie erfahren, was ich wirklich gesehen habe«, vollendete Florian den Satz.

Der Baumeister schlug die Hände ratlos zusammen und signalisierte damit, dass er sich langsam in Bewegung setzen würde. »Den administrativen Kram erledigen wir nächste Woche, schlage ich vor. Da wäre es gut, wenn die Ingrid dabei ist. Die kennt sich mit der Buchhaltung besser aus als ich. Die neuen Ohrringe werden sie vielleicht etwas motivieren«, grinste er und blickte nochmals zu Cornelia, um sich dann selbst zu loben. »Da unke noch einmal jemand, dass Ehemänner nicht aufmerksam wären.« Sprach es und verschwand.

32. KAPITEL

Franz Pöcksteiner saß auf der Küchenbank in seinem Haus und hielt die Hände vors Gesicht. Er zog mit der Nase auf und stützte sich dann mit den Ellbogen auf dem Küchentisch ab. Tränen rannen ihm über die Wangen. Er änderte die Position und legte seine Hände gefaltet um die Nase. Dadurch schützte er die alten Fotos, die vor ihm lagen.

Vielleicht hätte er sie nach all den Jahren doch nicht hervorkramen sollen. Diese alte Zeit. Sie einfach ruhen lassen. Dort belassen, wo sie gewesen war. In der Vergangenheit. Sie nicht zurückholen. Alles dadurch wieder aufwühlen.

Er wischte sich mit dem Ärmel die Tränen aus dem Gesicht. Zog dann ein Stofftaschentuch aus der Hosentasche und schnäuzte sich.

Pöcksteiner nahm eines der alten Schwarz-Weiß-Fotos in die Hand. Es zeigte ihn als Kind. Vor ihm saßen seine Eltern, neben ihm stand seine kleinere Schwester Veronika. Er wusste noch genau, wo sie die Fotos aufgenommen hatten. Das war im Fotostudio in Zwettl gewesen. Das hatten viele damals für Familienfotos gewählt. Schön sollten sie ausschauen und professionell. Einen Fotoapparat hatten damals die wenigsten gehabt. Die Eltern sparten lange auf das Fotoshooting. Denn billig war so etwas nicht.

Er nahm noch ein zweites Schwarz-Weiß-Foto heraus: Da war er, der Franz, darauf beim Holzhacken zu sehen. In die Kamera hatte er damals nicht geschaut. Zu schüchtern war er gewesen. Dabei konnte er das Holz noch nicht einmal mit dem Beil auseinanderhacken. Er war zu klein und schwach dafür gewesen. Die Erwachsenen hatten ihn dahingestellt und ihm gesagt, dass er so tun solle, als ob. Dabei war das eine schwere Hacke gewesen, konnte er sich noch gut erinnern. Das Holzscheit erwischte er damit nicht, sondern es rutschte ihm sogar weg. Die Veronika hatte dann gelacht. Er hingegen fand das gar nicht lustig. Wäre dabei fast hingefallen. Das Beil mit ihm. Nicht auszudenken, vom heutigen Standpunkt aus, was ihm da hätte passieren können. Tat es jedoch zum Glück nicht. Aber er war schon ein bisserl sauer auf den Nachbarssohn gewesen, der damals das Foto unbedingt hatte machen wollen. Er war viel älter gewesen als er und hatte sich die Kamera ausgeborgt. Ja, da war aus der Ferne noch der alte Stadl darauf zu sehen. Den ließ er, Franz, später abreißen, als er den Hof von den Eltern übernommen hatte. Weil der Stadl dann baufällig geworden war. Lange war das alles schon her. Sehr lange.

Franz Pöcksteiner sah sich das Foto noch genauer an. Er hielt es in den Händen und führte es nahe zum Gesicht. Das Profil von der Veronika war auch darauf zu erkennen. Sie amüsierte sich, weil die Szene so lange gedauert hatte, bis sie endlich im Kasten war.

Einige Jahre später war ihr am gleichen Platz das Lachen allerdings vergangen. Nur ein paar Meter davon entfernt. Im alten Stadl. Der Veronika. Seiner Schwester.

Gut verstanden hatten sie sich. Immer. Waren einander vertraut. Musste man ja sein. Na ja. Sollte man, wenn sie als Kinder in einer Wirtschaft von klein auf immer mithelfen mussten. Denn spielen miteinander, wie man das heute auf dem Land verstand, war damals nicht drin. Alle Hände wurden auf einem Bauernhof gebraucht. Da gab es noch nicht so viele Maschinen wie heute, und verwertet wurde in einer Landwirtschaft eben alles. So waren die Kinder eingeteilt, Äpfel und Birnen zu klauben. Mussten Botendienste verrichten. Manchmal wurden sie sogar an andere Familienmitglieder mit Kleinstbetrieben als Hilfskräfte verborgt. In den Sommermonaten. Weil da keine Schule war. Ferien gab's für sie keine. Nur Arbeit. Und das war üblich.

Von zu Hause weg zu sein war für ihn aber nicht schön. Die Eltern und die Schwester waren fort. Er in einer fremden Umgebung gewesen. Da musste der Franz oft weinen. Am Abend. Heimlich. In seine Bettdecke hinein.

Wenn er später wieder in Großlichten war, fühlte er sich glücklich. War erleichtert. Seine Schwester wieder ein wenig necken zu können. Das machte schließlich Spaß. Jaja, sie hatte ihm das dann ganz schön zurückgegeben. Schuldig ist sie ihm nichts geblieben, die liebe Veronika. Wahrlich nicht. Lustig war sie immer gewesen.

Aber dann das! Dass sie es so lange geheim gehalten hatte. Vor allen. Auch vor ihm. Obwohl sie ihm doch vertraute. Ihm immer viel anvertraut hatte. Doch das? Das nicht.

Nur zufällig war er darauf gekommen. Als sie sich nämlich einmal bückte und nicht wieder hochkam. Da hat er ihr geholfen aufzustehen und sie gefragt, was denn mit ihr los sei. Sie war ihm dann weinend um den Hals gefallen. Hatte so geschluchzt, dass ihre Tränen ihm seitlich in den Kragen geflossen waren. Da hatte sie es ihm erzählt. Alles.

Jetzt wusste er Bescheid. Wenn das die Eltern erfahren hätten, wäre es schlimm geworden. Vorwürfe hätten sie gemacht. Ihr. Ihm. Aus wäre es mit dem Hausfrieden gewesen. Ins katholische Internat hätten sie die Veronika gesteckt. Wo es streng und unpersönlich war. Weg wäre sie aus Großlichten gewesen. Weg auf lange Zeit. Weg von ihm, wo sie sich als Geschwister doch so gut verstanden.

Franz Pöcksteiner nahm wieder eines der alten Fotos. Darauf war seine Schwester im Teenageralter zu sehen. Das Foto hatte wie die anderen der Nachbarssohn aufgenommen. Sich ständig geeignete Motive zum Fotografieren ausgesucht. Eben die Veronika. Die war ja wirklich ein hübsches Mädchen gewesen. Später auch eine schöne Frau. Hatte leider einen weniger netten Kerl geheiratet. Kein Glück hatte sie mit den Männern gehabt.

Mit seiner Frau, die schon tot war, hatte sich die Veronika gut verstanden. Von Anfang an. Franz Pöcksteiner freute sich jetzt noch darüber. Denn oft war das nicht der Fall. Zumindest kannte er nicht viele, bei denen das so gewesen war. Manchmal fühlte sich die Ehefrau im Schatten der Schwester. Mochte sie daher nicht. Der Ehemann stand dann zwischen den Fronten. Doch die Veronika gönnte ihm sein Glück. Wollte da nicht dazwischenfunken. Auch wenn sie selbst nach dieser Geschichte nie wieder froh werden konnte. Nichts vergaß. Etwas in ihr zerstört worden war. In ihrem Innersten. Bis sie schließlich starb.

Franz stützte seinen Kopf erneut auf und weinte. Er hätte diese alte Geschichte ruhen lassen sollen, dachte er erneut. Nicht mehr daran denken. Was nicht mehr zu ändern war, war nicht zu ändern.

Jahrelang hatte er alles verdrängt. Doch dann kam er zurück. Selbstherrlich und anmaßend. Wie immer. Tat so, als gehörte ihm das ganze Dorf. Und viele machten mit. Stellten sich ihm nicht in den Weg. Die anderen kaufte er mit seinem Geld. Aber ihn nicht. Niemals. Nicht nach dieser Angelegenheit. Nicht, nachdem er sein und das Leben seiner Schwester für immer verpfuscht hatte. Er zusehen musste, wie Veronika daran zerbrach.

Warum hatte er das Metallkästchen nur ausgegraben, das verstand Franz Pöcksteiner selbst nicht und bereute es. Einst hatte er die Fotos aus dem Haus verbannt. Damit er sie nicht mehr sehen musste. Keine Erinnerungen wach würden. Vergangenheit einfach Vergangenheit bliebe. Zumindest nach dem Tod der Schwester. Endlich.

Aber es war nicht so. Sein Zurückkommen wühlte alles von Neuem auf. Die alten Wunden.

Erneut wollte er durch ihn seinen Vorteil haben. Wie damals. Ohne dass er es allerdings wusste. Gewusst hatte. Jetzt aber war er wahnwitzig geworden, mit ihm um die wenigen Quadratmeter Grund für die Einfahrt zur neuen Wohnsiedlung zu streiten. Die würde er aber nie bekommen. Das schwor er sich. Sie alle würden die nie bekommen. Wenn, dann nur über seine Leiche.

Franz Pöcksteiner seufzte und kam wieder aus seiner gekrümmten Haltung hoch. Er benutzte erneut das Taschentuch und steckte es weg. Er verspürte Durst. Als er aufstand, um sich ein Glas Wasser zu holen, hörte er aus dem Stall eines der Jungtiere brüllen. Er trank schnell aus, um nachzusehen, was die Ursache dafür sein konnte. Oder ob es einfach nur dessen Ruf nach der Mutter war, die entfernt von ihm stehen würde.

Als er hinausging, war es bereits dunkel geworden. Der Mond war noch nicht aufgegangen. Doch es war hell genug, dass er keine Taschenlampe brauchte, um sich auf dem Weg zurechtzufinden. Schließlich kannte er auf seinem Hof jeden Winkel. Er ging geradewegs auf die Stallungen zu. Zuvor hatte Franz Pöcksteiner seine Kühe gemolken und wusste daher, dass er die Tür verriegelt hatte.

Nun stand sie offen. Er sah sich das Schloss genauer an, es war nicht aufgebrochen worden.

Franz Pöcksteiner ging zum Kälbchen, das er in Unruhe vermutete. Doch es stand friedlich neben seiner Mutterkuh. Auch von den anderen Rindern war kein Laut zu hören. Fast alle schliefen und hatten sich im Stroh gebettet.

Der Bauer nahm eine Heugabel und schubste das aus den Boxen herausgefallene Stroh wieder zurück. Da war ihm plötzlich, als hätte er jemanden am Stallfenster vorbeihuschen gesehen. Er verhielt sich ruhig, da er die Kühe nicht wecken wollte, umklammerte die Gabel in der Hand nun fester. Franz Pöcksteiner ging hinaus und durch die hintere Hoftür auf die andere Stallseite. Obwohl die Außenwand des Bauernhofs sehr lang war und er daher die Person hätte sehen müssen, war niemand da.

Pöcksteiner senkte die Heugabel und ging in den Stall zurück. Er lehnte sie an eine der Boxen, warf einen letzten Blick auf das Kälbchen und machte sich danach auf den Weg ins Haus. Da er ein wenig verunsichert war, beschloss er, die Tür der Einfahrt heute zu schließen.

Vielleicht wollte ihm jemand einen Streich spielen. Jugendliche aus dem Ort, denen langweilig war. Das kannte er selbst von früher. Sein Bauernhof stand immerhin am Ende des Orts und war daher gut als Treffpunkt geeignet, um dann gemeinsam weiterzuziehen.

In Gedanken versunken ging er zum Eingang seines Wohntrakts. Vom seitlichen Holzstoß nahm er sich einige Scheite, um am Morgen den Küchenherd anheizen zu können. Den hatte er noch aus seiner Kindheit erhalten. Und solange der funktionierte, wollte er ihn nicht weggeben. So etwas verstand er unter Nachhaltigkeit, sogar das Kochen damit.

Als Franz Pöcksteiner sich umdrehte, erschrak er nicht wenig: Walli Winzer und Harry Kain standen wortlos vor der Tür und warteten auf ihn.

»Was macht ihr denn da? Is leicht was g'schehen?«, fragte er irritiert.

»Franz, wir wollen mit dir reden, bevor morgen der Sepp Grubinger das mit dir machen wird«, versuchte Harry möglichst behutsam zu wirken.

»Wieso? Is es wegen der paar Meter Zufahrt zum Wohnprojekt?« Seine Stimme wurde fest und unerbittlich. »Das könnt's euch abschminken. Die geb i net her. Und wenn's zu an Prozess kommt. Den möchte i erleben.«

»Sei net kindisch. Es is was anderes. Aber ich hab das Gefühl, es hat was damit zu tun.« Harry machte Anstalten, als Erster ins Haus gehen zu wollen, was Pöcksteiner verhindern wollte.

»Gehn S', Pöcksteiner, sein S' doch gscheit. Sie wollen's doch auch loswerden, nach der langen Zeit.« Walli Winzer stellte sich neben den Eigensinnigen. »Die Geschichte mit Ihrer Schwester. Da war doch was.«

Franz Pöcksteiner blieb wie angewurzelt stehen.

»Franz, komm!« Harry Kain deutete mit einer Kopfbewegung ins Haus hinein.

Sie setzten sich um den alten Tisch, und der Bauer starrte auf die vor ihm liegenden Fotos. Ohne etwas zu sagen, sortierte er sie langsam in das Metallkästchen zurück. Dann stützte er den Kopf auf eine Hand, sah auf die Tischplatte und fragte: »Was wollt ihr wissen?«

»Franz, die von der Gerichtsmedizin haben das Babyskelett auf seine DNA hin untersucht: Der Vater von ihm war der Bernhard Stockreiter. Und die Mutter, vermuten der Altmeier und der Peppi Brunner, war deine Schwester. Stimmt das?«

Karl Pöcksteiner wirkte gebrochen. Er erzählte von der Angst seiner Schwester, dass jemand mitbekäme, dass sie als Sechzehnjährige schwanger gewesen war. Sie hatte es fast neun Monate lang geheim gehalten. Fürs Turnen in der Schule war sie immer krank gewesen, hatte weite Kleider getragen, damit es nicht einmal ihre Freundinnen gemerkt hatten. Hatte sich sehr von allem zurückgezogen. Der Stockreiter wollte aber nichts mehr von ihr wissen. Dabei war sie so verliebt in ihn gewesen. Dann hatte er ihr vorgeschlagen, das Kind gleich nach der Geburt wegzugeben. Vor ein Krankenhaus zu legen. Anonym. Dann würde niemand etwas davon erfahren. Auch ihre Eltern nicht. Das Baby käme zu netten Leuten. Dafür würden die dort sicher sorgen. Er wollte danach wieder zu ihr zurückkommen, hatte der Lügner versprochen, und sie hat es geglaubt.

Franz Pöcksteiner schlug schluchzend die Hände vors Gesicht.

»Sie wollte das Kind allein bekommen. Im alten Stadl oben. Aber sie hat Angst gekriegt und mir alles erzählt. Ich hab ihr dann geholfen. Bei der Geburt. Das viele Blut. Die Schmerzen. Ich hab halt gedacht, ich mach es wie unser Vater bei den Kälbern, wenn ein Junges auf die Welt kommt: ziehe einfach am Kleinen. Aber da waren plötzlich die Beine statt dem Kopf, und ich hab an ihnen gezogen. Und da war dann die Nabelschnur um seinen Kopf geschlungen. Das Baby hat nur geröchelt. Ich hab das nur für die Veronika gemacht. Und ich bin aus Panik hinaus mit dem Kind. Aber es wollte nicht schreien. Es wollte nicht und nicht schreien«, wiederholte er verzweifelt.

Walli und Harry sprachen kein Wort.

Pöcksteiner richtete sich auf und setzte mit Grabesstimme fort: »Ich bin dann hinunter, hab das tote Baby in eine Decke gehüllt und bin zum Schloss gefahren. Da haben die Arbeiter kurz zuvor die Trägerwände gegossen. Da hab ich es in den noch flüssigen Beton fallen lassen. Es war gleich weg. Seinen Kopf verhüllte eine graue Betonschichte. Nichts war mehr zu sehen. Nur eine glatte Fläche. So, als wäre nie etwas geschehen. Nie jemand da gewesen. Für immer ruhend. Im Grab. Im Betongrab. Das liebe, kleine Kind. Der liebe Gott hat es zu sich genommen. Wieder. Hat das besser gefunden. Für das Baby. Und für die Veronika. Hab ich damals gedacht.«

Er atmete schwer. Zuckte mit den Augen. Sammelte sich erneut.

»Drei Kreuze hab ich über sein Grab gemacht, das Vaterunser und ein Gebet gesprochen. Daher ist es sicher gleich in den Himmel kommen. Das Kleine. Das Unschuldige.«

Erschöpft sah Franz Pöcksteiner ins Leere.

Wie aus dem Nichts sprach er weiter: »Die Veronika war nie wieder das lustige Mädel, das sie vorher gewesen war. Der Stockreiter ist natürlich nicht zu ihr zurückgekommen. Und mir hat sie nie wirklich verziehen, dass ich ihr das Baby weggenommen habe.«

Er fauchte. Wankte im Sitzen, als würde er jede Sekunde in sich zusammensacken. Doch plötzlich überkamen ihn ungeahnte Kräfte. »Und jetzt wollen diese Schweine noch die Zufahrt zum Wohnbau von mir haben. Wieder zu ihrem Vorteil. Schwärzen mir dabei die Veronika noch posthum an. Der Stockreiter, die Sau. Und die anderen. I bring sie alle um!«

Franz Pöcksteiner stürmte außer sich vor Wut an Walli Winzer und Harry Kain vorbei zur Tür hinaus, nahm vorher seinen Autoschlüssel von der Kommode und brauste mit laut aufheulendem Motor los.

33. KAPITEL

Er blickte in den Spiegel und fand, dass er heute besonders gut aussah. Zufrieden richtete er sein Haar und korrigierte seinen Hemdkragen. Dann ging Eduard Altmeier noch näher heran und begutachtete seine Zahnreihen. Schließlich bürstete er seine Augenbrauen nach oben, denn er fand, dass sein Blick dadurch freundlicher, heller wirkte. Und das sollte er heute auf jeden Fall sein.

Altmeier hatte sich auf diesen Abend gut vorbereitet. Er war zum Friseur gegangen und hatte sich dort rasieren lassen. Dann hatte er in Zwettl den Juwelier besucht und für seine Frau neue Ohrringe gekauft. Er kannte den Juwelier schon lange. Einst hatte Eduard Altmeier dort nicht nur den Verlobungsring, sondern auch die Eheringe für sich und seine Frau gekauft. Heute war wieder ein besonderer Tag.

Ingrid und er hatten letztens keine sehr gute Zeit miteinander gehabt. Die viele Arbeit hatte sie einander entfremdet, wie er zu beobachten meinte. Doch groß zum Nachdenken kam er nicht. Ständig war er mit neuen, unvorhersehbaren Entwicklungen bei den Bauprojekten konfrontiert. Die Gangart zwischen den Projektwerbern wurde zusätzlich immer härter. Meistens ging es ja um große Bauvorhaben. Da wurde viel Geld umgesetzt. Um nicht zu sagen: astronomische Beträge. Wahre Goldgräberzeiten waren es geworden. Dementsprechend wollten viele mitmischen. Bis zum kleinsten Rädchen der Baubranche. Klar wollten da auch die Bauarbeiter mehr haben. Doch dass diesmal der Materialschwund im Vergleich zu anderen Bauvorhaben einfach zu viel war, störte sogar ihn. Deshalb gab es jetzt den Ärger mit den Umweltschützern. Sie hatten ihm schließlich selbst einen mächtigen Denkzettel mit der Steinattacke verabreicht. Er fuhr sich mit der Hand an den Verband an der Schläfe. Ja, das sah zwar nicht schön aus, aber Ingrid würde ihn weiterhin mögen. Das hoffte er zumindest. Und dass der Peppi die Geschichte mit dem Wohnungsbau hinbekommen würde. Denn die Cornelia war jetzt schon eine gute Architektin. Aus der würde sicher noch etwas werden. Sogar ohne den Berni.

Ja, der Bernhard. Der hatte in seinem Leben eine besondere Rolle gespielt. Alles, was er sich nie zugetraut hatte, war für ihn bloß eine Herausforderung gewesen, der er sich immer gestellt hatte. Deshalb hatte er es in seinem Leben so weit gebracht, der Berni. Er war wagemutig und intuitiv. Konnte aber von einem Moment zum anderen eine völlig andere Seite von sich zeigen. Irgendwie war das wohl eine seiner Taktiken gewesen, um immer das zu bekommen, was er wollte. Seine Kontrahenten geschickt mit einem unvorhersehbaren Schachzug mattzusetzen. Sie davor richtig eingeschätzt zu haben.

Dafür hatte er ihn immer bewundert, für diese Begabung. Tief in die anderen hineinsehen zu können. Den richtigen Tonfall zu finden. Mit ihnen. Gemeinsam. Eine Entscheidung zu treffen. Sie zur Gänze auf seine Seite zu ziehen, um ihnen letztlich seine Überzeugung aufzuerlegen. Das war der Bernhard Stockreiter. Das Ausnahmetalent. Gewesen.

Eduard Altmeier stand weiter vor dem Spiegel und drückte vorsichtig auf den Rand seines Verbands. Danach betrachtete er sich im Spiegel. Er sah einen nicht unattraktiven Mann mittleren Alters. So schlank wie der Berni war er zwar nicht, aber zum Glück nicht dick. Ingrid und er waren schon länger auf mediterrane Kost umgestiegen. Die war nicht nur gesünder als die Waldviertler, sondern versprühte das Flair der großen weiten Welt. Des Meeres.

Das hatten sie lange nicht mehr gesehen. Das Mittelmeer. Die Küsten Italiens. Griechenlands. Oder Istriens in Kroatien.

Er betrachtete seine Stirnfalten kritisch. Nahm dann ein wenig Creme und legte sie sorgsam darüber. Was er für seine Ingrid alles tat. Immer getan hatte. Manchmal wurde ihm richtig angst und bang. Bei dem Gedanken, dass sie ihn verlassen könnte. Die, die er liebte. Die er brauchte. Für sein Leben. Immer schon.

Seine Falten wurden plötzlich tiefer, hatte er den Eindruck. Sein Blick finster.

So würde er sie, wie er eben aussah, nicht mehr für sich einnehmen können. Wie er es vorhatte. Was gelingen musste. Jetzt, wo Bernhard Stockreiter tot war. Sie daher nicht mehr abgelenkt sein würde. Von ihm. Seinem Alter Ego. Seinem Jugendfreund. Dem Erfolgreichen.

Er würde Ingrid heute sagen, wie viel sie ihm bedeutet. Selbst nach dieser langen Zeit noch. Dass sie ein Teil seines Lebens war und blieb. Dass sie zu ihm gehörte. Auch in Zukunft.

Deshalb hatte er beim Hannes Lechner ein exklusives Gala-Menü für zu Hause bestellt mit den teuersten Weinen, die er im Keller finden konnte. Als Aperitif sollte es bereits einen der besten Kamptaler Sekte – Blanc de Boirs Extra Brut Große Reserve 2015 vom Weingut Bründlmayer – geben, handgerüttelt aus alten Eichenfässern. Das würde bestimmt von Anfang an die Stimmung zwischen ihnen heben. Ingrid liebte Sekt. Wenn er ihr dann die kostbaren neuen Ohrringe zeigen würde, wären der Abend und ihre Beziehung gerettet, war er überzeugt.

Seine Frau war spontan, manchmal nahezu sprunghaft. Emotional, wie man dazu sagte. Doch sie war zugleich diszipliniert und fügte sich in unabänderliche Umstände. Eine Ehe und eine seit Generationen etablierte Firma waren in Niederösterreich noch etwas wert. So wie auch ihm. Aufgeopfert hatte er sich für Ingrids Familienbetrieb. Die Schwiegereltern waren ihm dafür immer dankbar gewesen. Hatten ihn von Anfang an wie ihren eigenen Sohn behandelt. Ihn unterstützt. So wie die Ingrid. Dann kam ihr Sohn auf die Welt. Der musste sich von Anfang an ins Betriebsregelwerk einfügen. Sollte es später einmal übernehmen. Das hoffte Eduard Altmeier. Immer noch. Ingrid bemühte sich um ihn.

Er war immer ein artiges Kind gewesen. Erst später hatte er gegen diese für ihn gedachte Aufgabe rebelliert. Für ihn stand das Unternehmen zu sehr im Mittelpunkt der Familie. Alles war nach ihm ausgerichtet. Geplant wurde nur von langer Hand. Sogar das Familienleben. Spontanität vertrug ein Familienbetrieb eben nicht. Nicht einer von dieser Größe. Ein Mittelbetrieb.

Mittlerweile hatte Eduard Altmeier verstanden. Er war am Zenit seines Erfolgs angekommen. Mehr ging ohne Umstrukturierung der Baufirma nicht. Er hatte eine stabile Auftragslage erreicht.

Bernhard Stockreiter hatte er einiges zu verdanken. Der hatte das Augenmerk stets auf ihn gezogen. Ihn in den letzten Jahren immer wieder als Baumeister favorisiert. Natürlich musste er für dessen Empfehlungen bezahlen. Denn ohne so etwas machte es der Berni nie.

Der war schon immer ein Gewitzter. Ja, *gewesen*, fiel ihm gleich wieder ein.

Eduard Altmeier sah sich nochmals prüfend im Spiegel an. Er schien zufrieden mit dem, was er darin sah, und straffte seine Schultern unter dem Jackett.

Dass die Ingrid, *seine* Ingrid, sich so für den Berni interessiert hatte. Das hatte ihm nicht gefallen. Ein Punkt, den er seinem Schulfreund übelnahm. Denn er, Altmeier, gab etwas auf Loyalität. Gerade wenn man im Baugewerbe mit vielen Unregelmäßigkeiten zu tun hatte, musste man sich aufeinander verlassen können. Das war wichtig. Immer und überall. Daher auch, wenn es um seine Ingrid ging.

Altmeier griff zu einem Eau de Toilette und besprühte sich. Nicht zu viel. Darauf war er bedacht. Denn Ingrid sollte ja nicht davon benebelt werden, sondern die Gesamtheit des Abends, den er für sie arrangiert hatte, genießen. Die Distanz, die sich in den letzten Monaten zwischen ihnen aufgebaut hatte, einfach wieder überwinden zu können, das wünschte er sich.

Er zog seine Hauspantoffel aus und seine zum Smoking stilgerecht passenden Lackschuhe an. Dann ging er ins Wohnzimmer, holte den Sekt aus dem Weinschrank und legte ihn in die mit Eiswürfel befüllte Silberschale, die der Garçon vom »Grauen Mohn« bereits vorbereitet hatte. Er sah zum beeindruckend gedeckten Esstisch. Darauf befand sich feinstes Porzellan mit modernem Silberbesteck. Dazu hauchdünne Gläser von Lobmeyr auf einem kostbaren weißen Satintischtuch. In der Tischmitte zog ein lang gestrecktes Blütenarrangement die Aufmerksamkeit auf sich. Der vertraute Wohnraum erhielt dadurch eine völlig neue Prägung. Eduard Altmeier wünschte sich, dass Ingrid das ebenso sehen könnte und sie ihre Beziehung erneuern würden.

Es war vor der vereinbarten Uhrzeit. Ingrid war deshalb nicht heruntergekommen und der Garçon mit den Vorspeisen noch unterwegs.

In seiner Anspannung ging Eduard Altmeier zur Minibar und schenkte sich einen Malt-Whisky ein. Er nahm ihn heute britisch – ohne Eis, beschloss er. Er wollte den Geschmack pur genießen. Pur wie das Leben. Das er gleich erleben würde. Wollte. Denn er wusste nicht, ob Ingrid seine Avancen begrüßen würde. Dazu bereit war, einen Neuanfang mit ihm zu wagen.

Er nahm einen Schluck und ging nervös im Zimmer auf und ab. An der Terrassentür stehend sah er hinaus in den Garten, der vor Kurzem neu angelegt worden war. Zu ihren alten Obstbaumsorten kamen einige neue Blumenrabatten dazu, und die alten, holzigen Sträucher am Zaun wurden verjüngt.

Da Ingrid Rosen liebte, hatten sie um die vorherigen ein kleines Rosarium anlegen lassen, dessen Farben sogar in der Dämmerung noch deutlich leuchteten. Eduard Altmeier kam die Idee, die schönste Rose aus dem Blumenbouquet zu ziehen, um sie danach Ingrid als Rosenkavalier zu überreichen. Er steckte sie in seine Tasche, stellte sich zurück ans Fenster und nippte an seinem Whisky.

Plötzlich hörte er die Tür im oberen Stockwerk des Hauses und kurze Zeit später erschien Ingrid Altmeier in einem auffallenden, roten Cocktailkleid auf den Stufen der Treppe. Da das Seitengeländer aus Hartglas war, konnte Eduard Altmeier sie, während sie herunterschritt, die ganze Zeit über betrachten. Sie sah umwerfend aus. Wie sie das immer schon tat.

Altmeier kam ihr entgegen. Er lächelte sie an und überreichte ihr wortlos die Rose. Ingrid nahm sie freundlich zurückhaltend entgegen und betrachtete dann den prächtig gedeckten Tisch.

»Sehr schön«, kam es knapp von ihr.

»Darf ich dir gleich einen der besten Sekte aus dem Kamptal anbieten?«

»Kenne ich ihn?«, fragte sie neugierig.

»Noch nicht, aber gleich.«

Eduard Altmeier ging an die Silberschale und öffnete den Sekt. Dabei bemühte er sich, den Korken vorsichtig zu öffnen, damit nicht zu viel Kohlensäure entweichen und dadurch das Geschmacksbouquet beeinträchtigen würde. Er reichte seiner Frau die Sektflöte.

Sie stießen an, wobei ihn Ingrid nicht ansah.

Altmeier begann das Gespräch, indem er seine vorherigen Eindrücke über den Garten wiedergab und vorwegnahm, dass der Garçon gleich mit den Vorspeisen eintreffen werde. Ingrid wirkte sanft und ruhig, was ihren Ehemann zufrieden stimmte. Sie stellte sich jetzt, wie er zuvor, zur geöffneten Terrassentür und ging einige Schritte hinaus. Er blieb im Zimmer. Dann kam sie zurück, hielt ihr Sektglas mit beiden Händen fest und berichtete von einigen Ereignissen des Tages wie interessierten Wohnungskäufer*innen, die sie heute getroffen hatte.

Daraufhin erzählte ihr Eduard Altmeier von Bürgermeister Josef Brunner, der von der Behörde wider Erwarten einen negativen Rodungsbescheid erhalten hatte. Da hatten doch tatsächlich diese Umweltschützer ihre Finger im Spiel gehabt, war er sich sicher. Was aber nicht weiter der Rede wert sei, beruhigte er. Cornelia Figlmüller war bereits beim Statiker in Zwettl gewesen, der einer Aufstockung bautechnisch zugestimmt habe. Dadurch seien die fehlenden Gesamtkosten des Neubaus wieder ausgeglichen und Peppi würde das natürlich genehmigen.

Noch bevor Ingrid etwas erwidern konnte, läutete es an der Tür und der Cateringservice kam mit mehreren Servierwägen herein. Der junge Garçon stellte sein Team und sich höflich vor. Er erklärte, was sie kulinarisch nun erwarten würde. Eduard Altmeier hatte seine Bestellung ganz nach den Lieblingsgerichten seiner Ehefrau ausgerichtet, die da lauteten: Zucchini-Carpaccio mit Büffelmozzarella und schwarzem Trüffel, gefolgt von einer italienischen Minestrone, danach Toskanisches Zitronenhuhn auf Rosmarinerdäpfeln und zum Dessert: Ingrids geliebtes Pannacotta mit Beeren.

Sie schien tatsächlich davon angetan zu sein. Da jeder Handgriff der jungen Truppe routiniert war, konnte sich das Ehepaar gleich zu Tisch setzen und erhielt die erste Vorspeise. Dazu wurde ein leichter Riesling aus dem Kremstal serviert. Der kleine Staff zog sich während des Essens diskret zurück und wartete, bis er wieder gebraucht wurde.

Nach etwas mehr als einer Stunde war das Dinner vorbei und der Service verließ das Haus.

Zufrieden ging Eduard Altmeier zum Hi-Fi-Gerät und legte eine andere CD ein. Diesmal mit Frank Sinatras »Strangers In The Night«. Als Fremder in der Nacht fühlte er sich nicht mehr. Er war sich ziemlich sicher, dass Ingrid das ebenso empfand. Er hatte sie die ganze Zeit über beobachtet. Bei Tisch führte zwar mehr er das Gespräch, doch sie hatte ihm interessiert zugehört. Überhaupt war sie nicht so die große Rednerin. Nie gewesen. Immer eher abwartend. Diskret. So wie jetzt eben.

Er griff zum Cognac aus der Minibar und bot ihr ein Glas an. Doch sie lehnte ab. Dann ließ er sich entspannt auf das Sofa nieder und schwenkte sein Glas. Ingrid setzte sich neben ihn und sah ihn ruhig an. Dann fragte sie: »Also, die Cornelia hat jetzt alles in der Hand. Mit der Planung?«

»Ja, sie ist voller Ideen und sehr zuverlässig. Als Baumeister bin ich später verantwortlich für die Umsetzung. Aber der Berni hatte ja alles schon vorgegeben. Sie braucht nur zu aktualisieren und den Aufbau neu zu berechnen. Wenn nötig, kann ich sie dabei unterstützen.«

»Das glaube ich«, sagte sie aufgebracht.

Eduard Altmeier hatte plötzlich das Gefühl, die falsche CD eingelegt zu haben. Denn im Song finden die beiden Fremden zusammen. Hier erhielt er jedoch eben den Eindruck, dass das nicht der Fall sein würde. Sonst hätte Ingrid nicht diesen merkwürdigen Unterton in der Stimme gehabt.

Er richtete sich auf und stellte das große Cognac-Glas auf dem Tisch ab.

Danach wandte Altmeier sich aufmerksam seiner Frau zu. »Wie meinst du das?« Er lockerte seine angespannte

Körperhaltung und ergänzte amüsiert: »Du wirst doch nicht eifersüchtig auf sie sein?«

Ingrid wandte sich von ihm ab, stellte ein Bein aufs Sofa und winkelte es wenig damenhaft ab. Die Schuhe hatte sie abgestreift, und nun saß sie barfuß vor ihrem Mann. Sie umfasste ihr Bein, wodurch sie einen in sich gekehrten, kokonhaften Eindruck vermittelte.

Eduard Altmeier gefiel, was er sah. Ihre abwehrende Haltung forderte ihn heraus. Er warf seiner Frau begehrliche Blicke zu, was diese reglos entgegennahm. Schließlich robbte er sich an sie heran und umschlang sie. Er legte seine Stirn an ihre und versuchte, sie danach zu küssen. Doch sie spannte ihren Körper an und wehrte ihn ab, was ihn nicht daran hinderte, sie fester an sich zu drücken und dadurch ihren Widerstand zu brechen.

Willenlos ließ sie sich von ihm küssen und fühlte seinen drängenden Körper über sich. Eduard Altmeier umschlang das, was er begehrte, und bemühte sich, Ingrid mit Küssen und Gesten zu stimulieren. Sie lockerte ihre Anspannung und ließ ihn gewähren. Als er dabei war, sie ausziehen zu wollen, tastete sie sich vor zu seinem Schritt, um sich ihm gleich darauf zu entziehen.

Altmeier sah nun den Zeitpunkt gekommen, Ingrid die neuen Ohrringe zu überreichen. Er stand auf, griff in die Smoking-Tasche und legte das kleine Juwelenetui wie beiläufig auf den Tisch. »Das mit der Cornelia glaubst du wohl selbst nicht. Sonst hätte ich wohl an so etwas hier nicht gedacht.«

Ingrid Altmeier griff nach der Box und öffnete sie. Doch sie schloss sie gleich wieder.

»Gefallen sie dir nicht?«

Keine Reaktion.

Für Eduard Altmeier war das der Beginn eines Spiels, das sie mit ihm trieb. Wie in ihren frühen Ehejahren, als er sie dann leidenschaftlich liebte. Er war immer noch verrückt nach Ingrid und war neugierig, wie sie den Abend wohl würde ausklingen lassen. Seinen Teil dazu hatte er bereits geleistet. Jetzt war sie an der Reihe.

Ingrid ging zu ihrer Handtasche, die sie auf der Kommode abgestellt hatte, und holte eine Pistole heraus. Dann ging sie auf Altmeier zu, der unaufgeregt blieb. Sie presste sich an ihn und hielt dabei die Waffe gegen seinen Körper. Er umarmte seine Frau und küsste sie.

»Setz dich auf den Stuhl!«, mahnte sie ihn.

Er tat, wie ihm befohlen. Dann holte sie Handschellen und eine Kleberolle hervor. Sie legte seine Hände um die Stuhllehne und ließ sie über der hinteren Strebe einklicken. Die Waffe blieb weiterhin auf ihn gerichtet. »Ich hoffe, du hast auch die Schlüssel zur Hand«, witzelte Altmeier, um sich sofort wieder in ihre Inszenierung einzufügen.

Ingrid Altmeiers Miene wurde nun ernster als zuvor. Sie legte die Waffe kurz beiseite und riss zwei Stück Klebeband ab.

»Ingrid, muss das sein?«, mahnte er seine Frau.

Wortlos strich sie ihm die Streifen über den Mund. Widerwillig drehte er währenddessen den Kopf zur Seite.

»So, Edi. Wir müssen jetzt einmal ganz unter uns sprechen.«

Ingrid Altmeier nahm wieder die Waffe vom Esstisch und ging langsam im Wohnzimmer auf und ab.

»Ich meine, du musst mir endlich einmal zuhören. Kannst nicht flüchten. Kannst auch keine Tricks mehr ausüben, um irgendjemanden zu beeinflussen. Zu manipulieren, wie du das sonst mit allen machst.«

Altmeier schüttelte verständnislos den Kopf und versuchte sich loszureißen.

»Edi, da kannst du dich anstrengen, wie du willst. Der Sessel ist so massiv. Von dem kommst du dich nicht mehr los. Lass es also.«

Eduard Altmeier probierte es nochmals. Doch er schaffte es tatsächlich nicht, sich nur halbwegs zu bewegen. Seine Kniekehlen waren direkt an der Sesselkante abgewinkelt, was jede weitere Bewegung von ihm verhinderte.

Ingrid nahm sich einen Stuhl, rückte den Esstisch zurück und setzte sich ihrem Mann gegenüber. Die Waffe hielt sie weiter in der Hand. Sie sah ihren Mann eiskalt an, als wollte sie die letzte Runde einläuten. Dann sprach sie: »Ich habe mit dem Berni wieder eine Beziehung gehabt.«

Eduard Altmeier blieb ruhig.

»Ja, Edi, so wie damals in unserer Jugend. Er war meine große Liebe gewesen. Ich wollte immer nur ihn.«

Altmeiers Blick änderte sich bekümmert.

»Ja, ich wusste, dass ich ihn nie allein für mich haben würde. Er seine Musen damals schon brauchte und weiterhin haben würde. Aber lieber zehn Prozent von einem guten Kapital als neunzig von einem schlechten. Ich hatte mit ihm immer mehr Spaß im Bett als je mit dir. Er hat mir gesagt, dass er mich auch geheiratet hätte. Damals.«

Ingrid stockte.

»Aber du hast ihm Geld angeboten, damit er mich verlässt. Weil du mich haben wolltest. Hast mich dann getröstet, weil er weg war. Dann wurde ich gleich von unserem ersten Mal schwanger. Mein Vater wollte, dass wir heiraten, und ich habe mich gefügt. Aber glücklich war ich nie. In all den Jahren nicht.«

Tränen rannen ihr über die Wangen, während sie erzählte. Eduard Altmeier blieb ruhig.

»Ja, die Firma musste weitergeführt werden. Da wart ihr euch einig. Vater und du. Und ich? Ich habe alle Aktivitäten von Berni verfolgt. In Magazinen die Klatsch-und-Tratsch-Kolumnen nach ihm durchgeblättert. Schließlich ist mir die Idee vom Wohnprojekt mit ihm als Architekten eingefallen. Ich war es, die das dem Peppi Brunner vorgeschlagen hatte.«

Sie wischte sich die Tränen weg.

»Wir hatten dann unsere Beziehung erneut aufgenommen. Ich war endlich wieder glücklich. Doch er wollte plötzlich Kinder. Und da war dann diese Cornelia.«

Ingrid Altmeier konnte nicht weitersprechen. Sie stockte. Wurde matt. Ließ die Pistole, die sie auf ihren Mann gerichtet hatte, in ihren Schoß sinken. Sie schloss dabei die Augen. Dann öffnete sie sie wieder und nahm die Waffe erneut hoch.

Ingrid Altmeier war wie ausgewechselt. Verstört machte sie weiter. Sie kam ihrem Mann dabei so nahe, wie er das zuvor unaufgefordert bei ihr gemacht hatte.

»Ich kann ihm in meinem Alter keine Kinder mehr schenken. Deshalb hat er das mit uns beendet und wollte diese Cornelia heiraten!«

Ingrid fing an zu toben. Sie schrie vor Verzweiflung auf und verabreichte ihm eine Ohrfeige. Ihre Stimmung wechselte hysterisch zwischen Niedergeschlagenheit und wildem Gelächter. Für Altmeier war klar, dass sie übergeschnappt war. Das war kein Spiel mehr. Keines zumindest, das sie früher mit ihm gespielt hatte und nach dem sie sich geliebt hatten. Er rüttelte erneut am Stuhl. Aus Leibeskräften.

»Edi, ich habe dir gesagt, dass das sinnlos ist. Du kannst dich nicht befreien.« Sie lachte hämisch. »Aber bald bist du frei. Frei von deinem Ehrgeiz und kannst niemanden mehr manipulieren. Auch unseren Sohn nicht mehr.« Mit Grabesstimme fügte sie hinzu: »Ich bringe dich um. Wie du mich seelisch umgebracht hast während unserer Ehe. Wegen deiner Habgier. Denn du wolltest nur die Firma und das Ansehen meiner Familie. Hier zur Waldviertler Hautevolee dazugehören. Das alles zu besitzen war dein Ziel gewesen, und sonst nichts.«

Eduard Altmeier überkam Panik. Er wurde blass und Angstschweiß stand ihm plötzlich auf der Stirn. Er grunzte hinter den Klebebändern, als wollte er sich gegen ihre Anschuldigungen wehren.

Nachdem sie seine Aufgebrachtheit bemerkte, beruhigte sie sich wieder. Ingrid genoss seine Hilflosigkeit. Umkreiste den Stuhl, auf dem er saß. Sie streichelte mit dem Pistolenlauf fast liebevoll seinen Kopf.

»Der Berni und ich«, Ingrid Altmeier gluckste triumphierend, »wir waren noch in der Jagdhütte beisammen gewesen, und es war so wunderschön. Dann hat er mir seelenruhig nur im Vorübergehen gesagt, dass es das letzte Mal war. Wegen dieser Cornelia.«

Sie fing wieder zu weinen an. Ihr Zustand steigerte sich erneut bis zur Raserei.

»Und daran bist nur du schuld! Weil du mich von ihm losgekauft und dann gleich geschwängert hast.« Sie trommelte wild auf ihn ein.

Er seufzte und versuchte, ihren heftigen Schlägen auszuweichen.

»Deshalb wirst du jetzt genauso sterben wie er. Mich hintergeht niemand mehr. Hast du verstanden: niemand. Ich bin dem Berni, nachdem er mich verlassen hat, zum Fletzberger nachgefahren. Hab mein Auto auf einem der Feldwege versteckt und einen Ast mitgenommen. Als er vom Bauern runtergekommen war, habe ich ihn erschlagen und in den Pool gestoßen. Er hat vor Schmerzen gestöhnt. Seinen Kopf konnte er noch nach mir drehen, dann war's aus mit ihm.«

Sie musste sich selbst erst wieder vom Gedankenbild erholen und wirkte erschöpft.

»Ich wollte, dass er weiß, wer es war.« Ingrid sah ihren Mann verzweifelt an. »Aber dass der Berni tot ist, macht das Leben für mich nicht leichter, weil du schuld daran bist! Du hast uns beide am Gewissen. Sonst wäre ich bestimmt noch mit ihm beisammen.«

Sie schluchzte laut. Dann sammelte sie sich wieder.

»Du wirst ihn daher getötet haben. Aus Eifersucht. Und jetzt begehst du aus schlechtem Gewissen Selbstmord. Hast uns beiden noch einen netten Abschiedsabend gemacht. Der Cateringservice wird das bezeugen. Ich war dann schon mal hochgegangen. Dann hörte ich einen Schuss. Bin sofort heruntergelaufen und habe dich tot aufgefunden.« Sie kicherte wie von Sinnen. Dann kam sie nah an Eduard Altmeier heran, neigte ihren Kopf an sein Ohr und flüsterte: »Ich werde dir die Pistole an die Schläfe setzen und abdrücken. Danach werde ich die Handschellen abnehmen und dir die Waffe in die Hand drücken. Niemand wird jemals die Wahrheit erfahren. Dann werde ich die Baufirma verkaufen und mit unserem Sohn eine Weltreise machen. Das habe ich nach allem verdient.«

Eduard Altmeier wirkte wie paralysiert, saß still da und ergab sich in sein Schicksal. Sein Lebensmut hatte ihn verlassen. Er sah seine Frau nicht mehr an, sondern wartete gottergeben auf das, was folgen würde. Er versuchte sie nicht mehr davon abzuhalten.

Sie stand nun am Esstisch, nahm das halb volle Cognac-Glas in ihre Hand und trank es in einem Zug leer. Dann überprüfte sie ihre Pistole und ging entschlossen auf ihren Mann zu. Sie hielt ihm die Waffe an die Schläfe, als unerwartet Tumult und großer Lärm um sie herum ausbrach.

»Ingrid, nicht!«, schrie Walli Winzer, warf zur Ablenkung ein Glas an die Wand und kam aus ihrer Deckung hervor. »Machen Sie sich nicht noch unglücklicher, als Sie es schon sind!«

Ingrid Altmeier riss die Waffe herum und richtete sich jetzt gegen Walli, die schnell wieder hinter dem Mauerelement zur Küche verschwand.

Plötzlich öffnete jemand die Eingangstür und stürmte ins Wohnzimmer. Ingrids Nerven lagen nun blank. Sie richtete die Waffe gegen den Eindringling und schoss.

Der Mann sank in sich zusammen. Ingrid war selbst darüber erschrocken. Sie ging auf ihn zu, um zu sehen, wer es war.

»Pöcksteiner, was machst du denn da?«, fragte sie mit erstickter Stimme.

Er sah sie mit ausdruckslosem Blick an und stammelte ein letztes: »Was seid ihr nur für Leut!« Danach brach er leblos zusammen.

Inzwischen hatte sich Walli von hinten an Ingrid Altmeier herangeschlichen, packte sie fest an den Oberarmen und schrie nach Harry. Der eilte sofort herbei und riss der Täterin, ohne zu zögern, die Waffe aus der Hand. Dann richtete er sie auf sie.

Inzwischen rannte Sepp Grubinger mit mehreren Einsatzkräften vom obersten Stockwerk hinunter. Sie waren die Hauswand hochgeklettert und so ins Innere vorgedrungen. Sie kesselten die Täterin ein. Eine Polizistin beugte sich über Pöcksteiner.

Walli Winzer sah Sepp Grubinger erstmals mit einer Waffe in der Hand: »Frau Altmeier, Sie sind festgenommen!«

Ein Polizeikollege ging auf sie zu und legte ihr die Handschellen an. Ein anderer kümmerte sich um den gefesselten Altmeier. Ingrid war nicht bereit zu verraten, wo sie die Schlüssel dazu verwahrte. Sie warf ihrem Mann einen verächtlichen Blick zu. Dem hatte man inzwischen die Klebestreifen vom Mund genommen.

»Ingrid, um Gottes willen, Ingrid!« Er stammelte die wenigen Worte unter schwerem Schock stehend.

Ingrid aber sah auf den toten Pöcksteiner und dann erst auf ihren Mann. Finster fragte sie ihn: »Warum er und nicht du?«

Daraufhin führten zwei Polizeibeamtinnen Ingrid Altmeier ab.

34. KAPITEL

Der Fall hatte Walli Winzer doch mehr zugesetzt, als sie gedacht hatte. Sie war von Sepp Grubinger zur Einvernahme in die Polizeidienstaußenstelle Großlichten beordert worden. Danach hatte sie sich mit Harry Kain auf einen Erholungsdrink im »Grauen Mohn« getroffen, dem Restaurant von Hannes Lechner auf ihrem Reiterhof. Sicherheitshalber ließ sie das Auto stehen und wankte mit Harry im Schlepptau doch lieber zu Fuß den Weg vom Gestüt zu sich nach Haus und nicht mehr ins entferntere Schloss, wie sie vorgehabt hatte. Also, ein Zuhause wollte sie das derzeit wirklich nicht nennen, diese Baustelle. Aber sie war sowieso schon so benebelt, dass sie nur noch erschöpft in ihr Bett sank und von der trostlosen Umgebung nichts mehr mitbekam. Sie hoffte nur, dass Filou am Abend einige Mäuse gefangen und verspeist hatte.

Das schien so gewesen zu sein. Denn Filou stand erst, als die Sonne wieder hell am Himmel stand, vor Frauchen auf der Bettkante. Das hieß in der Regel, dass bei ihm die Nacht lang geworden war. Er hatte sich sicher später in Wallis Ohrensessel eingerollt und war gemütlich weggedöst. Jetzt stand der Kater vor ihr und stupste sie mit seinem nassen Näschen an, wie er das fast täglich machte.

»Ja, Kleiner, ich komme schon«, säuselte Walli und drehte sich noch einmal auf die andere Seite. Filou gefiel das gar nicht, weshalb er deutlicher wurde und Walli zusätzlich mit der Tatze sanft auf die Stirn klopfte. Nach einiger Zeit nervte sie das so sehr, dass sie den kleinen Racker schnappte und vor sich auf die Bettdecke stellte. Ihm gefiel es, in die flauschige Decke zu fallen, weshalb er das vermeintliche Spiel zu Wallis Ärger wiederholte. Er nahm Anlauf auf der Bettseite und sprang wieder und wieder auf die Decke, in die sie eingehüllt war. »Filou, Schluss damit!«, schrie Walli schon weniger freundlich.

Filou schaute sich noch einmal um und wusste, dass sein Morgensport nun zu Ende sein würde. Er hatte Frauchen aus der Komfortzone gelockt, und sie war dabei, den Morgenmantel anzuziehen.

Morgen würde sie für eine Woche nach Wien fahren, hatte sie sich vorgenommen. Man würde sie wieder einmal in der Agentur brauchen. Sie wollte in ihrer Firma vorbeischauen und nicht nur mit ihren Mitarbeiter*innen telefonieren. Auch wollte sie neue Geschäftsführer*innen etablierter Firmen treffen. Da hatte sich in den letzten Monaten viel geändert. Sie würde ein paar vertraute Informantinnen aufsuchen und einige ihrer Ex-Lover, die Firmenbosse in Konzernen waren. Für Walli galt stets: das Nützliche mit dem Angenehmen zu verbinden. Gesprächsebenen verliefen so direkter, wie sie fand. Ohne Umschweife. Daher war ihr das Chaos hier erst mal egal. Sie würde es nicht großartig ändern können, obwohl in den vergangenen Tagen einiges bautechnisch weitergegangen war. Bürgermeister Brunner hatte offensichtlich Altmeier dazu angehalten, Arbeiter vorbeizuschicken, die den Ausbau vorantrieben. Immerhin hatte sie jetzt ein Dach! Walli war erleichtert, als sie mit ihrem Morgenkaffee in der Hand den oberen Bereich im Haus inspizierte.

Wieder unten, sperrte sie Filou mit einem vollen Futternapf und unter seinem lauten Protest im Badezimmer ein. Ihn später einzufangen und in die Katzenbox zu stecken, wäre nahezu unmöglich. Denn sie wollte ihren Kater auf jeden Fall für die nächste Nacht ins Schloss von Romy und Julia mitnehmen. Erst abzuwarten, bis Herr Oberwichtig von einem Streifzug nach Haus kommen würde, darauf wollte sie sich nicht einlassen.

Eben, als sie aus dem Badezimmer kam, hörte sie vor dem Haus Schürfgeräusche. Sie öffnete die Haustür, und plötzlich stand Florian Wagner ihr gegenüber, den sie seit Salzburg nicht mehr gesehen hatte. Dieser freute sich zwar, blieb aber eigenartigerweise wieder einmal distanziert. Nach dem Absturz des Baumaterials hatte er den Auftrag, ihren Vorgarten wieder in Ordnung zu bringen. Zu diesem Zweck hatte er nicht nur neue Blumen mitgebracht, sondern genügend Gerätschaften. Fast sah es so aus, als hätte er vor, längere Zeit hier zu verbringen.

»Ich finde das sehr aufmerksam, dass du nicht darauf vergessen hast, worum ich dich in Salzburg gebeten habe«, sagte Walli mild und voller Wärme.

Florian lächelte, wandte ihr den Kopf zu, antwortete aber nicht. Dann widmete er sich wieder dem Aushub, den er mit einem Spaten zur Seite schüttete. Er signalisierte Walli damit, dass ihn seine Arbeit weiter beanspruchen würde und er nicht mehr für ein Gespräch zur Verfügung stünde.

Diese Waldviertler!, dachte Walli genervt, drehte sich um und ging ins Haus. Was mit diesem Mann los war, wusste sie wirklich nicht. Sie fühlte sich langsam von ihm an der Nase herumgeführt. Er war die Freundlichkeit in Person, wenn sie mit ihm aus Großlichten weg war. Aber hier mutierte er für sie zu einem fluffigen Alien. Fast ein bisschen wie Dr. Jekyll und Mr. Hide, wie sie fand. Auch wenn Lena ihr alles vom tragischen Tod seiner Frau erzählt hatte, von Florian selbst hatte sie nie etwas über seine Trauer, Verzweiflung oder Sorgen gehört. Ja, und der Tod seiner Frau lag nun doch wirklich lange zurück. Jetzt war es an ihm, sich aus seiner eigenen Umklammerung zu lösen, dachte Walli. Dabei konnte sie ihm nicht helfen. Nur er sich selbst, wollte er noch einmal ein neues Leben beginnen.

Natürlich hatte sie selbst ihre Meriten. Wer nicht? Aber Krankenschwester würde sie für ihn nicht sein wollen. Viele Männer verlangten das von ihren Frauen. Aber mit denen war dann bestimmt im Bett nicht viel los, vermutete sie launig. Also müssten Männer sich ein wenig mehr bewegen. Am besten sowieso im Bett, aber nicht nur dort. Sondern ebenso was Empathie und Unterstützung ihrer Liebsten betraf. Davon schien Florian allerdings noch entfernt zu sein. Um mit ihr eine Beziehung einzugehen, da brauchte es schon mehr.

Walli Winzer sah auf die Wohnzimmeruhr, als sie wieder im Haus war. Die zeigte bereits 16.00 Uhr an. Es war bereits Nachmittag! Was? So lang hatte sie geschlafen? Kein Wunder, dass Filou unruhig geworden war. Romy und Julia luden bereits in zwei Stunden zur Eröffnung ihres neuen Restaurants. Das ganze Dorf würde anwesend sein.

Walli Winzer ging ins Schlafzimmer und suchte in ihren Beständen nach passender Abendkleidung, mit der sie allerdings keineswegs aufgetakelt wirken wollte. Sie entschloss sich zu einem eleganten Jumpsuit in schwarz mit einer übergezogenen farbenfrohen, sommerlichen Bluse. Eine junge Designerin in Wien hatte ihr im Frühjahr ein paar vorteilhafte Teile zusammengestellt und passgenau angefertigt.

Sie stand nun vor dem Spiegel und musterte sich darin. Doch viel Zeit hatte sie dazu nicht, denn bald würde die Veranstaltung beginnen. Sicher wollten die beiden Schlossherrinnen vorher noch ein paar persönliche Worte an die Gäste richten. Die mochte sie nicht verpassen.

Daher eilte Walli ins Badezimmer, wo Filou sie fauchend empfing. Nachdem sie ihm gut zugeredet hatte, legte sie sich schnell ihr Sommer-Make-up auf, steckte ihren Kater in die Box und los ging's Richtung Schloss.

35. KAPITEL

Es war ein schöner weitläufiger Raum, der Walli als Gästezimmer zur Verfügung stand. Neben einem modernen Schreibtisch, alten Kästen und einem kostbaren Orientteppich sorgte ein faszinierend designtes LED-Beleuchtungssystem für Behaglichkeit. Es brachte einige zeitgenössische Gemälde und die historischen Einlegearbeiten der Möbelstücke gekonnt zur Geltung.

Walli Winzer stellte die Katzenbox auf das Doppelbett und ließ den Kater hinaus. Filou war froh, endlich erlöst worden zu sein. Sie beschloss, noch einige Zeit bei ihm zu bleiben, bis er sich an die neue Umgebung gewöhnt hatte. Die Box stellte sie für ihn auf den Boden. Als Unterschlupf. Bloß zur Sicherheit. Falls er für sich nicht sofort einen passenden Liegeplatz finden würde.

Denn ihr war klar, dass er als Katze nicht glücklich darüber war, sein Revier für einige Zeit aufgeben zu müssen. Katzen mochten eben keine Ortswechsel. Doch sie würde gleich morgen früh von hier aus nach Wien losfahren und hatte keine Lust darauf, dann erst ihren Kater suchen zu müssen.

»Filou, du hast alles, was du braucht. Kannst dich sogar zum Katzengitter hinauf aufs Fenster setzen. Aber sei artig und zerkratze nichts. Verstanden?« Der Kater hörte ihr wie so oft nicht zu, sondern war mit dem Erkunden des Zimmers beschäftigt. Das würde ihn bestimmt noch einige Zeit beschäftigen, war sich Walli sicher und verließ beruhigt den Raum.

Im Schlosshof schien sich bereits ganz Großlichten zu tummeln. Zumindest konnte man aufgrund des Ansturms den Eindruck gewinnen. So ein Ereignis ließ sich kaum jemand entgehen. Theaterstimmen waren von der Bühne her zu hören. Kinder kreischten aufgeregt, weil ein Ungeheuer die Guten zu bedrohen schien. Walli Winzer lächelte. Fast wie im richtigen Leben, dachte sie und suchte nach einem ihr bekannten Gesicht.

Doch in dem Gewühl war es vorerst nicht leicht, jemanden zu finden. Sie visierte den Eingang zum Restaurant an, wo sie auf dem Weg dorthin Harry Kain begegnete. Er hatte sie zu sich an eines der Stehpulte gewunken. Es war bereits so laut geworden, dass man sich fast nur noch mit Gesten verständigen konnte.

Walli Winzer war erleichtert, ihn wieder leutselig zu erleben. Gegen seine Gewohnheit hatte er nur einen Almdudler vor sich stehen. Zu anderem fühlte er sich noch nicht imstande, wie er meinte.

»Man sollte nicht gleich alles übertreiben. Alt werde ich heute bei diesem Lärm sicher nicht. Aber kommen wollte ich doch. Zumindest eine Zeit lang.«

»Und wie geht's Ihrem Kopf?«

»Besser, aber sehr anstrengen darf ich mich noch nicht.«

Walli sah ihn prüfend an. »Weiß man schon, wem Sie das zu verdanken haben?«

»Hm, Sie werden es nicht glauben: Der Altmeier war's, obwohl er damals kurz zuvor selbst bei dem Attentat einiges abbekam!«

»Er hatte nicht mitbekommen, dass ich auf die Baustelle gekommen war. Es war so dunkel gewesen und er hatte zuvor dieses fremde Auto am Platz gesehen. Altmeier dachte, ich hätte eine Waffe in der Hand, und wollte mich deshalb außer Gefecht setzen.«

»Das darf doch nicht wahr sein!«, polterte Walli Winzer. »Wir sind doch nicht in Amerika. Wieso nahm er so etwas an?«

»Tja, Frau Winzer, in den letzten Jahren wurden in Österreich so viele Waffen wie nie zuvor zugelassen.«

»Aber die setzt man doch nicht einfach so ein. Das ist streng verboten. Schließlich gibt es ja einen Psychotest und genaue Vorschriften, bevor man einen Waffenschein erhält.«

»Alles richtig. Aber er war deshalb so aufgebracht gewesen, weil er offenbar dieser Bau-Mafia auf die Schliche gekommen war. Es ist durchaus üblich, dass Material von den Baustellen verschwindet. Oft sogar mit Wissen der Inhaber, wahrscheinlich auch mit seinem. Aber nicht in dem gegebenen Ausmaß. Der Bogen wurde diesmal überspannt. Da wurde er hellhörig.«

»Wohin hat man es gebracht?«, fragte Walli weiter.

»Ein Teil findet sich bei den umliegenden Privathäusern. Natürlich würde das niemand zugeben. Der Rest wurde umgeladen und ging in die Ukraine, Georgien und nach Rumänien.«

»Passiert denen jetzt etwas?«

»Altmeier möchte kein Aufsehen. Die Arbeiter, denen der Diebstahl angelastet wird, haben die Baustelle längst verlassen und zuvor unter falschem Namen angeheuert, sagt man. Er bietet mir übrigens für seinen Keulenschlag außergerichtlich einen hohen Betrag an Schmerzensgeld an. Ich überlege, ob ich ihn annehme.«

Walli verdrehte die Augen, wusste aber, dass der Journalist immer knapp bei Kassa war und Altmeier in seinem Fall ohne bösen Vorsatz gehandelt hatte. Trotzdem hielte sie solch ein Abkommen für nicht in Ordnung. Sie wollte Harry vor allem während der Corona-Zeit nicht weiter dazu befragen, sondern war an anderem interessiert: »Sagen Sie, hat dieser junge Umwelt-Radaubruder Altmeiers Verletzung auf dem Gewissen?«

»Ja, aber der ist schon wieder draußen.«

»Und wie geht's dem Altmeier? Nach der traurigen Geschichte mit seiner Frau?«

Harry war das Stehen inzwischen zu anstrengend geworden. Er ersuchte Walli, sich mit ihm in eine der flauschigen Stoffsitzgelegenheiten niederzulassen, die an unterschiedlichen Plätzen hingepoppt worden waren.

»Wie gesagt, der Altmeier hat mich angerufen, um sich mit mir zu treffen. Da wirkte er recht gefasst. Hat mir dann vom Ohrring erzählt, den die Spurensicherung im Garten vom Fletzberger übersehen hatte. Der brachte ihn dann dem Sepp Grubinger. Er gehörte wirklich Ingrid. Der Altmeier hatte aber schon vorher nur den einen an ihr gesehen und deshalb die Idee mit dem neuen Juwelenensemble und dem gemeinsamen Dinner gehabt. Dass das mit dem Pöcksteiner wegen der alten G'schicht mit seiner Schwester so enden würde, hätte er nie gedacht. Er war halt zur falschen Zeit am falschen Ort gewesen, sagte er.«

»Was? Ich hör wohl nicht recht?«

»Ich hab nicht den Eindruck gehabt, dass sich der Altmeier nur irgendwie mitverantwortlich für die Gesamtsituation gefühlt hat. Vielmehr hat es ihm leidgetan, dass er das Geld für die Ohrringe umsonst ausgegeben hat.«

Beide schwiegen und sahen in die Menge der Gäste. Viele der Anwesenden waren wie Manfred Fletzberger bei der Freiwilligen Feuerwehr, die sich bei Festen engagierte. Das gehörte zu einer gut funktionierenden Dorfkultur. Gemeinsam mit dem Wiener Jogger, der den toten Stockreiter gefunden hatte, war er dabei, eine Heurigenbank für die wartenden Kinder vor die Theaterbühne zu stellen. Dann trug ein anderer Wiener aus dem Wohnbauprojekt, der bei Lena eingekauft hatte, mit seiner Partnerin noch eine weitere herbei. Die Käufer*innen der Anlage waren offenbar froh, dass sie nichts zusätzlich mehr zu bezahlen hatten. Walli Winzer spürte richtiggehend die Erleichterung der beiden, die da mithalfen.

Sie lächelte. So ging's eben auch. Wenn die Wiener*innen auf dem Land nur ein bisserl mehr ihre Hintern heben würden. Da würden sie auf viele im Dorf nicht so arrogant wirken und wären daher beliebter, sagte zumindest Lena. Immerhin hatte Walli sich ebenso positiv ins Dorfgeschehen eingebracht, indem sie den Sepp Grubinger erfolgreich unterstützt hatte. Und das nicht zum ersten Mal. Wo war der übrigens?, wunderte sie sich, ihn noch nicht gesehen zu haben.

Als könnte er ihre Gedanken erraten, hatte Harry Kain genauso darüber nachgedacht: »Wissen Sie, Frau Winzer, das Gute am Landleben sind die Feste. Man feiert gemeinsam. Selbst wenn man vorher vielleicht miteinander gestritten hat. Bei Schnaps, Wein und Musik finden die meisten wieder zusammen. Sogar mit so etwas, was der Sepp und die Resi dort in der Hand halten.«

Auch Walli Winzer sah den Polizisten mit seiner Frau einträchtig an einem Strohhalm aus Holzfasern nuckeln. Sie kannte das, weil sie selbst letztens so einen zu einem Drink erhalten hatte. Aber sie war einigermaßen überrascht, was die beiden da heute jeweils tranken: einen grünen Smoothie.

»Dabei gingen schon die Gerüchte in Großlichten herum, die beiden ließen sich scheiden«, schüttelte der Journalist den Kopf und nahm einen Schluck von seinem Almdudler.

»Das hätte ich nun wirklich geglaubt. Aber Sie sehen: Die Resi lässt ihren Mann nur einmal im Wirtshaus allein zu Mittag essen und beklagt sich vielleicht bei einer Freundin über ihn, und schon reimt man daraus eine ganz eigene, erfundene Geschichte.« Dass möglicherweise die Mitteilungsfreudigkeit der Vorsitzenden des Dorfverschönerungsvereins, Mizzi Troger, dabei im Spiel gewesen war, erwähnte sie lieber nicht. Denn es hatte natürlich auch Vorteile, wenn jemand ein Kommunikationstalent war und allerlei Auskünfte erteilte. Dass da manchmal etwas in Art der Stillen Post inhaltlich entgleisen konnte, änderte nichts an der Bedeutung, die Mizzis Informationen mitunter bei Ermittlungsarbeiten leisten konnten.

»Auf jeden Fall hat sich die Verstimmung gelegt, wie man sieht«, freute sich Walli Winzer für die beiden. Weniger Wohlgefallen fand sie daran, dass sie Florian Wagner im Gespräch mit Bürgermeister Brunner entdeckte. Da sie sich angeregt miteinander unterhielten, konnte sie sich vorstellen, dass es um Berufliches ging.

Florian war sehr geschickt im Lukrieren von Aufträgen. Und wenn er Brunner in guter Stimmung wähnte, warum nicht gleich hier? Weniger geschickt war er allerdings im Umgang mit ihr, ärgerte sie sich über seine Unverbindlichkeit vom Nachmittag. Und das nach ihrer gemeinsamen Nacht. Daher beschloss sie, ihn einfach zu ignorieren. Komme, was da wolle!

Inzwischen hatte das Bläserensemble von Großlichten auf der Bühne Platz genommen und trötete Jazzbearbeitungen bekannter Volkslieder sowie einige Songs von Austropoppern. Die Menge johlte vor Begeisterung. Die Stimmung war bereits ausgezeichnet.

Dazu, wie bestellt, fand sich die humpelnde Lena mit ihrem Hans und den Kindern ein. Der Knöchel war anscheinend immer noch nicht besser. Auf ihrem Weg zum Restaurant schüttelten sie unzählige Hände. Walli Winzer fühlte daher den Auftrag, Lena aus dieser misslichen Lage zu befreien. Sie sah, wie die Freundin sich bereits auf den Arm ihres Mannes stützte.

Da die Musik sehr laut war, nickte Walli Winzer Harry zu und deutete auf Lena. Dann machte sie sich auf, um sie zu holen. Hans blieb bei seinem Gesprächspartner, während Lena sich trippelnd an Walli bis zur Sitzmöglichkeit festhielt. Dann ließ sie sich auf das Riesenkissen neben Harry fallen und war erleichtert.

Die Musiker hatten aufgehört zu spielen und verkündeten eine kleine Pause bis zur nächsten Musikgruppe aus Peru. Obwohl die Bläser für Wallis Dafürhalten ziemlich gut gewesen waren, tat zwischendurch so ein bisschen akustische Ruhe ganz gut.

»Wie geht's?«, fragte Harry interessiert.

»Ach, das wird schon wieder«, versuchte Lena abzulenken. »Unsere Episode mit der kleinen Ziege hatte mich ja mit meinem Knöchel wieder etwas zurückgeworfen«, wandte sie sich an Walli. »Aber was soll's. Harry, wie ich gehört habe, sitzen wir zwei Invaliden im gleichen Boot.« Lena stieß Harry in die Seite und lachte.

»Ja, wir sind schon einige Zeit da und kommentieren das Geschehen von hier aus wie die Muppets. Hat durchaus seinen Reiz«, versuchte Harry ein wenig Humor in die Situation zu bringen.

»Du, Lena, weil ich da den Brunner stehen sehe: Wieso konnte der sich wieder alles richten? Seinen Kopf aus der Schlinge ziehen. Ich dachte, dass es ihn diesmal endlich erwischen würde.«

»Walli, was denkst du? Er hat es wieder einmal geschafft, als großer Sieger aus der Sache hervorzugehen.«

»Na, da bin ich aber gespannt, wie er das gemacht hat.« Walli Winzer traute ihren Ohren nicht.

»Ganz einfach: Die Behörde hatte die Waldrodung nicht genehmigt, was er als großen Triumph für den Umweltschutz verkündete und dadurch alle Umweltschützer versöhnte. Er überzeugte auch den Gemeinderat, dass ein Stockwerk höher gebaut nicht nur neue Steuereinnahmen brächte, sondern ebenso dem Umweltschutz diente, weil dadurch Bodenversiegelung verhindert würde und der Wald stehen bliebe.«

»Raffiniert!«, entkam es der PR-Agentin.

»Aber das ist nicht alles: Er versöhnte sogar die panisch gewordenen Wohnungseigentümer, die keine Sonderzahlungen mehr leisten müssen, wie er ihnen persönlich stolz auf einer Versammlung verkündete. Ja, und groß ließ er der Bevölkerung verkünden, dass er sich gegen alle Widrigkeiten von oben für eine möglichst rasche Erweiterung der örtlichen Infrastruktur eingesetzt hatte. Na, hat der Mann Chuzpe! Er hatte alles verschlampt und verschleppt, und jetzt spielt er das als seinen Trumpf aus!«

»Manche sind eben geborene politische Talente. Trotzdem, Lena, irgendwann kommt die Stunde der Wahrheit, ohne leere Worthüllen und ohne überbordende Korruption. Eine Politik, wirklich für Menschen und deren Anliegen. Dann bist du dran!«

Inzwischen hallte Musik aus Peru über den Schlosshof. Heiße Rhythmen, angeführt von der pfiffigen Quena-Flöte aus den Anden, ließen alle Widrigkeiten der letzten Zeit verblassen. Sogar der Saxofonist aus dem vorherigen Bläserensemble improvisierte in einigen Gigs. Seine Soli fügten sich richtig gut ein. Gut gelaunt versprach Walli, gleich wieder mit drei Drinks zurückzukommen, und ließ die beiden allein.

Es dauerte dann doch etwas länger. Walli Winzer traf mehrere Bekannte auf dem Weg zur Bar, mit denen sie allesamt ausführlich plauderte.

Mittlerweile war Romy Steiner auf die Bühne gekommen, bedankte sich bei den Musiker*innen und den Gästen für ihr Kommen und für die Unterstützung vieler Großlichtener*innen während des Umbaus. Sie hielt eine kleine Rede über Gemeinschaft und Offenheit und wünschte allen weiterhin viel Vergnügen und noch einen schönen Abend.

Der war inzwischen angebrochen. Bunte Lichterketten erhellten nicht nur die Bühne, sondern auch den Schlosshof. Mitarbeiter*innen des Cateringservices hatten außerdem Fackeln in eigens mitgebrachten Halterungen befestigt. Im Anschluss an Romys Dankesrede begann vor dem Schloss eine Lasershow. Ein Raunen ging durchs Publikum. Romy hatte angekündigt und extra erklärt: Sie wolle kein Feuerwerk. Es würde die Tiere im Wald erschrecken und die Vögel irritieren. Sie hatte Wort gehalten.

Die Musiker hatten inzwischen wieder gewechselt und ein DJ Position eingenommen. Seine Performance war ganz auf die Lasershow abgestimmt und leitete danach gleich zum Dancefloor über. Einige der Zuschauer, vor allem mit Kindern, machten sich nach der Darbietung auf den Weg, doch die meisten blieben.

Auch Cornelia. Sie schien besonders ausgelassen zu sein und tanzte mehrere Umstehende an. Schließlich schnappte sie Walli und zog sie auf die Tanzfläche. Es war schon sehr laut und wenig übersichtlich geworden. Daher wurden Gespräche langsam anstrengend, und Walli ließ sich mitziehen. Das Licht im Schlosshof wurde auf Fackelstärke gedimmt und Lasereffekte flammten über dem Tanzbereich auf. Die Hitze der Nacht lag über ihnen.

Romy und Julia hatten ihren offiziellen Akt beendet und mischten sich unter die Gäste. Als Romy beim Tanzen in Wallis Nähe kam, flüsterte sie ihr ins Ohr, dass Tobias aus ihrer PR-Agentur der Vater ihres Kindes werden wolle. Morgen würde er mit ihnen mit nach Holland fliegen. Sie freute sich und war zuversichtlich, dass es diesmal klappen würde. Danach zog sie Julia liebevoll an sich.

Walli hielt am Dancefloor symbolhaft noch aus der Ferne den Daumen hoch und blieb weiterhin in Cornelias Nähe, die ihr ein Cocktailglas entgegenhielt. Walli nahm es gerne und trank es in einem Zug leer. Da jetzt einer ihrer Lieblingssongs an der Reihe war und sie Florian in der Nähe sah, ihm aber nicht schon wieder über den Weg laufen wollte, bewegte sie sich wieder Richtung Tanzfläche.

Ein neuer Cocktail.

Die Bewegung, Cornelias Lachen und die Musik taten Walli gut. Dass noch einige Drinks folgten, beunruhigte sie nicht. Denn sie würde es heute bestimmt nicht weit in ihr Bett haben.

Am nächsten Tag wachte Walli Winzer im Gästebett des Schlosses auf. Filou hatte sie mit einem Stups geweckt. Er saß in der Mitte des Betts und starrte sie an. Walli streckte ihre Hand nach ihm aus, doch anders als sonst erwiderte er ihren Morgengruß nicht.

Walli rollte sich auf den Rücken und starrte auf die getäfelte Decke. Obwohl sie nicht lange geschlafen haben konnte, fühlte sie sich so gut wie schon lange nicht. Sie war entspannt und bestens gelaunt.

Walli Winzer drehte sich wieder ihrem kleinen Nervbolzen zu, der Filou am Morgen gewesen war. Jetzt saß er reglos wie eine Porzellankatze.

Sie griff nach ihm und rollte sich erneut auf den Rücken. Dann stellte sie seine Pfoten auf ihrem Körper ab, hielt ihn aber fest, weshalb er nicht weglaufen konnte. »Na, mein Süßer, wieso bist du denn so brav und springst nicht wie sonst herum? Ist das wegen der neuen Umgebung?«

Der Kater sah sie unverbindlich an und wand sich kurz darauf aus der Umklammerung. Walli grinste. »Ich komm ja gleich«, sagte sie und legte sich nochmals aufs Ohr.

Plötzlich merkte sie, dass sich die Decke neben ihr bewegte. Das ließ sie augenblicklich hellwach werden. Was sich darunter verbarg, lag allerdings verdeckt. Vorsichtig hob sie das Laken und sah einen nackten Körper. Aha, dachte sie. Wie der hierhergekommen war, daran konnte sie sich beim besten Willen nicht mehr erinnern. Sie ließ die Decke wieder fallen, weshalb sich die Person im selben Moment bewegte und Cornelias blonder Schopf sichtbar wurde. Walli staunte nicht schlecht.

Okay, ihr wurde einiges klar. Wahrscheinlich hatte Cornelia sie heraufgebracht und war dann selbst eingeschlafen.

Filou saß reglos in der Mitte des Orientteppichs und starrte weiter nach Walli, die jetzt aus dem Bett stieg.

»Na, und wenn schon, sei nicht so prüde, Filou!« Da sie auch ohne Nachtgewand geschlafen hatte, was sie selten tat, war sich Walli Winzer selbst nicht mehr so sicher. Außer dass sie sofort ganz schnell von hier wegmusste. Am besten noch, bevor Cornelia wach wurde und sie in die Verlegenheit geraten könnte, bei der jungen Frau eventuelle Hoffnungen zerstreuen zu müssen.

So schnell war sie noch nie angezogen und im Badezimmer fertig gewesen. Filou war diesmal sogar freiwillig in die Box gegangen. Der kleine Spießer.

Sie schrieb ein paar herzliche Abschiedszeilen, nahm ihren Trolley und sah noch einmal zur schlafenden Cornelia Figlmüller. Sie lächelte dabei. Dann schnappte Walli die Katzenbox, zog ihren Kater nah zu sich und flüsterte amüsiert: »Filou, auf geht's!«